Werner Schmitz

Auf Teufel komm raus

Kriminalroman

grafit

Der Autor:

Werner Schmitz, geb. 1948, war 15 Jahre lang Beamter seiner Heimatstadt Bochum, arbeitete danach als Reporter beim Ruhrgebietsmagazin MARABO und ist heute Redakteur beim STERN.
Von ihm sind drei Kriminalromane erschienen: *Nahtlos braun* (1984), *Dienst nach Vorschuß* (1985) und *Auf Teufel komm raus* (1987). 1994 legte der Autor *Mord in Echt* vor, eine Sammlung von Geschichten, die nach ihrem Erscheinen im STERN besonderes Aufsehen erregten.
Zusammen mit Leo P. Ard veröffentlichte Schmitz den Reportageband *Stückwerk*.
Alle hier genannten Bücher erschienen im GRAFIT Verlag.

GrafiTäter & GrafiTote

Ard u.a.: Der Mörder kennt die Satzung nicht - Der Mörder würgt den Motor ab - Der Mörder bittet zum Diktat - Der Mörder kommt auf sanften Pfoten - Der Mörder kommt auf Krankenschein - Der Mörder bricht den Wanderstab - Der Mörder packt die Rute aus - Der Mörder schwänzt den Unterricht - Der Mörder zieht die Turnschuh an - Der Mörder bläst die Kerzen aus - Der Mörder ist immer der Gärtner • Die Meute von Hörde • *Leo P. Ard/Michael Illner:* Flotter Dreier - Gemischtes Doppel • *Leo P. Ard/ Reinhard Junge:* Der Witwenschüttler - Meine Niere, deine Niere - Die Waffen des Ekels - Das Ekel schlägt zurück - Bonner Roulette • *Dorothee Becker:* Mord verjährt nicht - Der rankende Tod • *Jacques Berndorf:* Eifel-Rallye - Eifel-Feuer - Eifel-Schnee - Eifel-Filz - Eifel-Gold - Eifel-Blues • *Horst Bieber:* Kaiserhof • *Horst Eckert:* Aufgeputscht - Bittere Delikatessen - Annas Erbe • *Christoph Güsken:* Mörder haben keine Flügel - Schaumschlägers Ende - Bis dann, Schnüffler • *Harald Irnberger:* Ein Krokodil namens Wanda - Das Schweigen der Kurschatten - Geil - Stimmbruch - Richtfest • *Andreas Izquierdo:* Jede Menge Seife - Das Doppeldings - Der Saumord • *Annette Jäckel:* Talk • *Reinhard Junge/Leo P. Ard:* Das Ekel von Datteln • *Reinhard Junge:* Totes Kreuz - Klassenfahrt • *Jürgen Kehrer:* Irgendwo da draußen - Das Schapdetten-Virus - Das Kappenstein-Projekt - Bären und Bullen - Spinozas Rache - Schuß und Gegenschuß - Wilsberg und die Wiedertäufer - Kein Fall für Wilsberg - Killer nach Leipzig - Gottesgemüse - In alter Freundschaft - Und die Toten läßt man ruhen • *Agnes Kottmann:* Tote streiken nicht • *Leenders/Bay/Leenders:* Eulenspiegel - Clara! - Feine Milde - Jenseits von Uedem - Belsazars Ende - Königsschießen • *Fabian Lenk:* Mitgefangen, mitgehangen - Schlaf, Kindlein, schlaf - Brandaktuell • *Hartwig Liedtke:* Scharfe Schnitte - Tod auf Rezept - Klinisch tot • *Heike Lischewski/Stefanie Berg:* Bananensplit • *Reiner Nikula:* Tödliches Schach - Ein Stückchen Hirn • *Theo Pointner:* Einer nach dem andern - Scheinheilige Samariter - Tore, Punkte, Doppelmord • *Werner Schmitz:* Nahtlos braun - Dienst nach Vorschuß - Auf Teufel komm raus • *Gabriella Wollenhaupt:* Grappa-Baby - Grappa und die fantastischen Fünf - Killt Grappa! - Grappa und der Wolf - Grappa fängt Feuer - Grappa dreht durch - Grappa macht Theater - Grappas Treibjagd - Grappas Versuchung • *Jan Zweyer:* Glück auf, Glück ab

grafit

az_krim1/0198.cdr5

Chemnitzer Str. 31, D-44139 Dortmund
E-Mail: Grafit-Verlag@t-online.de
Internet: http://www.grafit.de

Umschlagzeichnung: Peter Bucker
Druck und Bindearbeiten: Fuldaer Verlagsanstalt
ISBN 3-89425-421-1
10. 11. 12. / 00 99 98

»Der Schlaf der Vernunft gebiert Ungeheuer.«

Francisco José de Goya y Lucientes

1

»Der Raum ist fensterlos, die Wände schwarz. Kerzen in siebenarmigen Leuchtern werfen flackerndes Licht auf den rotseidenen Wandbehang mit dem Bildnis des Baphomet, Mannweib mit Bockskopf. Hörnern, Brüsten und erigiertem Glied. Brennende Kräuter verbreiten beißenden Rauch. Essenzen betäuben die Sinne.
Ein Dutzend Männer und Frauen in dunkelvioletten Kutten singen seltsame Litaneien. Aosa, Azaroth, Magoth, Adonai, Membrat, Gingua, Zariatnatmik. Sie wiegen sich in schaukelndem Tanz.
Der Mann am Altar, das Gesicht unter der Kapuze verborgen, gebietet Ruhe mit einer Bewegung seines gehörnten Bischofsstabes. Er spricht: ›Aus rot durchflammten Nächten steigst du, Satan , zu uns auf. In todesschwarzen Nächten nehmen deine Befehle wir auf.
Deine Meister lehrst du töten mit spottendem Gesicht.
In deinen Tempeln, Satan, hältst du über die Erde Gericht.‹
Ein schwarzer Hund wird auf den Altar gehoben.
Eine der Frauen ruft: ›Du bist Satans begnadeter Schüler. Für dich sei Mensch gleich Vieh. Frage nie nach Wenn und Aber. Wenn er will, dann töte sie!‹
Der Mann am Altar zieht einen Dolch aus seinem Ärmel und sticht den Hund ab. Mit dem Kopf nach unten bindet er ihn ans Kreuz und läßt ihn ausbluten. Einzeln kommen die anderen zu ihm nach vorn, tauchen Weißbrot in das frische Blut und verschlingen es.
Eine junge Frau wird nach vorn geführt. Der Hohepriester streift ihre Kutte ab und hilft der Nackten auf den Altar. Die Frau beschwört ihn: ›Ich fühle dich, Gott Satan, wenn dein flammendes Aug auf mir ruht. Ich kenne deinen Rhythmus, denn dieser liegt mir im Blut.‹ Der Satanspriester gießt Hundeblut über die Frau und besteigt sie. Als er von ihr abläßt, ruft die Frau: ›Ich danke dir, Gott Satan, für die Nacht, als du zu mir kamst. Da erkannte ich deinen Willen, als du die Frau dir nahmst.‹

›Bringt auch ihr nun euer Opfer‹ befiehlt der Mann am Altar. Alle legen die Gewänder ab und opfern sich im sexuellen Vollzug.
Dann sind die Kräuterfeuer in den Dreifüßen niedergebrannt. Die Nackten versammeln sich um die Glut. vermischen Asche mit Blut und Sperma, verschlingen den sämigen Brei.
Der Hohepriester tritt wieder an den Altar. ›Gehen Sie, meine Brüder und Schwestern, verschließen Sie den Mund und hüten Ihre Zunge‹, mahnt er.
Alle antworten mit dem Schwur: ›Tod dem Verräter.‹«
Der Mann in Schwarz hatte aufgehört zu reden. Er legte das Manuskript beiseite, schloß die Augen und senkte den Kopf. Er betete.
Niemand sprach. Nicht mal ich. Und das will was heißen. Ich sah mich um. Sicher zweihundert Leute im Kirchenforum, normales Unipublikum. Angelockt mit nichts anderem als einer Notiz im Veranstaltungskalender der Zeitung: *Teufelskult im Ruhrgebiet. Über Erfahrungen am eigenen Leibe berichtet Pastor Knoche.*
Sie hatten Stühle aus anderen Räumen ranschleppen müssen, damit alle Platz fanden. »Hier ist ja der Teufel los«, hatte der Dicke, der als Letzter durch die Reihen walzte, geschimpft. Jetzt hockte er auf einer Fensterbank und schnippte mit den Fingern.
Pastor Knoche brauchte Zeit, um aus den Tiefen des Gebets zurückzufinden. Er sah langsam auf und lächelte den Schnipper an. »Bitte schön?«
Der Dicke rutschte von der Fensterbank, massierte mit einer Hand seinen eingeschlafenen Hintern. »Is ja alles gut und schön, was Sie erzähln, Herr Pastor«, meinte er, »aber jetz verratense mir doch ma, wie ich an sone Teufelsloge rankomm.«
Gute Frage. Hätte ich auch gestellt.
Der Priester lächelte noch immer. »Sie werden Verständnis dafür haben, daß ich Ihnen keine Kontaktadressen nennen kann. Und ohne die ist es schwierig, weil diese Gruppen

ganz versteckt arbeiten. Die gehen nicht auf die Straße wie andere Sekten. *Heute abend um zehn: Schwarze Messe bei Willi Meier. Interessenten sind herzlich eingeladen.* So läuft das bei denen nicht.«
Der Dicke war stur. »Irgendwie muß doch da dranzukommen sein«, quengelte er. »Sie zum Beispiel, Herr Pastor, wie ham Sie dat denn geschafft?«
Im Saal wurde getuschelt. Einige lachten.
Knoche wartete, bis Ruhe herrschte. »Vor fünfzehn Jahren lernte ich eine junge Frau kennen. Sie sei in großer Not und höchster Gefahr, sagte sie. Nach langen Gesprächen offenbarte sie mir, daß sie einer Teufelsloge angehöre und aussteigen wolle. Man versuchte, sie mit Drohungen daran zu hindern. Doch der Herr gab ihr die Kraft, dem Bösen zu widerstehen. Seit damals beschäftige ich mich mit dem Satanismus.«
Daß er das seit neuestem hauptberuflich tat, verschwieg Knoche. Der Pfarrer der evangelischen Studentengemeinde, die ihn eingeladen hatte, hatte es mir am Telefon erzählt. Knoche war seit Anfang des Jahres Bevollmächtigter des Erzbischofs von Paderborn für Sektenfragen und reiste durch die Lande, um den Teufel an die Wand zu malen.
»Für den christlichen Glauben ist der Teufel eine zwar mysteriöse, aber reale und nicht nur gedachte Person«, antwortete er, nachdem der Dicke Ruhe gegeben hatte, einer jungen Frau auf die Frage nach der Existenz des Teufels. Sie war kaum zwanzig, trug einen selbstgestrickten Pullover mit Elchen da, wo bei anderen die Brust sitzt. Ihre Stechaugen blitzten den Pastor an, als sei er der Leibhaftige.
»Satan, das ist doch nur ein Wort«, blaffte sie, »ein Symbol für das Böse in uns. Selbst katholische Theologen wie der Exeget Herbert Haag . . .«
Die Selbstgestrickte zitierte minutenlang aus einem mitgebrachten Büchlein. Ich verstand im wesentlichen Bahnhof. Nur das Wort *Exeget* habe ich mir gemerkt. Wenn ich mal gar nichts zu tun habe, schlage ich es im Lexikon nach.

Knoche hörte der Frau aufmerksam zu. Als das Murren der Versammlung lauter wurde, drehte er den Kopf zur Seite und vergrößerte seinen Horchlappen per Hand. Der Streit um die Gestalt des Antichristen nahm ihn mit.
Mich nicht. Ich war hergekommen, weil mir fürs Septemberheft die Reportage fehlte. *Schwarze Messen an der Ruhr. Malibu-Reporter war dabei. Sein Farbbericht beginnt auf Seite 10.*
So ähnlich hatte ich mir die Sache vorgestellt, als ich die Zeitungsnotiz las. Und nun das. Statt harter Fakten, Namen und Adressen Gesülze über den Satan als solchen. Knoche antwortete dem Mädel mit einer Rede über den Satanismus als Beispiel der Rebellion des Menschen gegen Gott; das Verlangen, wie Gott sein zu wollen; als Inbegriff der Sünde. Das Böse als Folge der Freiheit . . .
Und um zehn fing im Fernsehen Fußball an.
In solchen Momenten sehne ich mich zurück an den Schreibtisch im Rathaus, den ich vor fünf Jahren verlassen habe, um meinem Namen Ehre zu machen. Ich heiße Schreiber, Hannes Schreiber. Nur meine Mutti sagt Hans-Jürgen zu mir.
Der Pfaffe war inzwischen bei Auschwitz angelangt. »Kann Gott den Menschen als ein solches Scheusal erschaffen haben?«, donnerte er in den Saal. Zum Antworten blieb keine Zeit.
»Nein, das kann Gott nicht!« triumphierte Knoche, »denn er ist Güte und Liebe. Wenn es keinen Teufel gibt, dann gibt es auch keinen Gott.«
Das folgende ehrfurchtsvolles Schweigen nutzte der Dicke. Während des frommen Disputs hatte er auf seiner Fensterbank gehockt, den Hintern voll Hummeln. Jetzt sprang er wieder auf die Beine, riß sich die Hose über den Bauch und rief: »Aber warum lassen die denn keinen an sich ran, die Satanisten?«
Ein Stöhnen strich durch die Reihen. Die mit den Strick-Elchen verdrehte die Augen. Selbst Knoche klang unwirsch.

»Weil die Leute im Privatleben ganz bürgerliche Berufe ausüben. Es sind Beamte darunter, Ärzte, Rechtsanwälte, Geschäftsleute. Für die wird es kompliziert, wenn herauskäme, daß sie Satanisten sind. Der Chef der Bochumer Loge zum Beispiel ist Postbeamter aus Querenburg. Der tritt in der Szene nur unter einem südländischen Spitznamen auf. So vorsichtig ist der Mann.«
»Aber die brauchen doch sicher mal frisches Blut«, beharrte der Dicke. Neue Interessenten suchten sich die Teufelslogen über Chiffre-Anzeigen in esoterischen Zeitschriften, erklärte Knoche dem Quälgeist. In Vorgruppen werde dann die Spreu vom Weizen getrennt, Spione würden ausgesondert. »Der Schwur am Ende der Schwarzen Messe, *Tod dem Verräter,* ist durchaus ernstgemeint. Vor nicht mal einem Jahr hat es hier in Bochum einen ungeklärten Todesfall unter den Satanisten gegeben.«
Das reichte dem Dicken. Begleitet vom Gekicher der Studenten trabte er zum Ausgang. Die anderen löcherten Knoche weiter. Fraternitas Saturni und Thelema-Orden, Illuminaten und First Church of the Satan, der Priester kannte alle. In Kalifornien war er schon gewesen und bei Maxine Sanders, der englischen Oberhexe, hatte er an einer Schwarzen Messe teilgenommen. »Die Badehose habe ich allerdings unter der Kutte anbehalten«, versicherte er.
Da war ich aber froh.
Es wurde elf, ehe der Studentenpfarrer die Leute nach Hause schickte. Mit roten Ohren und zahlreichen Anregungen fürs häusliche Sexualleben zogen sie in die umliegenden Kneipen.
Ich ging nach vorn, wo die Frau mit den Fremdwörtern noch immer auf den Pastor einredete. Knoche war um die vierzig, ziemlich groß und bis auf den Rettungsring um die Hüften gut in Form. Um seinen Mund hatte sich dieses milde Lächeln festgesetzt, das die Rentenversicherung endlich als pastorale Berufskrankheit anerkennen sollte. »Hannes Schreiber von *Malibu*«, sagte ich, als die Frau

einmal Luft holen mußte. »Ich würde mich gern noch eine halbe Stunde allein mit Ihnen unterhalten, Herr Pastor.«
Knoche sah auf die Uhr. »Tut mir leid, Herr Schreiber, ich hab noch 100 Kilometer Autobahn vor der Brust.«
»Und wenn wir einen Termin für die nächsten Tage machen?«
»Wie hieß Ihr Blatt noch gleich? *Karibu*?«
Ich nahm mich zusammen und säuselte: »*Malibu,* Hochwürden. Wie jener Ort in der neuen Welt. Wir sind eine Stadtillustrierte fürs Ruhrgebiet.« Das machte es auch nicht besser.
»Wissen Sie, eigentlich möchte ich nicht so gern. Diese Privataudienzen sind äußerst zeitraubend. Außerdem, was wollen Sie überhaupt für eine Geschichte machen?«
Jetzt war ich dran mit dem Sülzen. Von einer Serie über Jugendsekten sprach ich, deren Gefahren bei der Zielgruppe unseres Blattes häufig unterschätzt würden. Von Sri Chinmoy, dem Musik-Yogi, der sich von seinen Schülern anbeten lasse, von dem im Gefolge der Frauenbewegung aufblühenden Hexenkult.
Das freute den Pfaffen. »Was wollen Sie denn noch wissen? Über das heute abend Gesagte hinaus?«
»Für eine Zeitungsgeschichte braucht man Schicksale«, tönte ich. »Der Tote hier aus Bochum wär so eins. An ihm ließe sich das Elend des Satanismus deutlich machen. Dazu brauchte ich allerdings seinen Namen.«
Den wollte Knoche mir aber nicht sagen. Ich setzte nach, führte Reden über das Wächteramt der Presse und die Weltoffenheit der katholischen Kirche.
Der Pastor wandte sich wie ein Pfurz im Taschentuch.
»Riese oder Risse hieß der Mann«, knurrte er schließlich, »aber sagen Sie um Gottes Willen niemand, daß Sie den Namen von mir haben. Sonst erfahre ich nichts mehr aus der Szene.«
Ich versprach es ihm.

2

Die Frau hinter der Kette wollte nichts kaufen.
»Pastor Knoche hat mich zu Ihnen geschickt«, sagte ich.
»Wegen Ingo?«
Ich nickte. Das Gesicht im Türspalt klarte auf. Die Kette verschwand, ich durfte eintreten.
Es hatte mich einen halben Tag, drei Tassen Kaffee und eine Kiste Bier gekostet, um soweit zu kommen. Die Kiste Bier ging an die Fußballmannschaft des Einwohnermeldeamtes. Ihr Rechtsaußen fischte mir den vor Jahresfrist verstorbenen Satanisten aus dem Terminal.
»Risse hieß der Mann. Vorname Ingo. Letzter Wohnsitz Drusenbergstraße 120. Da wohnt auch noch eine Hilde. Dem Alter nach die Mutter.«
Das ganze hatte keine fünf Minuten gedauert.
Bei den Bullen brauchte ich länger. Mein Spezi vom ersten K. stellt sich bei Leichensachen immer an. Was ich mit viel Mühe und drei Tassen Kaffee aus ihm rausholte, klang nicht nach Ritualmord. Risse war im vergangenen Oktober tot in seiner Wohnung aufgefunden worden. Obduktionsergebnis: Vergiftung durch Alkohol und Drogen. Keine Anzeichen von Fremdeinwirkung.
Mehr wußte er nicht. »Die Akte liegt bei der Staatsanwaltschaft im Keller. Kannst ja mal deinen Freund Meier fragen. Der war Sachbearbeiter.«
Meinen Freund Meier hatte ich ein paar Monate früher in die Pfanne gehauen, weil er einen Mörder wegen Körperverletzung anklagte. Das Opfer war nur ein Zigeuner. Außer Haß hatte ich von Staatsanwalt Meier nichts zu erwarten. Also gleich zu Risses Mutter.

Der Reihenhausflur war nicht größer als ein Badehandtuch. Die Frau drückte sich an mir vorbei, stieg wortlos die Treppe hoch. Sie trug die bei Frauen ihres Alters unvermeidliche Kittelschürze und Pantoffeln. Das bestrumpfte Stück Bein dazwischen laß ich besser weg.

Im ersten Stock zog die Frau eine Falltreppe von der Decke. Sie schien das öfter zu tun. Es ging wie geschmiert. Oben schluckte schwarzer Muff die Alte. Ich hörte sie links von mir trippeln. Dann sprang Licht an.
Der Spot traf einen Kopf. Der Kopf war kahl und strahlte. Spitze Ohren standen von ihm ab. Tote Augen glotzten ins Leere. Ein gemeißeltes Gesicht voll Entschlossenheit.
»Das ist Goto«, sagte die Frau. »Ingo hat ihn aufgehängt.«
»Wer ist Goto?«
»Ein Geistwesen.«
»Aha«, sagte ich, »und warum hat Ingo ihn aufgehängt?«
»Weil er der Logen-Egregor der Fraternitas Saturni ist.«
»Ingo?«
»Nein, der Goto.«
Daß die Bruderschaft des Saturns eine Gruppe von Schwarzmagiern war, wußte ich von Knoche. Was zum Teufel war ein Logen-Egregor? Frau Risse konnte es mir nicht verklaren. »Ein Geistwesen eben. Ingo hat das Bild gekriegt, wie er in die Loge trat.«
»Das war wann?«
»Mit siebzehn. Ich habe den Antrag unterschrieben, weil er noch nicht volljährig war.«
Frau Risse stand zwei, drei Schritte weg von mir. Ihr Gesicht konnte ich im Halbdunkel des Dachbodens kaum erkennen.
»Können wir uns nicht einen Moment setzen?« fragte ich. Sie sagte ja. Die weißen Punkte ihrer Kittelschürze verschwanden, sie war auf dem Weg ans andere Ende des Raumes. Wieder mit diesen Trippelschritten, zielstrebig wie eine Hausratte im Mondschein. Wieder ging Licht an. Diesmal in einem Totenkopf. Kein Plastikteil, ein echter. Die Sechzig-Watt-Birne unter der Schädeldecke streute warmes Licht auf eine Sitzgruppe. Ich hockte mich in einen Sessel, kramte Notizheft und Kuli raus und legte sie auf den steinernen Tisch.
Die Buchstaben in der Platte bemerkte ich erst jetzt. *Hier ruht in Gott mein lieber Mann Heinrich Tewes.*

»Ein Verwandter von Ihnen?«
Die Frau schüttelte den Kopf. »Ingo hat ihn sich vom Friedhof geholt. Da wurde ein Gräberfeld eingeebnet.«
Sie sagte das, als ginge es um ein Schnäppchen aus dem Schlußverkauf. Ich konnte die Frau nun besser sehen, das Gesicht mit dem schmalen Mund und den leicht vorstehenden Augen hinter einer Knappschaftsbrille. Schwer zu sagen, wie alt sie war. Vielleicht Ende sechzig.
Ihre Haare hatte eine Vorortfriseuse in dieser Unfarbe getönt, aber das war schon ein paar Wochen her. Ein aschgrauer Rallye-Streifen zierte ihren Scheitel. So wie sie aussah, paßte Hilde Risse besser in die Schlange vor der Aldi-Kasse als in einen Ritualraum.
Denn das war ihr Dachboden. Die Wände bedeckte schwarzer Filz. Ich sah Dolche darauf glitzern, Streitäxte und Schwerter. In der Mitte des Fußbodens leuchtete ein fünfzackiger Stern.
»Ihr Sohn hat sein Reich aber mit viel Liebe eingerichtet«, sagte ich.
Etwas, das entfernt an ein Lächeln erinnerte, tauchte in Frau Risses Gesicht auf. »Ja, unser Ingo«, seufzte sie. »der wollte als kleiner Junge schon Zauberer werden.«
Aus dem Regal unter der Schräge zog sie ein Fotoalbum. Überblätterte die ersten Seiten.
»Da war er acht Jahre alt.« Sie zeigte mir ein Schwarz-Weiß-Foto, auf dem ein kleiner Junge im Sternen-Cape, einen Spitzhut auf dem Kopf, mit einem Zauberstab herumfuchtelte.
»Hat der Junge alles selbst gebastelt.«
Ich nickte anerkennend.
»Die anderen in seiner Klasse haben ihn Zwackelmann genannt. Kennen Sie doch sicher auch. Den Zauberer von der Kinderschallplatte. Der Freund vom Räuber Hotzenplotz.«
Und ob ich den kannte. Mein Sohn war fünf Jahre lang Räuber-Hotzenplotz-Fan gewesen. Sein Kassettenrecorder hatte die Geschichten von Wachtmeister Dimpfelmoser

und dem bösen Zauberer Petroselius Zwackelmann durch die ganze Wohnung gequäkt. Zum Glück war er inzwischen aus dem Alter raus. Stand jetzt mehr auf Sprühen. ›Dimpfelmoser for president‹ las ich eines Morgens auf dem Stromkasten vor unserm Haus.
Also, wie gesagt, ich kannte Zwackelmann und nickte.
»Ingo wurde immer ganz böse darüber. Mein Zaubername ist Merlin, hat er gesagt.«
Sie blätterte weiter, Ingo Risse wurde größer, die Fotos farbig. »Der Lehrer hier auf dem Bild, das war schon auf der höheren Schule, der hat Ingo viel Bücher zu lesen gegeben. Über Magie und das andere alles.«
Das Klassenfoto mußte ungefähr fünfzehn Jahre alt sein. Der begnadete Pädagoge sah aus wie ein Hippie.
Es folgten die üblichen Familienfotos. Urlaub mit Mamma an der Ostsee, Klassenfahrt nach Wien. Dazwischen immer wieder dasselbe Motiv: Ingo Risse posiert als Magier. Manchmal mit anderen Vermummten, meist allein.
»Kennen Sie die anderen Leute auf den Fotos?«
»Das sind auch Magier«, sagte sie, »der Ingo kannte die doch alle.«
»Können Sie sich an Namen erinnern?« Ich tippte auf einen fetten Fünfziger, der in der Kutte steckte, als hätten sie ihn reingeschossen. »Er hier zum Beispiel!«
Frau Risse überlegte. »Ich glaub das ist Fra Daniel«, sagte sie dann.
»Sie wissen nicht zufällig seinen bürgerlichen Namen?«
Die Frau schüttelte den Kopf. »Die waren doch geheim.«
»Aber Ihr Sohn kannte sie?«
»Ingo schon. Der schrieb sich doch immer mit denen.«
»Was schrieben die sich denn?«
»Wenn einer neue Beschwörungsformeln kannte, und solche Sachen.«
»Hat Ingo die Briefe aufbewahrt?«
»Sicher. Der Junge hatte ein richtiges Archiv.«
Trauer und Resignation hatten es nicht geschafft, Hilde Risse den Stolz auf ihren Sohn zu nehmen. Ihre Stimme

klang fester, als sie sagte: »Als Ingo tot war, haben Leute angerufen und wollten sein Archiv kaufen. Die haben mir viel Geld dafür geboten.«
Ich fragte: »Haben Sie denn verkauft?«
Das Gesicht der alten Frau straffte sich. »Nein«, sagte sie, »das könnt ich nicht. Ich hab doch hier oben auch alles so gelassen. Als Andenken an den Jungen. Da kann ich doch nicht für Geld sein Archiv weggeben.«
Ihre müden Augen glänzten richtig, sie schüttelte den Kopf, sagte zweimal »Nä, das könnt ich nicht.« Und dann: »Ich hab es Alex Bachmann geschenkt. Das war Ingos bester Freund.«
»Auch Satanist?«, seufzte ich.
Sie nickte. »Alex war Ingos Schüler, weil mein Junge viel mehr wußte. Das hat er seinem Lehrer zu verdanken.«
»Dem vom Gymnasium?«
»Nein, seinem magischen Lehrer. Der kam hier aus Bochum. Ingo hat ihn mir mal in der Stadt gezeigt.«
Den Namen des Obermeisters kannte sie natürlich nicht. »Ingo nannte ihn immer *der Don.*«
»Erinnern Sie sich noch, wie der Mann aussah?«
Hilde Risse kam ins Grübeln. Sie sah mich von oben bis unten an. Das dauerte eine Weile. Dann fragte sie: »Warum wollen Sie das eigentlich alles wissen?«
Ich erzählte ihr von Knoches Vortrag im Kirchenforum, blieb aber genauso vage wie der Pfaffe.
Die Frau schien das nicht zu beruhigen. »Hat er etwa unsern Namen genannt?« bohrte sie.
»Nur mir persönlich in einem privaten Gespräch. Öffentlich hat er nur von einem ungeklärten Todesfall in Bochum gesprochen.«
Sie sagte nichts mehr. Schluckte ein paar Mal. Drehte sich weg. Der Kittel vibrierte auf ihren Schultern. Ich starrte in mein Notizbuch, blätterte geräuschvoll, um meine Verlegenheit zu überspielen. Aus Hilde Risses Zittern wurde Schlottern, aus Schniefen Heulen. Die Mutter des Satanisten weinte haltlos. Sie nahm die Brille ab, suchte ein

Taschentuch, fand keins, hielt sich den Kittelsaum vors Gesicht und weinte weiter. Ein zuckendes Bündel Mensch mit lachsfarbenem Unterrock und Knubbelknien.
Ich saß dabei und wußte nicht wohin mit mir. Ich tat nichts, nicht mal ein Taschentuch besorgen. Ich wartete, bis sie sich soweit beruhigt hatte, daß ich sie weiter ausquetschen konnte.
»Sie wollten mir noch sagen, wie dieser *Don* aussah.«
»Ein Mann mit Brille«, sagte sie mit bröckelnder Stimme. »Ungefähr fünfzig Jahre alt.«
An mehr konnte sie sich nicht erinnern.
»Bei der Polizei hat man mir gesagt, Ingo hätte Selbstmord begangen«, machte ich weiter. Es nutzte ja nichts, ich mußte da durch.
Komischerweise blieb der nächste Weinkrampf aus.
Die Frau sah mich so fest an, wie es in ihrem Zustand ging. »Das war kein Selbstmord«, sagte sie, »im Leben nicht. Warum hätte dem Jungen sonst ein Zahn gefehlt, wie ich 'ne fand. Ingo hatte doch schon lange Angst, daß ihm was passiert. Drei Monate vorher ist er regelrecht verschwunden. Hat anner Ostsee inner Disco gearbeitet. Nur ich wußte wo. Ich durfte es aber keinem sagen. Obwohl viele nach ihm gefragt haben.«
»Wer hat nach ihm gefragt?«
»Allerhand Leute. Dieser Don, eine Frau Beta und Püppi. Das war seine Freundin. Alle taten sie besorgt. *Wo ist denn Ihr Sohn, Frau Risse? Warum hat er mir nichts hinterlassen?* Aber als der Junge zurückkam, wollen sie alle nichts mehr von ihm wissen. Sogar sein Mädchen nicht.«
»Hat er Ihnen das gesagt?«
Frau Risse brummte. »Wir hatten ein gutes Verhältnis zusammen. Gucken Sie mal hier.« Sie schlug das Fotoalbum auf. »Das letzte Bild von Ingo. Das habe ich zwei Tage vorher gemacht.«
Es war ein verschwommenes Polaroid. Ingo Risse im schwarzen Kimono, mit einer Art Marschallstab in der Hand, vor einer altdeutschen Schrankwand. Er versuchte

mit aller Gewalt, einen bösen Blick zustandezubringen und wirkte doch genauso komisch wie fünfzehn Jahre früher als Petroselius Zwackelmann.
»Sie haben Ingo morgens gefunden, Frau Risse. Ist er nachts zu Hause gewesen?«
Sie schüttelte den Kopf. »Ingo war jede Nacht unterwegs. Er wollte sich eine Arbeit suchen.«
»Nachts?«
»Er war doch Büffettier.«
Es hörte sich nach was besserem an, so wie sie es sagte. Dabei hatte er in den Innenstadtkneipen gejobt. Erst während der Semesterferien, dann ganzjährig. Seine Mutter gab es nicht gern zu. Ich mußte mehrmals nachhaken.
»War er allein, als er die letzte Nacht nach Hause kam?«
Hilde Risse wiegte den Kopf hin und her. »Ich mein, ich hätt Stimmen gehört im Flur«, sagte sie. »Beschwörn könnt ich's aber nich. Mein Schlafzimmer geht ja nach hinten raus.«
Sie erzählte mir dann noch, daß ihr Ingo bestimmt sterben mußte, weil er zuviel wußte. Beweise hatte sie null. Und sein Archiv verschenkt. Ich schrieb mir die Adresse des neuen Besitzers auf.
Von ihrer Beinahe-Schwiegertochter kannte Mutter Risse nur den Spitznamen Püppi. Sitten sind das heutzutage.
Ich stand auf und tastete Richtung Falltreppe.
»Sie wollen das doch nicht in die Zeitung setzen«, rief die Frau hinter mir her.
Die Antwort blieb mir erspart. Mein rechter Fuß stieß vor einen Gegenstand. Glas zerbrach. Meine Bastschuhe wurden feucht. Es stank nach Spiritus. Ich bückte mich, grabschte in ein glitschiges Klümpchen. Meine Hand zuckte zurück. Ich sah genauer hin. Zwischen den Scherben lag ein Embryo, und er war nicht mehr der jüngste.
Natürlich habe ich versucht, den Inhalt meines Magens hinter den Zähnen zu behalten. Ich habe es nur nicht geschafft.
»Lassen Sie man, ich mach das schon weg«, sagte Frau

Risse, als ich mich aufrichtete. Wie ich die Treppe runtergekommen bin, weiß ich nicht mehr.

3

Wie viele große Zeitungen hat auch *Malibu* einmal klein angefangen. Dummerweise ist es kleingeblieben. Bochumer Kulturmagazin nannte sich das Ganze bei der Gründung vor zehn Jahren. Ein Veranstaltungskalender mit Artikelchen über Anzeigenkunden und Scene-Matadoren. Die Phantasie sollte er wenn schon nicht an die Macht so doch wenigstens in ein Reservat bringen. Irgendwas in der Art stand jedenfalls im ersten Heft, das ein paar Studenten mit Papas geliehenem Geld in einer Doppelgarage zusammenschnippelten.
Sobald wir aus den roten Zahlen sind, werden auch Honorare gezahlt, versprachen die beiden Herausgeber im Editorial. Weil sich diese Prophezeiung erst Jahre später und dann auch nur stotternd erfüllte, sind sie die einzigen Überlebenden aus der Gründerzeit des Blattes. Mit ständig wechselnder Mannschaft aus Amateuren und Halbprofis produzieren die beiden seit zehn Jahren monatlich ein *Malibu.* Die Doppelgarage haben sie bald gegen ein Ladenlokal der eingegangenen *Liga gegen den Imperialismus* eingetauscht. Von da zogen sie in die Büroräume eines eingegangenen Baufritzen und dann weiter in eine leerstehende Büroetage beim Stadtarchiv. Die Zwischenwände dort sind ab Brusthöhe aus Glas und eignen sich hervorragend zum Zeitung-machen-spielen. Daß im Keller jeden Nachmittag eine Rockband probt, stört da nicht weiter. Schließlich ist *Malibu* seit einem Jahr vierfarbig.
Die Redaktionssitzung, um die es geht, war die letzte vor der Sommerpause. Im August kommt *Malibu* nicht. Der Musikredakteur hatte seinen hochsommerlichen Bruce-Springsteen-Anfall. Statt der angesagten schwarzen Klamotten trug er verwaschene Jeans und ein ärmelloses T-

Shirt. »Wir machen im September was über Prince«, sagte er und ließ den Bizeps hüpfen. Seit Monaten verging kein *Malibu* ohne Prince-Geschichte. Der Musikmensch hatte sich beim Essener Konzert in den niedlichen Sänger verguckt.
Doch diesmal schien er nicht durchzukommen. Christoph Kennich, Verleger, Buchhalter, Vertriebsleiter und Chefredakteur von *Malibu,* einer der beiden Überlebenden aus den Anfängen, mochte nicht mehr.
»Zu Prince fällt mir nichts mehr ein.«
»Mir aber«, konterte der Musikmann.
»Leider«, stöhnte Kennich.
Damit war das Thema so gut wie tot. Statt über Prince würde sich *Malibu* im Herbst über eine Garagenband aus Recklinghausen-Hochlarmark auslassen, von der außer der Oma des Schlagzeugers, in deren Keller die Combo übte, noch niemand einen Ton gehört hatte.
Filmmäßig wurden wir uns schnell einig. Petra wollte einen Besinnungsaufsatz über den neuen Schimanski-Film schreiben. Einen Termin bei den Dreharbeiten hatte sie schon, Christoph war begeistert. Als Petra nebenbei erwähnte, der Treff mit George sei in München, beruhigte er sich wieder. Duisburg wäre ihm lieber gewesen. Kassentechnisch gesehen.
Weil auf dem Theater bis Oktober Funkstille herrschte, kam ich als nächster dran. Ich erzählte von Knoches Auftritt im Uni-Center, von Ingo Risse, dem toten Satanisten, seiner Mutter und dem beamteten Logen-Chef. »Stellt Euch vor, wir bringen ein Foto von dem, mit Dienstmütze hinterm Postschalter. Unterschrift: Tagsüber verkauft der Chef der Bochumer Teufelsloge Briefmarken.«
Die Begeisterung hielt sich in Grenzen.
»Du immer mit deinen Sex & Crime-Geschichten«, moserte der Theaterkritiker. Er schwärmte für italienische Opern und langweilte die Leser in regelmäßigen Abständen mit tiefschürfenden Betrachtungen über Belcanto und ähnliches Zeugs. Daß diese Art Schmettergesang von

nichts anderem als Liebe, Mord und Suff handelt, irritiert ihn nicht.
Weil er in der Redaktion keinen großen Einfluß hatte, schwieg ich. Schlimmer war, daß Christoph sich an eine *Playboy*-Story über Teufelskult in Deutschland erinnerte. Wann das war und was dringestanden hatte, wußte er nicht mehr. Der Fakt allein reichte aus, um meinen Vorschlag zu schieben. Da half alles Reden über lokalen Bezug und bunte Bilder nichts.
»Besorg den *Playboy,* danach sehen wir weiter«, kommandierte Christoph. Was sollte ich machen? Er hat die höher bezahlte Meinung.

Zwei Stunden später saß ich im Lesesaal des Dortmunder Instituts für Zeitungsforschung über drei Jahrgängen Arsch und Titten. Zuerst war es ganz spaßig, aber so ab dem zwanzigsten Heft klappte ich nicht mal mehr die Playmates auf. Ich überflog nur noch die Inhaltsverzeichnisse. Und hatte Glück. *Geh zum Teufel* hieß die Geschichte, war drei Jahre alt, ellenlang und unbebildert. Stammte von einem Münchner Autor. Klaus Schlüsselberg. Der Name sagte mir nichts.
Aber der erste Satz: *Jeder fünfte Mord in unserem Land ist ein nicht erkannter Ritualmord, jeder fünfte Selbstmord ein kultischer Freitod unter Einfluß von Sektierern oder sektiererischen Wahnideen.*
Bei 800 Morden und 13000 Selbstmorden kam Schlüsselberg auf eine satanisch bedingte Leichenmasse von 2760 Stück pro Jahr.
Das fing ja gut an. Blieb aber leider nicht so. Spalte um Spalte beschrieb Schlüsselberg seine Irrfahrt auf den Spuren des Teufels, zu dem er mit Kleinanzeigen Kontakt aufgenommen hatte. Es meldeten sich Sekten, Logen, Orden, Kirchen, Magier, Spinner aller Grade und Verfechter der verschiedensten Perversionen. Alle wollten nur sein Bestes: Sein Geld. Zwölftausend Mark hatten sie ihm binnen Jahresfrist aus der Seite geleiert, mit nichts als

Mummenschanz und leeren Versprechungen. Vor allem Schlüsselbergs Herzenswunsch, an einer Schwarzen Messe teilzunehmen, blieb unerfüllt.
In seiner Verzweiflung hatte der Gute am Ende selbst eine zelebriert. Es wurde ein Flop. Den Leuten war es zu kalt im Wald. Sie ließen ihre Unterwäsche an und zierten sich. Und dann flog ihnen auch noch der schwarze Hahn weg.
Ich wollte schon aufhören zu lesen, als ich über einen Ingo R. aus B. stolperte. Der hatte Schlüsselberg gegen Bares mit Infos und Adressen aus der Teufelsszene versorgt und ihm einen Kontakt mit Beta gemacht. Die Frau war Magierin und hauste in einem Schloß bei Florenz. Was sie dort trieb, verschwieg Schlüsselberg auf die Tour, die einen richtig scharf darauf macht, es rauszubekommen.
Ich ließ mir Kopien von der Geschichte ziehen, zahlte dem Mädel an der Kasse den Monopolkurs von 50 Pfennig pro Blatt und ging.

Das Zeitungsforschungsinstitut liegt mitten in der Dortmunder City. Als ich rauskam, knallte mich die Nachmittagssonne an. Ich schlurfte rüber zum Parkdeck, stieg in meinen Kadett und schmolz. Fahrtwind kam nicht auf. Es war kurz nach halb fünf, die Versicherungspaläste spuckten ihre Belegschaft auf die Straßen. Stop and go.
Ich vergnügte mich mit Senderspringen. WDR 2. Zwischen Rhein und Weser. Gerd Depenbrock interviewte den Bauernverbandspräsidenten. »Freiherr von Heeremann, meinen Sie nicht auch, daß . . .« Schnitt. BFBS. Teatime-Show starting with the aviation-forecast. Light stratocumulus . . . Schnitt. Riff, der Wellenbrecher auf WDR 1, spielte Ohrfeigenmusik. Schnitt. Radio Dortmund. Stadtgespräch. Daniel Buchenkamp exekutiert einen Studiogast.
Ich kenne Dani, weil ich gelegentlich für seinen Sender arbeite. Daß er nach der Hinrichtung auch noch eine Instumentalversion von *Sympathy for the Devil* spielte, faßte ich als Einladung auf. Ich umkreiste das Funkhaus an

der B 1, belegte in der dritten Runde einen freiwerdenden Parkplatz und überwand die Einlaßkontrolle. Dani war noch auf Sendung. Also runter in die Kantine. Sie liegt direkt neben der Toilette, ist nicht ganz so sauber, aber genauso kühl. Alle, die keine aktuelle Sendung vorzubereiten hatten, und das waren achtzig Prozent der Belegschaft, hingen hier rum.

Ich holte mir ein Bier von der Theke und setzte mich an einen freien Tisch. Wollte mich von niemandem belabern lassen. Meinen Kopf bevölkerten Geistwesen, Logenbrüder, Embryos, Grabsteine und Pin-up-Girls. Das reichte.

Nach dem dritten Bier walzte Dani herein. Er ist so fett, daß sie im Funkhaus ein Radrennen nach ihm benennen wollen. *Rund um den Buchenkamp* soll es heißen. Ein mehrtägiges Etappenrennen.

Dani bestellte Kaffee und Kuchen., Ich winkte ihn an meinen Tisch. Er strahlte und stellte die Moderatorenstandardfrage: »Hast du mich gehört?«

Ich nickte.

»Wie war ich?«

»Weltklasse, Dani.«

»Arsch!«

Während er Käsekuchen mampfte, bot ich ihm die Teufelsgeschichte an. Danis Schweinsäugelchen blitzten, besonders bei der Schwarzen Messe. Ich schöpfte Hoffnung und trieb die Story scharf in diese Richtung. »Affengeil«, meinte der Dicke, »nur leider nichts für uns.«

Ich fragte warum.

»Erstens zu versaut. Wir sind öffentlich-rechtlich. Was meinst du, was die Kirchenvertreter im Projektrat sagen?«

Ich schlug vor, die scharfen Stellen zu streichen und den Pfaffen ausgiebig zu Wort kommen zu lassen.

Dani verzog das Gesicht. »Außerdem fehlt der DBZ«, nuschelte er mit den Backen voller Puddingteilchen.

DBZ kannte ich noch nicht. Ich fragte nach.

»Dortmundbezug heißt das. Wir sind ein Lokalradio, Schreiber!«

Daran sollte die Sache nicht scheitern. In Wanne-Eickel kenne ich einen, der nimmt auf jede Urlaubsreise ein Sechser-Pack Eickel-Pils mit, drückt den Eingeborenen eine Flasche in die Hand und knipst. Das Foto verkauft er an die Brauerei. Ein paar Tage später taucht es in der Lokalzeitung auf. Unterzeile: *Auch im afrikanischen Busch schätzt man Bier aus Wanne-Eickel.* Der Typ kassiert dafür einen Hunderter.

Ich versuchte die Radio-Variante der Nummer. »Ich laß den Popen sagen, daß es auch in Dortmund 'ne Loge gibt. Stimmt vielleicht sogar.«

Dani war einverstanden. »Gebauter Beitrag mit O-Tönen, erschöpfend dargestellt, aber nicht länger als 2:30.«

Oben in der Redaktion ließ ich mir ein Aufnahmegerät geben. Buchenkamp nutzte die Gelegenheit, um mich für einen Pflichttermin zu schanghaien. »Morgen um elf. Pressegespräch in der Bier-Brauerei. Geht um die Seemannsgrill-Party nächsten Samstag im Westfalenpark. Es gibt Mittagessen.«

Mittagessen klang nicht schlecht. Außerdem interessierte mich, wie man einen Seemann grillt.

»Einer muß es ja machen«, stöhnte ich. »Laß mich nur kurz telefonieren, ich muß einen anderen Termin absagen.«

Der *Playboy* residiert in München. Für solche Anrufe benutze ich lieber anderer Leute Apparat.

Es dauerte denn auch, bis ich jemand an die Strippe bekam, der sich an Schlüsselbergs Geschichte erinnerte. Ich bat ihn um Adresse und Telefonnummer des Möchtegern-Satanisten.

Der Kollege hätte mir gern geholfen, war selbst von einer Stadtillustrierten zum *Playboy* gewechselt. Aber es ging nicht. Klaus Schlüsselberg hatten sie zwei Wochen nach Erscheinen der Story tot im Badezimmer gefunden. Keine Anzeichen für Fremdeinwirkung.

4

Zuhause klebte alles, Küchentür, Tischdecke, Fußboden, Kühlschrank. Sascha hatte sich ein Marmeladenbrot geschmiert. Das abgefressene Geschirr zierte den Küchentisch, die Butter schwamm in der Dose. Eine Schmeißfliege saß daneben und versuchte, das Fett von den Flügeln zu kriegen. Ich erwischte sie problemlos mit dem Pantoffel.
Sascha zu finden, war nicht schwerer. Ich ging dem Geruch nach und fand ihn in meinem Zimmer, rauchend vor der Glotze. Der Typ auf der Mattscheibe bekam von seiner Frau einen eingeschüttet, sog den Kaffeedampf durch die Nüstern und liebte sie auf der Stelle.
Wenn ich was hasse, dann ist das Rauchen und Werbefernsehen. Ich drehte der Kaffeetante den Saft ab, warf Sascha raus und lüftete. Das heißt, ich tauschte den Duft von Saschas Selbstgedrehten gegen den Gestank der Autos am *Kortländer* ein. Fünf Straßen treffen sich auf dem Platz vor unserem Haus, zwei Straßenbahnlinien führen vorbei. Das bringt Leben in die Bude.
Der junge Herr hatte sich in seine Gemächer zurückgezogen, rauchte da weiter. Ich randalierte solange, bis er die Kippe ausdrückte, in die Küche schlurfte und sein Zeug wegräumte. Eingekauft war natürlich auch nicht. Ich scheuchte Sascha rüber zum Italiener an der Ecke, Salat und Pesto holen. Spaghetti und Wein hatten wir noch. Um sieben stand das Futter auf dem Tisch. Schweigend schlangen wir die Teigwaren. Durch das offene Küchenfenster drang das Klappern von Geschirr. In dem Ahornbaum, den ein Menschenfreund vor Jahrzehnten auf dem verbauten Garagenhof gepflanzt hatte, sang die einzige Amsel der Innenstadt. Sie war gut bei Stimme, kam mühelos über das Grundbrummen des Verkehrs, der um unsern Block toste.
»War was besonderes?«, fragte ich, als wir die Teller und Gläser nochmals füllten. Der Wein wirkte wie Weichspüler, er löste die Streßklumpen in meinem Bauch und stimmte mich milde.

Der Junge schüttelte den Kopf. Er ist erwachsen geworden in den zwei Jahren, seit seine Mutter abgehauen ist. Kaum kleiner als ich, dafür aber breiter in den Schultern und schmaler am Hintern. Auch die bei Siebzehnjährigen sonst obligatorischen Pickel blieben ihm erspart. Große, braune Augen, weicher Mund, braune Stehhaare: Für meinen Geschmack ist der Kerl fast zu hübsch. Aber das ist blanker Neid.
»Niemand angerufen?« fragte ich.
Sascha sog eine Nudel an. »Doch«, sagte er, »die Oma.«
»Was wollte sie denn?«
»Wissen, ob ich schon 'ne Lehrstelle hab.«
Meine Mutter liegt dem Jungen und mir jeden zweiten Tag damit in den Ohren. Sie kann einfach nicht begreifen, daß die Zeiten sich geändert haben, seit ihr Hans-Jürgen vor zwanzig Jahren bei der Stadtverwaltung angefangen hat. Ich hatte damals *eine* Bewerbung rausgeschickt, die fürs Rathaus, und wurde genommen. Sascha hat alle Gärtner von Bochum und Umgebung angerufen. Bei fünfen durfte er sich bewerben. Geantwortet hat keiner.
»Wann warst Du denn das letzte Mal beim Arbeitsamt?«
Sascha verdrehte die Augen. »Vor drei Wochen.«
»Und?«
»Hab ich dir doch gesagt. Ich krieg Bescheid, wenn sie was haben.«
Dann vertiefte er sich wieder in seinen Berg Spaghetti, wickelte ganze Wagenladungen um die Gabel und schob sie sich ins Gesicht. Als die Nudeln niedergemacht waren, fing er an zu schnüffeln.
»Irgendwas stinkt hier nach Krankenhaus«, fluchte er, nahm noch einen Happen Luft durch die Nase. »Bist du das?«
Ich wies alles weit von mir. Bis mir der Embryo wieder einfiel. Ich hatte die Espadrillos noch an. Sie waren schnell getrocknet in der Hitze und dann in Vergessenheit geraten. Ich zog sie aus und warf die Dinger in den Müll, duschte meine Füße in der Badewanne.

Sascha stand in der Tür und grinste. »Erzähl, Alter!«
Ich legte los, auch wenn es schon das dritte Mal an diesem Tag war. Erstens erzähle ich gern Geschichten und zweitens bin ich über diesen Weg schon an die tollsten Infos gekommen. Weil die Leute anschließend meist mit eigenen Stories über den Hof kommen. Nach dem Motto: ›Das ist ja noch gar nichts. Als ich neulich . . .‹
Bei Sascha war es nicht anders. »Inner Stadt gibt es auch sone Truppe«, sagte er. »Die Gruftis.«
»Die wer?«
»Die Gruftis. Hängen abens inner Tiefgarage rum, hören Black Metal aussem Kassettenrecorder und erzähln sich ein' vom Teufel.«
»Kennst du die?«
»Vom Sehen. Die Typen laufen hart rum, umgedrehte Kreuze inne Ohrn, schwarze Klamotten und so.«
»Sind das viele?«
»Weiß ich nich«, sagte Sascha, »aber ich kann mich ja mal umhörn.« Die Idee fand ich nicht schlecht. Dann hatte der Junge endlich was zu tun.
»Okay«, sagte ich, »versuch mal rauszufinden, wieviele das sind und wo die sich treffen.«
Sascha grinste wieder. »Und was ist mit Knete?«
»Was verlangen Sie denn für Ihre Dienste?«
»Fünfundzwanzig Dollar am Tag und die Auslagen.«
Ich drückte ihm einen Heiermann in die Hand. Er warf sich in die Baseballjacke und schob ab. Ließ mich allein mit Tellern, Töpfen und Spülbecken. Als ich es merkte, war er schon weg. Hart bleiben, Hannes, sagte ich mir und zog mit der Flasche ins Wohnzimmer um. Aus lauter Verzweiflung tat ich mir das Abendprogramm des ZDF an. Mit dem Wein ging das ganz gut. Ich kann mich jedenfalls an nichts Schlimmes erinnern.
Bei der Nationalhymne stand ich auf und ging pinkeln. Sascha war noch nicht zurück. Zu blau, um mir Sorgen zu machen, kroch ich ins Bett.

Über Nacht blieb alles beim alten, die Küche ein Schlachtfeld, Saschas Bett leer und der Fernseher in Betrieb. Sogar das Wetter änderte sich nicht. Die Sonne kletterte aus dem Ahorn, als ich ins Bad taperte. Ich duschte, zog mir einen neuen Satz Sommersachen an, überlegte einen Moment und schrieb Sascha einen Zettel. *Bin auswärts frühstücken. Hatte keine Lust, die Küche wieder mal allein aufzuräumen. Mach Du es! Bin bei Radio Dortmund. Zurück um drei. Wo warst Du heute Nacht??? Hannes.*
Ich klebte den Wisch an die Kühlschranktür und machte mich auf. Die Straße lag ruhig da. Die letzten Bürohengste hockten seit neun hinter ihren Schreibtischen und der Geschäftsverkehr hatte noch nicht eingesetzt. Die Frau aus dem Nachbarhaus schleppte einen Eimer Wasser über den Zebrastreifen und goß den Ahorn auf der Verkehrsinsel. Er hat es nicht so weit gebracht wie sein Kumpel auf dem Hof, reicht kaum an die Oberleitungen der Straßenbahn. Vorwerfen kann man ihm das nicht. Stellen Sie sich mal den ganzen Tag da hin! Bin gespannt, wie Sie nach einer Woche aussehen. Und der hängt schon Jahre da fest.
Nach einer Runde um die Kirche an der Blücherstraße, wo die Morgensonne die Backsteine wärmte und die Kindergartenkinder sich mit Sand bewarfen, frühstückte ich in der Rathauskantine. Gegen zehn trifft man dort mehr Leute als in den Diensträumen. Ich griff zwei Eier, drei Brötchen, eine Kanne Kaffee, vier von diesen Marmeladendöschen und hörte mir am Tisch des Tiefbauamtes all die alten Kamellen an, über die ich bei meinem Abgang vor fünf Jahren nicht mehr lachen konnte. Komischerweise gefielen sie mir wieder. Ich saß mitten unter den Kumpels von früher, lachte, wenn sie lachten, giftete mit ihnen über alle Vorgesetzten dieser Erde, bildete mir ein, ich gehörte noch dazu.
»Langer, hast du schon gehört, daß die DDR die Mauer einen halben Meter höher ziehen will?« fragte einer. »Nein«, sagte ich, hätte ich nicht. »Weißte warum?« Ich wußte nicht. »Erich Honecker hat sein' Bausparvertrag ausgezahlt gekriegt.«

Als wir uns beruhigt hatten, erzählte ich ihnen von der Geschichte, an der ich saß. Tips zum Thema kamen eine Menge zusammen. Die meisten waren nicht druckreif.
Um halb elf ließ ich die Mischpoke allein und rutschte über die Bahn nach Dortmund. Die Pressekonferenz stieg im Sudhaus der Brauerei. Für die Lokalzeitungen liefen ihre Redaktionschefs auf. Schließlich stand in der Einladung etwas von Mittagessen.
Die Seemannsgrillparty im Westfalenpark entpuppte sich bei längerem Zuhören als eine PR-Veranstaltung der Brauerei mit Fischfrikadellen und Shanty-Chor. Der Brauereimensch tat begeistert, die Journalisten interessiert. Es entspann sich eine rege Diskussion über Backfisch und Seemannslieder.
Weil das Kabelfernsehen ein paar Meter für die Lokalnachrichten abdrehte, kamen sich die Zeitungsjungs vor wie beim Internationalen Frühschoppen. Sie redeten eine Stunde.
Als der Kellner endlich die Bestellungen aufnahm, mußte ich auf Sendung.
Ich quälte den Kadett um den Wallring, gurkte im Zick-Zack durchs Kreuzviertel und stand um halb eins im Studio. Dani verlas gerade die Stellenangebote des Dortmunder Arbeitsamtes. Sechs Stück für 45 446 Arbeitslose. Dann kam Musik und dann brachten wir die Seemannsnummer hinter uns. Was tut man nicht alles für hundertzweiundsechzig Mark Honorar.
Um Anschlußaufträgen zu entgehen, ließ ich mich weder in der Redaktion noch in der Kantine sehen. Ich klemmte mich hinters Steuer und die B 1 hatte mich wieder. Sie ließ mich die nächste Stunde nicht los.

Der Wisch hing immer noch am Kühlschrank, als ich die Küche betrat, und auch sonst hatte sich nichts getan. Von Sascha keine Spur. Ich fing an, mir Vorwürfe wegen des Jungen zu machen, malte mir aus, was ihm passiert sein könnte, räumte ganz in Gedanken doch den Tisch ab und

spülte. Sascha bleibt schon mal über Nacht weg. Aber dann sagt er vorher Bescheid. Wirkliche Probleme habe ich mit ihm noch nicht gehabt, jedenfalls nicht auf dieser Schiene. Er war verdammt brav für sein Alter.
Also zwang ich mich zur Ruhe, gab ihm noch Zeit bis sechs. Bis dahin würde er schon auftauchen.
Ich hockte mich an den Schreibtisch und überdachte die Teufelsgeschichte. Entzifferte meine Notizen über Knoches Vortrag und das Gespräch mit Risses Mutter. Überflog den *Playboy*-Artikel. Überlegte die nächsten Schritte. Alex Bachmann war mein Mann, der Typ, dem Frau Risse das Archiv ihres Sohnes vermacht hatte. Seine Telefonnummer hatte ich mir von ihr geben lassen. Es war eine Essener Nummer. Ich wählte sie an.
»Ja bitte«, hauchte die Stimme am anderen Ende der Leitung. Ich sagte, wer ich sei und was ich wollte.
Bachmann schwieg. Also redete ich weiter, versuchte, ihn mit Insider-Getue am Auflegen zu hindern. Bachmann sagte nichts. Als ich schon dachte, er sei tot, ohne Fremdeinwirkung dahingerafft wie Risse und Schlüsselberg, flüsterte er: »Wenn Sie mir versprechen, daß mein Name nicht genannt wird.«
Ich tat ihm seinen Willen. Versprechen kann man sich schließlich mal. Wir verabredeten uns für den nächsten Tag um 10 bei ihm.
Was mich wunderte, war die Adresse, die er angab. Eine Straße in Essens Nobelvorort Bredeney.
Ich dachte eine Weile darüber nach, ohne daß etwas Gescheites dabei herausgekommen wäre. Warum sollte Bachmann nicht in Bredeney wohnen?
Ich hatte keine Ahnung. Das war mein Problem. Konnte mir kein Bild von der Teufelsszene machen außer dem Horrorgemälde, das der Pastor mit wenigen kühnen Strichen an die Wand gemalt hatte.
Ich brauchte teuflische O-Töne, nicht nur fürs Radio. Aber auch. Also schnappte ich mir den Recorder und fuhr zurück nach Dortmund. Da gab es eine esoterische Buch-

handlung, und ich ärgerte mich den ganzen Weg, daß ich mittags nicht auf die Idee gekommen war, sie zu frequentieren.
Der Laden hieß *Argenta* und fiel nicht weiter auf unter den Geschäften im Kreuzviertel. Vor zehn Jahren waren die ersten Intellektuellen hier aufgetaucht, hatten zuerst die Mieten und dann den ganzen gewachsenen Stadtteil versaut. Die Tante-Emma-Läden machten dicht und in die leerstehenden Ladenlokale zogen Woll-Lädchen, Bio-Buden und Szene-Kneipen. Eine esoterische Buchhandlung hatte da gerade noch gefehlt. Ich parkte den Wagen in der zweiten Reihe direkt vor dem Schaufenster des Buchladens und bestaunte die Auslagen. Gläserne Pyramiden sah ich, kristallklar von zehn bis achtzig Mark, bunt ein wenig teurer; Pendel aus Kupfer und Messing, Kristallkugeln. Der Teufel lächelte mich von einer Tarotkarte an. Er lag zwischen allerlei Schmuck, der an die Stände auf den Friedensdemonstrationen erinnerte. Statt Täubchen hing sich der modebewußte Esoteriker fernöstliche Symbole an die Ohren. Es gab auch ein paar Bücher im Schaufenster. Die Titel sagten mir nichts.
Drinnen stank es nach Räucherstäbchen. Sphärenmusik waberte durch den Raum. Von hinten rief jemand »Ich komme sofort« und tat es dann doch nicht. Mir war das recht. Ich wanderte die Regale entlang und bestaunte die feilgebotenen Werke. Da versicherte eine gewisse Dorothy Mackean *Du kannst mit Engeln sprechen.* Reshad Feild ging den *Weg des Derwisch.* Ein leider nicht genannter Autor gab mir für weitere Recherchen den Tip überhaupt. *Die Bäume lügen nicht!* hieß seine Broschüre über das keltische Horoskop.
Es gab noch eine Menge mehr Bücher im *Argenta.* Sie handelten von *Verborgenen Kräften in Edelsteinen und Pflanzen,* dem *Rhythmus des Kosmos,* der *Welt der Naturgeister, Erinnerungen an den Tod,* dem *Hauch eines Büffels im Winter, Orten der Kraft,* dem *Seelenleben des Ungeborenen* und vielen anderen Fragen, denen ich schon immer

einmal nachgehen wollte. Nur zum Thema Satanismus fand ich nichts.
Ich setzte mich in einen Sessel am runden Tisch in der Mitte des Raumes und hoffte, daß der Jemand aus dem Hinterzimmer seine Ankündigung wahrmachte.
Der Jemand war eine Frau. Nach fünf Minuten kam sie durch die Tür und strahlte mich an. Sie machte das mit einem knallrot geschminkten Mund und Augen, entschieden zu blau für eine Buchhändlerin. Die Frau war groß, mindestens einsachtzig, schlank, aber nicht allzu. Ihre kräftigen Beine steckten in einer schwarz-weiß-gestreiften Hose. Der kobaltblaue Strickpulli beulte sich an den dafür vorgesehenen Stellen. Auf der rechten Brust steckte eine silberne Mondsichel.
»Hast du nichts Passendes gefunden?« fragte sie.
Ich kann es nicht ab, wenn Fremde mich duzen. Aber die Stimme, mit der diese Frau es tat, half mir darüber hinweg. Sie war dunkel genug, daß ich sie beim Reinkommen für die eines Mannes gehalten hatte, und aufgerauht wie meine Wildlederjacke nach dem Bürsten.
Ich nickte und sah zu, wie sie sich setzte. Was heißt setzte? Sie lümmelte sich in den Sessel, schlug die Beine übereinander und warf ihre Haare aus dem Gesicht. Ich sah ihre kleinen Ohren, von denen eins abstand. Sie trug keinen Schmuck.
»Ich interessiere mich für Satanismus«, sagte ich, als sie mit dem Hinsetzen fertig war.
Sie sagte: »So?«. Sonst nichts.
Ich sagte: »Ja.« Sonst auch nichts.
Ein, zwei Bücher hatte ich kaufen wollen und ein bißchen reden. Auf eine Aufnahmeprüfung war ich nicht gefaßt.
»Können Sie mir nichts empfehlen?« fragte ich schließlich, als mir die Stille auf die Nerven ging.
»Doooch«, dehnte die Frau. »Mich interessiert nur, wofür du es brauchst.« Ich konnte mir das Grinsen nicht verkneifen.

»Das ist der erste Laden, in dem ich mich erklären muß, bevor ich was kauf.«
Irgendwann sei immer das erste Mal, meinte sie und fingerte eine Zigarette aus der Schachtel. Es war das alte Spiel. Sie war beschäftigt und ich dran mit Reden.
Also redete ich. Was blieb mir anderes übrig. Ich sprach von der Arroganz des Christentums, vom Glauben unserer germanischen Ahnen und den Dingen zwischen Himmel und Erde, von denen uns unsere Schulweisheit sich nichts träumen läßt.
Ich muß schon mal überzeugender gewesen sein.
Die Frau hörte sich mein Blah-Blah in Ruhe an, sog inbrünstig an ihrer filterlosen Zigarette, ließ den Rauch widerwillig aus dem Mund entweichen und pfiff ihn nochmal durch die Nase ein. Derweil löcherten mich ihre Stahlaugen wie Spieße.
»Was dich interessiert, ist ein Skurril-Fick«, sagte sie, als mir nichts mehr einfiel.
Ich spürte, wie das Blut in meine Ohren preschte, konnte aber nichts dagegen tun außer abwarten, bis der Schreck nachließ.
»Seh ich so aus?«
Die Buchhändlerin lächelte milde. »Das hat mit Aussehen nichts zu tun. Neunzig Prozent der Leute interessiert am Satanismus nur der Sex. Die restlichen zehn Prozent sind Frauen.«
»Am wohlsten fühlt man sich doch auf dem gesicherten Boden seiner Vorurteile«, konterte ich.
»Dann sag doch, warum du wirklich scharf bist auf Teufelskult. Und komm mir nicht mit dem Papst.«
»Ich bin Reporter«, sagte ich.
»Welche Zeitung?«
»*Malibu*.«
»Marabu?«
»Das hat mit Vögeln nichts zu tun. *Malibu* heißt das Blatt.«
»Kenn ich nicht«, sagte sie.
Ich gab ihr unser letztes Heft. Das war ein Fehler. Auf dem

Titel sinnierte ein nacktes Paar über *Zehn Todsünden im Bett.* Die Frau nutzte ihre Chance. Sie richtete sich im Sessel auf und grinste.
»Das hat mit Vögeln nichts zu tun«, äffte sie mich nach.
Ich hatte keine Lust, mich von dieser Tante weiter beschimpfen zu lassen, nur weil ich eins ihrer schwachsinnigen Bücher kaufen wollte. Ich gab ihr das in dürren Worten zu verstehen und stand auf. Auf halbem Weg zur Tür holte mich ihre Soul-Stimme ein. »Du bist aber schnell beleidigt«, gurrte sie.
Natürlich hätte ich weitergehen sollen. Aber ich blieb stehen, drehte mich um und sagte: »In meinem Job bin ich gewohnt, daß ich die Fragen stelle.«
»Dann frag mich doch mal was!«
»Kannst du mir kein Buch über Satanismus empfehlen? Ich will nämlich eine Geschichte darüber schreiben. Für *Malibu.* Das ist so'n Sexblatt aus Bochum.«
»Muß ich mal schauen.«
Sie stand auf und stöckelte ins Hinterzimmer. Ich sah ihr nach und kam ins Träumen.
Ein paar Augenblicke später tauchte sie mit ein paar Büchern vor dem Bauch wieder auf.
»Das ist alles, was ich hab«, entschuldigte sie sich. »Ich verkauf das Zeug nicht gern.«
Ich schnüffelte ein bißchen in den Klappentexten. Besonders gefiel mir *Liber Al Vel Legis, das Buch des Gesetzes.* Diktiert am achten neunten und zehnten April in Kairo von einer außerirdischen Intelligenz mit Namen Aiwass. Kostete auch nur achtundzwanzig Mark.
Kaufen tat ich es nicht. Ich entschied mich für eine Biographie des Altmeisters der Schwarzen Magie. *Aleister Crowley. Das Tier 666.* Das war vielleicht eher was für Anfänger wie mich.
Die Buchhändlerin hielt sich da raus. »Das mußt du selbst wissen«, sagte sie und nannte mir den Preis. 48 Mark.
Sie bemerkte mein Zögern, sah mich sonderbar an. »Ich

laß es dir fünf Mark billiger. Weil du so schön und stark bist.«
Ich sah zu, daß ich die dreiundvierzig Schrauben aus dem Portemonnaie bekam und verließ fluchtartig das Lokal. Wieder stoppte sie mich bei der Tür. »Du hast deine Quittung vergessen«, sagte sie, drückte sie mir, als ich zurückkam, in die Hand und lächelte mich raus.

Zu Hause schlug mein Vaterherz höher. Ich ließ es mir nur nicht anmerken. Sascha war zurück. Er saß am offenen Küchenfenster, halb drinnen, halb draußen, und sah dem Streifenhörnchen zu, das in den Stellagen des Likörfabrikanten auf dem Hof rumturnte. Ich habe Sascha das Vieh zu Weihnachten geschenkt, damit der Junge etwas hat, wofür er sorgen muß. Doch der teure Käfig versiffte binnen weniger Wochen dermaßen, daß der Nager beim Füttern entwich und sein Domizil hinter Saschas Kleiderschrank aufschlug. Von da zog *Dylan,* wie mein Sohn das Tier, um mich zu ärgern, genannt hat, im Frühling auf den Hof. Seitdem verstehen die beiden sich prächtig. Sascha füttert das Hörnchen regelmäßig vom Fenster aus. *Dylan* bedankt sich mit allerhand Faxen. Daß das Garagendach inzwischen aussieht wie ein Dreschplatz, stört sie nicht im geringsten. Nur die Nachbarn. Aber das sind Spießer, meint Sascha. Wo er recht hat, hat er recht.
Um eine Erklärung für sein nächtliches Fernbleiben war der Bursche auch nicht verlegen. »Ich hab Thomas in der Stadt getroffen und bei ihm gepennt.«
»Hättest wenigstens anrufen können«, maulte ich.
Sascha warf *Dylan* einen Sonnenblumenkern zu. Das Tier ließ ihn einmal ticken und griff ihn dann aus der Luft.
»Vergessen«, sagte Sascha. Damit war der Fall für ihn erledigt. Ich hüpfte neben ihm auf die Fensterbank und sah der Raubtierfütterung zu.
»Was machen die Gruftis?«
»Hängen neuerdings im *Max* herum, wenn sie Knete haben.«

»Wer ist Max?«
Sascha sah mich an, als hätte ich gefragt, wer Schalke 04 sei. »*Max* ist so'n neuer Laden im Bermuda-Dreieck.«
Er legt es gern darauf an, mich alt aussehen zu lassen. Ich tat ihm den Gefallen und fragte nach. Zu einer Antwort ließ Sascha sich erst nach zwei weiteren Kernen für *Dylan* herab. Bermuda-Dreieck nannten sie seit neustem den Häuserblock am Engelbert-Brunnen mit den In-Kneipen der Stadt. »Daß der dreieckig ist, hast du wahrscheinlich auch schon gemerkt«, schlaumeierte Sascha. »Und Bermuda, weil da nachts soviele verschüttgehen.«
Ich grinste nur. Das reichte, um mir einen Knuff in die Rippen einzufangen. »Also gut«, sagte ich, »sie hängen im *Max.* Bißchen wenig Info für'n bunten Abend mit Papas Heiermann.«
Sascha schnaubte. »Was meinst du eigentlich, was du für fünf Mark im *Max* kriegst?«
Ich vermutete drei Bier. Der Junge sah mich mitleidig an. »Ein Bier und 'n Blubberwasser und dann darfste abhauen. Aber hurtig, damit die nächsten Platz haben.«
So ging das noch eine Weile, ehe Sascha was Handfestes rausließ. »Großes Grufti-Treffen in der Ruhrlandhalle«, schmetterte er über den Hof, klaubte einen verkrumpelten Wisch aus den Jeans und warf mir das Bällchen zu.
Wenn Ihr blutgeil seid, müßt Ihr auf unser nächstes Konzert kommen, warb die Gruppe *Slaughter in Hell. Wir preisen den Teufel, schänden Nonnen, Mönche und Jesus Christus.* Wenn das Pastor Knoche wüßte, dachte ich, strich den Zettel glatt und legte ihn neben mich.
Sascha waren die Kerne ausgegangen. *Dylan* stand noch eine Weile dumm auf dem Garagendach rum, dann trollte er sich. Wo er seit seinem Auszug campierte, hatten wir noch nicht raus.
»Nimmst du mich mit zu *Slaughter?*«, fragte ich.
Saschas Blick glitt an mir rauf und runter. »In dem Outfit?«
Ich trug eine helle Sommerhose, T-Shirt und Sandalen. Das geht scheinbar nicht in der Hölle.

Ich versprach Sascha, mich nach seinen Wünschen zu verkleiden. Da stimmte er zu.
Nach dem Abendessen nahm ich ein gutes Buch zur Hand. Ich las das erste Kapitel der Crowley-Biographie. Es ging über die früheren Leben des Meisters. Bei einer magischen Klausur am Hudson River war ihm aufgegangen, daß er in alten Zeiten als Papst Alexander VI, thebischer Priester Ankh-f-n-Khonsu, sizilianischer Graf Cagliostro, chinesischer Weiser Ko Hsuan, südpolnischer Mönch Iwan und als Sir Edward Kelley, das Medium mit den Stutzohren, auf Erden weilte. Ich fand das plausibel. Schließlich hat Hans Moser immer wieder gesungen, er müsse in seinem früheren Leben eine Reblaus gewesen sein.

5

Nachts hatte es geregnet, genau soviel, daß Straßen und Dächer frisch und sauber rochen, als die Sonne ganz gegen ihre Gewohnheit um acht wieder auf der Matte stand. Beim Frühstück beschloß ich, die B 1 den Lastern zu überlassen und durchs Ruhrtal nach Bredeney zu fahren. Dem Kadett schien die Idee zu gefallen. Ohne zu stottern glitt er über die *Hattinger* aus der Stadt, hängte in Weitmar sogar die Straßenbahn ab und stoppte nach zwanzig Minuten vor der S-Bahnschranke an der Dahlhauser Schwimmbrücke.
Ich kurbelte das Fenster runter und atmete die modrige Frische des saubersten Industrieflusses Europas. Als ich noch der kleine Hans-Jürgen war, bin ich jeden halbwegs schönen Sommerferientag mit den Kumpels zur Ruhr gezogen.
Damals glaubten wir, daß das Wasser besonders sauber sei, wenn es am Wehr schön schäumte. Inzwischen wäscht die Ruhr mit gebremstem Schaum. Trotzdem trauen sich viele nicht mehr rein. Ich schon. Haare, die ausgehen könnten, habe ich nicht mehr viel, und wenn man sich nachher gründlich duscht, bekommt man auch keinen Ausschlag.

Ich nahm mir vor, auf dem Rückweg oben beim E-Werk reinzuspringen und mich ein Stück mitreißen zu lassen.
Die S-Bahnen donnerten durch, erst die Essener, dann die Hattinger, die Schranke ging hoch und ich kreuzte den Fluß.
Auf dem anderen Ufer, wo das Tal breit ist und fruchtbar, krochen Rentner und Hausfrauen durch die Furchen der Erdbeerfelder. Die Sonne stand hübsch hoch, und die Pflücker setzten alles daran, ihre Eimer vor Mittag voll zu kriegen.
Dann kletterte die Straße nach Burgaltendorf, einem kleinen Kaff mit großem Dom. Ich machte, daß ich zwischen seinen Reihenhäusern wegkam, schwang mich über den Buckel nach Kupferdreh, wo die Ruhr nach ihrer Schleife auf mich wartete. Ich ließ sie rechts liegen und schoß auf dem letzten Stummel Schnellstraße rauf zur Kaserne. Rekruten standen paketeweise auf dem Hof. Sie klopften Griffe. Sie drehten sich um die eigene Achse. Sie stampften mit den Stiefeln. Und alles nur, weil ein Kerlchen vor ihnen stand und brüllte. Ein Schild *Werden 5 km* sagte mir, ich sollte runter von der 224, und zwar nach rechts. Ich gehorchte.
Die Straße kurvte durch Waldhügel und Wiesen, die sich von der Heuernte erholten. Verstreute Altbauten klemmten am Fahrbahnrand, eine längst vergessene Zeche gammelte vor sich hin. Fromm waren sie, die ersten Bergleute, hatten vor der Schicht nebenan in der Kapelle Zur Schmerzhaften Mutter Maria gebetet. Und nach der Schicht gesoffen. Ihre Kneipen säumten den Weg nach Werden in regelmäßigen Abständen. Statt Bergarbeiter füllte man nun Ausflügler ab.
Sogar ein Kuh-Hotel stand an der Strecke. Der Bauer hatte vor Jahren seinen Kuhstall modernisiert und KUTEL geheißen. Es gibt immer noch Leute, die fahren hundert Kilometer, um das zu sehen. Einen von der Sorte hatte ich den Rest des Weges vor der Stoßstange. Er hing mit Strohhut und Staubmantel am Steuer seines Dortmunder

Escorts, fuhr stur dreißig, verzögerte nur ab und zu, um der auf dem Rücksitz mitgeführten Oma die Landschaft zu zeigen. Ich hatte eine Viertelstunde Zeit zum Ärgern, ehe wir uns im Gewühl der 224 verloren.
Alles rollte runter nach Werden, an der Abtei vorbei und wieder über die Ruhr. Auf der anderen Seite konnte man ein Stück Baldeney-See sehen, das Wehr und die Segelboote dahinter. Ein Bild wie aus der Anzeigenkampagne fürs Ruhrgebiet gesprungen. Ich war froh, als sich der Krupp-Wald davorschob.
Am Bredeneyer Kreuz bog ich nach links in die Meisenburgstraße.
Komischer Nobelvorort. Mehrstöckige Mietshäuser, Trinkhallen, eine der beliebten Schuhkarton-Schulen von Anfang der Siebziger. Das Bild änderte sich erst, als ich den Wagen in die Westerwaldstraße dirigierte.
Wohnblocks wichen Eigenheimen, Vorgärten, deren Rasen man die Nagelschere ansah.
An einer kleinen Kreuzung hörte die Bebauung auf. Ein Streifen Buchen blockte den Blick. Die Straße machte sich dünn. Ich hatte noch Zeit, parkte den Wagen und nahm den Waldweg, der das Sträßchen begleitete.
Ilexbüsche wuchsen zwischen den silbrigen Buchenstämmen. Ein Eichelhäher wühlte im Laub der letzten Saison wie ein Penner im Müll. Als ich ihm zunahekam, verzog er sich krakeelend.
Die beiden Männer bemerkte ich ziemlich spät. Sie lehnten an einem Baumstamm und schauten dem Vogel nach. Sahen richtig interessiert aus, die zwei, trugen grüne Knikkerbocker und etwas hellere Hemden. Ich hätte sie glatt für Förster gehalten, wenn aus der Brusttasche des einen nicht diese gummiummantelte Antenne geragt hätte. Ihre Spitze hatte der Mann unter die Schulterklappe seines Hemdes gesteckt. Man mußte genau hingucken, um das Gerät zu entdecken.
Ich vermied jede unbedachte Bewegung, entbot den Herren vom Objektschutz den Morgengruß und ging meines

Weges. Hinter mir knarzte der Sprechfunk: »Schnepfe drei an Schnepfe eins, kommen!«
Daß die Schnepfen sich nicht wegen der Eichelhäher die Beine in den Bauch standen, merkte ich, als der Wald nachließ. Vor mir lag ein Hang voller Häuser, wie man sie bei uns sonst selten sieht. Sie waren alle weiß. Viele trugen Schieferdächer, die in der Sonne glänzten wie die lackierte Kohle im Ring des Ruhrbischofs. Andere strahlten derart rot, daß mir der Verdacht kam, sie würden zweimal wöchentlich geschrubbt.
Die Straße weitete sich wieder hinter dem Wald. Aus meinem Waldweg wurde ein plattierter Bürgersteig. Ich hätte ihn nicht gebraucht. Es gab keinen Verkehr auf diesem Teil der Westerwaldstraße. Es gab auch keine Menschen. Es gab nur Stille. Von ganz weit weg brummte die Düsseldorfer Autobahn, nicht lauter als eine ferne Fliege. Ich mußte pfurzen, traute mich aber nicht wegen des Knalls.
Als ich näherkam, sah ich nicht mehr viel von den Palazzi. Sie steckten hinter Mauern mit Scherbenkronen, Hecken, die nach Friedhof rochen, oder dichtem Fichtendickicht. An schmiedeeisernen Toren lauerten Kameras. Namensschilder fehlten. Nur ein paar Leute hießen *Zeitungen.*
Das einzige Lebewesen, das ich traf, war eine deutsche Dogge. Sie hing mit den Vorderpfoten über einem mannshohen Jägerzaun und geiferte. Ich war froh, als ich endlich vor dem Haus mit der Nummer 63 stand.
Das heißt, zunächst einmal stand ich vor der Einfriedung des Bachmannschen Anwesens und redete der Gegensprechanlage gut zu. Sie ließ sich überzeugen. Das mit Eisenplatten verblendete Stahlgitter der Einfahrt versank lautlos im Pflaster. Es gab den Blick frei auf ein Schwarzwaldhaus. Holzschindeln vom Boden bis zum First, Butzenscheiben, Schlagläden. Der Schuppen war älter als die meisten anderen in der Siedlung, stammte aus der Vorkriegszeit. Ich marschierte durch eine Mini-Heide zur Haustür auf der rechten Seite, griff den Eisenring im Maul des dickschädeligen Löwen und ließ ihn gegen die Pforte fallen. Es rumste nicht

schlecht. Eine Luke ging auf über dem Löwenkopf. Ein paar Eulenaugen starrten heraus.
»Was wünschen Sie?«
Es war die Stimme aus der Sprechanlage. Sie war weiblich. Ich sagte nochmal mein Sprüchlein auf. Die Eule sagte nichts. Sie schloß die Klappe und öffnete die Tür. Ich trat ein. Stand in einem quadratischen Flur voller Teppiche, Bilder und Trophäen. Die Eule flatterte aufgeregt dazwischen herum.
Sie steckte in der Kluft einer Haustochter von Anno Tuck: Schwarzer Rock, schwarze Bluse, weiße Schürze, flache Schuhe. »Alexander ist noch gar nicht aufgestanden«, jammerte sie. »Seit die Gnädige Frau tot ist, bekomm ich ihn einfach nicht aus den Federn.«
Ich sagte, das könnte ich gut verstehen, und berichtete von den Schlafgewohnheiten meines Stammhalters.
Die Augen der Frau strahlten wie die des rauchverzehrenden Porzellanhundes in der Wohnstube meiner Großeltern.
Ihre Mundwinkel hoben sich fast in die Waagrechte. »Sie haben auch Kinder?«, staunte sie.
Ich nickte und nannte Saschas Alter.
»Alexander ist schon siebenunddreißig«, sagte sie, »aber er will noch gar nicht erwachsen werden.«
Ihre Mundwinkel senkten sich, als sie das sagte. Im Gegenzug rutschten die Augenbrauen hoch. Ein richtiger Paternoster, dieses Gesicht.
»Vielleicht wecken Sie ihn einfach«, sagte ich.
Das Dienstmädchen legte auch noch die Stirn in Falten. »Alexander hat es mir an seinem einundzwanzigsten Geburtstag ein für allemal verboten.«
»Wann steht der junge Herr denn für gewöhnlich auf?«
»Nicht vor drei«, giftete die Alte.
Mit schwante, daß Satanist Alex Bachmann und Stadtoberinspektor a. D. Hannes Schreiber von verschiedenen Zeiten sprachen, als sie zehn Uhr sagten, hatte aber keine Lust, die Himmelfahrt abends nochmal zu machen.

»Wir sind für zehn verabredet«, sagte ich. »Er wird ärgerlich sein, wenn Sie mich wegschicken.«
Die gute Frau trat von einem Bein aufs andere, wackelte mit dem Kopf, rangierte ihre Gesichtszüge.
»Er kann sich ja nachher wieder hinlegen«, drängte ich.
Das leuchtete ein. Sie hörte auf zu zappeln und fragte, was sie bei solchen Anlässen zu fragen gewohnt war. »Wen darf ich melden?«
Ich hatte schon zweimal gesagt, wie ich hieß. Das dritte Mal schenkte ich es mir. Ich gab ihr meine Karte.
Das Dienstmädchen strahlte. Sie lief ans andere Ende des Flurs, wühlte in den Tiefen einer Truhe, tauchte mit einem Silbertablett auf, legte die Karte darauf.
»Ich will sehen, was ich für Sie tun kann«, flötete sie und entschwand im Treppenhaus. Ich hörte sie oben ein paar Mal »Alexander« rufen und klopfen. »Ein Herr Schleifer von der Zeitschrift Känguruh für dich.« Eine Tür ging. Es rumorte über meinem Kopf. Dann erschien die Alte wieder auf der Treppe. Ihre Backen glühten.
»Nehmen Sie bitte Platz. Es dauert noch einen Augenblick«, sagte sie.
Ich tat wie mir geheißen. Setzte mich in einen der beiden Ohrensessel unter den Elchschaufeln und starrte den Schweinekopf auf der anderen Wand an. Der Schweinekopf starrte zurück. So ging das eine Weile hin und her, bis wir es leid waren.
Sonst tat sich nichts im Haus. Die Alte ließ sich nicht mehr blicken. Bachmann auch nicht. Die Minuten schlichen vorbei wie VfL-Stürmer.
Ich mochte eine halbe Stunde gesessen und gedöst haben, als Bachmann erschien. Er trug einen schwarzseidenen Kimono, aus dem unten Stachelbeerwaden und oben ein dünnes Hälschen ragten. Sein Kopf war viel zu groß für diesen Hals.
Ich hatte Angst, daß er bei nächster Gelegenheit runterfiel. Und dabei war sein Gesicht ohnehin reichlich platt. Alles in ihm strebte ins Breite, sogar die Nase.

Bachmann blieb auf halber Treppe stehen. »Hatten wir nicht zehn Uhr gesagt?« hauchte er.
Ich sagte Ja.
Bachmann überlegte einen Moment, ehe er ganz zu mir runterstieg. Er ließ sich auf dem Stuhl unter der Wildsau nieder und musterte mich mit wässrig-blauen Augen. Der Schlaf hockte ihm in allen Poren. Er fuhr mit beiden Händen durch sein ferkelblondes Wuschelhaar, stöhnte: »Was wollen Sie von mir?«
»Informationen über Ihren Freund Ingo Risse.«
»Freund?«
»Risses Mutter nannte Sie so.«
Bachmann brummte und schabte seinen Drei-Tage-Bart. Er sagte nichts. »Sie hat Ihnen doch Risses Archiv überlassen.«
»Archiv?« horchte er in sich hinein. Es klang hohl und leer.
»Seine Unterlagen. Briefe. Beschwörungsformeln. Rituale.«
Bachmann sah mich an wie einen von einem anderen Stern.
»Hab ich nicht«, murmelte er.
»Wer denn?«
»Beta.«
Das war die florentinische Magierin aus dem *Playboy*. Ich fragte, wie die an Risses Klamotten gekommen sei. Bachmann schwieg. Ich versuchte es anders rum.
»Sie kannten Risse schon lange«, sagte ich.
Bachmann nickte.
»Er war Ihr magischer Lehrer.«
Wieder Nicken.
»Sie haben dafür bezahlt.«
Er brummte.
»Viel?«
»Ziemlich.«
»Warum?«
Bachmann rutschte mit dem Hintern über den Stuhl, als wollte er ihn polieren. Seine Pianistenfinger strichen über den Kimono. Die Häärchen auf seinen Unterarmen richte-

ten sich auf. Bachmann fröstelte. »Er hat mich gezwungen.«
»Wie?«
»Magisch.«
»Aha«, sagte ich, »und wie genau?«
»Er hat mir seinen Willen aufgezwungen.«
»Womit?«
»Mit Dämonen.«
»Dann müßten Sie doch eigentlich froh sein, daß er tot ist.«
»Tot?« Bachmann glotzte mich an. »Was heißt tot. Er ist da. Ich spür ihn. Er hat die Erdsphäre noch nicht verlassen.«
Ich knurrte Undefinierbares, zog die Schultern hoch, sagte: »Meinen Sie?«
Bachmann meinte. »Nach Ihrem Tod werden Sie sich wundern, daß niemand Sie beachtet, niemand Sie hört, niemand mit Ihnen spricht«, unkte er. »Wenn Sie sich als Toter auf einen Stuhl setzen, kommt es sogar vor, daß sich ein Lebender auf Sie setzt.«
»Da wär ich aber platt«, sagte ich.
Bachmann ließ sich nicht irritieren. Er redete weiter. Von Magiern, die kontaktsuchenden Toten den Eingang ins Diesseits bieten. »Sie bannen das Redevermögen der Toten.«
Ich ließ ihn blubbern, bis er Ruhe gab. Das dauerte. Aber so ist der Job nun mal. Leute zum Reden bringen, zuhören, aufschreiben. »Warum haben Sie Beta Risses Nachlaß gegeben?« faßte ich nach, als Bachmann fertig war.
Er fing wieder an zu rutschen. »Sie war hier«, keuchte er.
»Wann?«
»Bald nach seinem Tod.«
»Haben Sie die Sachen auf Ihren Befehl geholt?«
Bachmann nickte.
»Was, meinen Sie, wollte die Frau mit dem Zeug?«
»Weiterkommen auf dem Schwarzen Weg. Im Rhythmus des Satans schwingen.« Er sagte das mit der größten

Selbstverständlichkeit. Es war zum Mäusemelken. Ich mußte die Fragen so konkret wie möglich stellen, sonst kippte er weg.
»Woher kannten Sie die Frau eigentlich, über Risse?«
Bachmann schüttelte den Kopf, langsam wie das Pendel einer Standuhr, mit kleinen Halts am Ende des Ausschlags.
»Ich las ihre Anzeige in der *Esotera* und fühlte mich zu ihr hingezogen.«
Esotera, soviel wußte ich inzwischen, ist das Zentralorgan für die ›Wunderwelt an den Grenzen unseres Wissens‹. Mich interessierte, was die Magierin dort feilgeboten hatte.
»Verschiedenes«, geheimniste Bachmann und ließ sich die Würmer einzeln aus der Nase ziehen. Nach zehn Minuten hin und her wußte ich, daß er als erstes eine Schrift mit dem Titel: *Wie mächtig ist der Satan heute?* erstanden hatte. Sechs fotokopierte Blätter für fünfzig Mark. Danach hatte er in Betas toskanischem Schloß an einem Intensiv-Kurs in magisch-tibetanischem Yoga teilgenommen. Eine Woche Übernachtung, Frühstück und Unterweisung für zweitausend.
»War Risse mit in Florenz?«
Bachmann sagte Nein.
Dafür, daß der Tote sein Freund oder Meister gewesen war, ließ er verdammt wenig über ihn raus. Ich fragte mich nach den Gründen, bekam aber keine Antwort. Da versuchte ich es bei Bachmann auf die blöde Tour. Die liegt mir.
Ich fragte: »Warum erzählen Sie eigentlich nichts von sich und Risse? Ist etwas vorgefallen zwischen Ihnen?«
Bachmann stand auf. Er schlurfte barfuß durch den Raum. Die Teppiche kitzelten seine Knöchel. Er holte Zigaretten von irgendwo und rauchte los, paffte nach Kinderart die Bude voll. Ich sage nur: Menthol-Zigaretten.
»Sie haben mich verurteilt«, zischte er ohne Vorwarnung, ließ sich wieder in den Stuhl fallen und schwieg.
»Weswegen?«
»Weil ich von Jesus Christus besessen war!«

»So?« sagte ich. Ich verstand gar nichts mehr.
Bachmann krallte die Hände um die Stuhllehnen und schrie: »Ich hab mich an Pastor Knoche gewandt, weil ich nicht mehr weiter wußte. Risse hat mich gezwungen. Ich mußte zahlen, zahlen, zahlen.«
»Wofür?«
»Er nannte es Gefälligkeiten. Zechen in Wirtschaften. Honorare für magische Unterweisungen. Satanische Strafen. Als sie mir Jesus Christus ausgetrieben haben, Beta und er, mußte ich zehntausend Mark bezahlen. Als Strafe, weil ich zu Knoche gegangen bin.«
»Sagen Sie bloß, Sie haben gezahlt?«
»Jaaaaaaaaaaaaaaaaaaaaaaa!« kreischte Bachmann. Er bleckte die Zähne wie ein tollwütiger Vierbeiner. Hätte sich ausgestopft nicht schlecht gemacht an der Wand, wo er saß. »Sie hat gesagt, daß sie mich umbringt, wenn ich's nicht tue. Umbringt, wie sie jetzt Risse umgebracht hat.«
»Magisch fern?«
Er nickte mit dem Kopf, langsam und bedeutungsschwanger.
»Was hatte sie denn gegen Risse?«, fragte ich.
»Er hat ihre UFO-Magie angezweifelt. Hat öffentlich den Raumfahrtkommandanten AUL verspottet.«
»Sonst nichts?«
»Reicht das nicht?«
»Nicht für'n Mord.«
Bachmann widersprach. Er erzählte mir von Betas außerirdischem UFO-Commander und seinen Durchsagen, die sie in einem eigens dafür herausgegebenen Monatsblatt veröffentlichte. Einmal in Fahrt, schob er die Geschichte vom Grünen Lama aus Hinterindien nach. Nur zu Risse fiel ihm nichts mehr ein.
Ich löcherte ihn noch ein bißchen wegen der Bochumer Teufelsloge und ihres beamteten Oberhaupts.
»Dieser Don Dingens.«
Bachmann schnappte den Köder. »Don Carlos«, zischte er mit flackerndem Blick.
»Kennen Sie den Mann?«

»Nur dem Namen nach.«
»Und der ist?«
Er sah mich an wie einen Halbgescheiten. »Don Carlos. Das sagte ich Ihnen doch gerade.«
»Im Telefonbuch wird er so nicht stehen«, vermutete ich. Bachmann gab mir recht. Sonst gab er mir nichts. Keinen Namen, keine Adresse, kein Nichts. Den Tarnnamen des Logenchefs hatte Risse ihm gesteckt, erzählte er. Und Risse war tot.
Kurz nach zwölf verließ ich das Schwarzwaldhaus, nicht viel schlauer als ich es betreten hatte, fand ich. Aber sowas kann täuschen.
Ich schlenderte über ausgestorbene Straßen zurück zum Wagen. Die Förster hatten sich etwas tiefer ins Gebüsch verzogen. Sie unterhielten sich halblaut. Ich grüßte wieder, ging auf sie zu und hielt ihnen meinen Presseausweis unter die Nase.
»Hm-hm«, machte der Ältere.
Ich fragte ihn, auf wen sie eigentlich aufpassten.
»Auf alle«, knurrte der Bulle. »Hier sind alle wichtig. Oder kommen sich wenigstens so vor. Anderswo geben sie mit ihren dicken Autos an. Hier mit Sicherheitsstufen.«
»Meiers von nebenan sind schon seit Jahren in Sicherheitsstufe eins«, äffte der jüngere Grüne eine Dame aus besseren Kreisen nach, »und wir immer noch in Stufe drei. Tu doch endlich mal was, Hans-Christoph!« Namen wollten die Jungens nicht nennen. Sie hingen an ihrem Job.

6

Die erste Flasche platzte zwei Meter von mir auf dem Pflaster. Ihr Hals trudelte über die Platten, bis ein Turnschuh ihn gegen das Gitter kickte. Der Turnschuh war von *Puma,* und so wie sein Träger aussah, roch er auch nach dem Tier. Er steckte in speckigen Jeans, einem vormals weißen T-Shirt, das seine Wampe nur halb bedeckte, und

einer Lederjacke voller Aufnäher. Der größte pappte auf seinen Schultern: Ein Fötus mit Vampirzähnen. Der Bursche ballte die Faust, streckte den kleinen Finger und den Zeigefinger in die Luft und brüllte: »Slaughter, Slaughter!«
Beim dritten Mal fielen seine Kumpel ein. Sie trugen ähnliche Kostüme wie der Dicke. Nietenbänder zierten Arm und Bauch. Um den Hals baumelten auf den Kopf gedrehte Blechkreuze.
Der Platz vor der Ruhrlandhalle wimmelte von Grüppchen wie diesem. Die Bullen ließen sie einzeln durch die rot-weißen Gitter, nahmen ihnen Flaschen, Schnappmesser, Fahrradketten und Baseballschläger ab.
Sascha und ich kamen ungefilzt durch. Drinnen holten wir uns Bier und Bockwurst und betrachteten das muntere Treiben.
An einem Stand mit Metal-Grundbedarf drängten sich die Fans nach Slaughter-in-Hell-T-Shirts. Die meisten zogen die Dinger gleich über und brachen in neues »Sloootta«-Gebrüll aus. Wenn zwei Bekannte sich begegneten, begrüßten sie sich mit dem Brunftschrei des transkaukasischen Waldesels, fielen sich erst um den Hals und dann auf den Boden. Manche blieben dort liegen und horchten ein wenig am Parkett. Eine halbe Stunde vor dem Konzert fragte ich Sascha nach den Gruftis.
»Sind schon da«, sagte er und tippte mit der Nase nach rechts. Neben uns am Tresen hing eine Traube Kids in schwarz, meist Leder. Statt der Heavy-Metal-Abzeichen trugen sie silbrigen Schmuck, Totenköpfe, schrille Tiere, Federn. Mit Tipp-Ex hatten sie sich die Zahl 666 oben auf die Jackenärmel gemalt.
Ich fragte die Kleine, die mir am nächsten stand, was das bedeutete. Das Mädchen sah mich mitleidig an. »Das ist die Nummer vom Teufel.«
»Telefon?«
»Nä, Geburtsdatum.« Sie drehte mir den Rücken zu und tuschelte mit den Leuten aus ihrer Clique. Ein paar schos-

sen Blicke auf mich ab. Einer lachte über »den neugierigen Opa mit der Glatze«.
Sascha hatte seinen Spaß.
Als in der Halle die Vorgruppe loslegte, strömte alles rein. Kindskopfgroße Klumpen Klopapier flogen auf die Bühne. Die Fans brüllten: »Slaughter, Slaughter, Slaughter!«
Nach dem dritten Treffer – das Geschoß klatschte dem Sänger an den Kopf – trollten sich die Einheizer. Sascha holte neues Bier.
Wir hatten es längst verdrückt, als das Saallicht erlosch. Die Meute brüllte wie am Spieß. Dann dröhnte das Schlagzeug. Jeder Hieb kam einzeln. Wumm – Pause – Wumm – Pause – Wumm – Pause.
Bei Wumm zuckten weiße Spots, der unvermeidliche Nebel kroch über die Bühne.
»We wonna start with a song all about a death-fuck«, röhrte der Frontmann wie auf einer Gespensterkassette. »About a girl, six feet under the ground, you know. And I fuck her.«
Leider verstand ich nicht, was der Sänger mit dem toten Mädel trieb. Der Mann am Mischpult vermählte sein Gröhlen mit einem Kreischen der Gitarre und dem Wummen der Rhythmusgruppe zu einem Gesamtkunstwerk, das mit Musik so viel zu tun hatte wie ein MG mit einem Knallfrosch. Die Typen auf der Bühne rannten durcheinander, warfen die Köpfe vor und zurück, damit die schulterlangen Mähnen flogen. Die Fans genauso. Sie hielten imaginäre Gitarren an den Hüften und spielten wilde Soli. Bei der dritten oder vierten Nummer tauchten hinter der Band zwei riesige umgedrehte Scheinwerferkreuze auf.
Als der Sänger »We're praising the devil!« schrie, jagten sie ihre grellweißen Strahlen wie Blitze in die rasende Menge. Sascha wippte mit dem Kopf. Nicht so wüst wie die anderen, aber immerhin. »Ich bin am Bierstand«, brüllte ich ihm in die Ohrmuschel und schlängelte mich zwischen hunderten von Möchte-gern-Gitarristen ins Foyer, klinkte mich an den Tresen und bestellte Bier.

Als die Kids aus der Ruhrlandhalle fluteten, hatte ich schon leicht einen sitzen. Sie sahen abgekämpft aus. Die Haare klebten ihnen an den Köpfen. Leere Augen starrten ins Nichts. Nur ab und zu schrie noch einer.
Sascha kam ziemlich zum Schluß, bemühte sich, so unbeteiligt wie möglich zu wirken. Ich wollte was sagen, verkniff es mir aber.
Draußen verteilten sich die Fans auf die umliegenden Parkplätze. Autoschlangen krochen Richtung B 1 und Innenstadt. Wir zogen auf der Castroper Straße an ihnen vorbei. Vor uns trabten die Gruftis. Sie waren mächtig angetörnt vom Konzert und vom Suff. Unter der Eisenbahnbrücke am Ring schrien sie. »Six, six, six – The number of the beast!« Es hallte grauenvoll. Das gefiel den Gruftis. Sie blieben stehen und ergötzten sich an ihrem eigenen Schwachsinn.
Die Kleine, die mir am Bierstand den Tip mit der Teufelsnummer gegeben hatte, führte den Haufen weiter.
»Wir wollten doch noch in die Grotte«, kommandierte sie. Die anderen brüllten Zustimmung. Sie überquerten den Ring und drangen in die Stadt ein. Es waren um die zwölf Leute.
Sascha und ich blieben stehen. Wir hätten nach rechts zur Herner Straße gemußt.
»Haste gehört?« fragte ich.
Sascha nickte. Er sah mich nicht an dabei, studierte stattdessen den Stand seiner Uhr.
»Ich will mir das mal ansehen«, sagte ich. »Komm mit!«
Sascha zierte sich. Wir hätten die Gruftis fast verloren, so lange brauchte ich, um ihn zu bekehren.
Wir trabten durch die Bleichstraße, wo ein Rettungswagen mit kreiselndem Blaulicht das Krankenhaus ansteuerte, umkurvten eine Straßenbahn auf der Bongardstraße und sahen die Gruftis von weitem um die Sparkasse biegen. Wenn Saschas Tip stimmte, mußten wir uns sputen.
Wir galoppierten, was das Zeug hielt. Als wir ankamen, war der Platz hinter der Bank leer.

Drei Abgänge führten in die Tiefgarage. Wir nahmen den nächsten. Weit vor uns im Halbdämmer, besser zu hören als zu sehen, zogen die Gruftis ihres Weges. Sie wurden still, als sie die Hauptausfahrt erreichten, hielten größtmöglichen Abstand zu dem Glaskasten, in dem der aufsichtsführende Rentner im milchigen Neon dem Schichtende entgegendöste. Als Sascha und ich sein Aquarium passierten, sah der Alte auf, wunderte sich über die späte Kundschaft und kümmerte sich nicht weiter. Die Gruftis waren außer Sicht.

Wir folgten ihnen unter den Husemannplatz, wo sich der Verbindungsgang wieder zur Garage weitete.

Es war still da. Keine zehn Wagen lungerten zwischen den Pfeilern. Die Entlüftung schwieg. Nicht mal die Stadt über unseren Köpfen ließ von sich hören.

»Komm, wir hauen ab!«, flüsterte Sascha.

»Muffe?«, tönte ich. Ich hatte keine Lust, den Gruftis allein nachzusteigen.

Sascha sprang auch sofort an. »Die sind runter«, sagte er und stiefelte Richtung Treppe.

Auf der zweiten Ebene tat sich noch weniger. Ein vergammelter Ford verlor sich in der Leere. Sonst nichts.

Wir waren auf halbem Weg ins unterste Stock, als die Gruftis ihren Recorder aufheulen ließen. Der Sound ging mir durch Mark und Pfennig. Der Lautstärke nach mußten sie sich gleich bei der Treppe aufhalten. Ich zupfte an Saschas Ärmel und winkte ihn mit dem Kopf zurück.

»Wir nehmen den anderen Abgang, sonst laufen wir ihnen direkt in die Arme«, sagte ich oben.

»Muffe?« fragte er.

Wir grinsten uns an und durchquerten den Betonsarg, er vorneweg. Ich hatte Mühe zu folgen, japste ein bißchen, als wir bei der Treppe ankamen. Sascha glitt die Stufen runter wie ein wildes Tier, zog die Stahltür zentimeterweise auf und spähte durch den Spalt.

Ohne sich umzusehen, winkte er mich ran. Ich quetschte mich neben ihn an den Türrahmen und staunte.

Die Gruftis hockten in einer Nische bei der gegenüberliegenden Treppe und ließen eine Mammutflasche kreisen. Es war Rotwein. Wir merkten das, als die Kleine, die schon den ganzen Abend das große Wort geführt hatte, aufstand, Jacke und Hemd auszog und sich die rote Brühe über die Brust laufen ließ. Sie schwenkte die Titten dabei und griff sich einen der Jungens zum Ablecken. Der Bursche machte seine Sache recht ordentlich, konzentrierte sich ganz aufs Wesentliche und ließ den Rest laufen.
Der Kleinen schien das nicht zu gefallen. Sie entzog ihm die Arbeitsgrundlage, schubste ihn weg und wiederholte das Ritual mit einem anderen.
Ich löste mich von der Tür und schlich, die Pfeiler der Kraftfahrzeugkatakombe als Deckung nutzend, auf die Gruftis zu. Sie waren zu sehr mit sich, ihrer Musik, dem Rotwein und der Säuberung ihrer Vorturnerin beschäftigt, um mich zu bemerken. Etwa 15 Meter von ihnen entfernt blieb ich stehen und studierte den satanischen Nachwuchs. Sie waren um die zwanzig Jahre alt, eher jünger, und ihre Gesichter unterschieden sich in nichts von denen ihrer Altersgenossen: Unbeschriebene Blätter in einem ungelesenen Buch.
Eins der Mädchen fischte ein paar Kerzen aus ihrer Umhängetasche und zündete sie an. Die anderen – es waren überraschend viele Mädchen in der Gruppe – hielten sie in den Händen und sahen zu, wie das weiße Wachs über ihre Finger tränte. Ich wußte, daß ich die Szene schon mal gesehen hatte und nach einigem Überlegen fiel mir auch ein wo: An Jim Morrisons Grab auf dem Pariser Friedhof Père Lachaise.
Zwei Jungens besprühten derweil die Wand mit Sinnsprüchen. *Laßt uns den Satan preisen und Jesus mit Scheiße beschmeißen* hieß einer.
Sonst tat sich nichts in der Grotte.
Mir wurde es fad hinter meiner Säule. Ich zog mich zurück. Huschte von einem Pfeiler zum anderen, kam mir albern dabei vor und ging normal.

Das hätte ich besser bleiben lassen. Hinter mir kreischte eine Frauenstimme »Da iss einer« und dann hörte ich Schritte. Schnelle Schritte, viele Schritte. Ich rannte zur Tür. Sascha war weg. Ich hetzte höher, Ebene minus zwei, hielt an, horchte, sauste weiter, Ebene minus eins, hörte unten die Gruftis, flog weiter, war am Ausgang, riß an der Tür. Sie blieb zu. Ich rappelte wie blöd an der Klinke. Es tat sich nichts.

Nur die Gruftis kamen. Sie wußten scheinbar um mein Unglück und ließen sich Zeit.

Ich sammelte mich so gut es ging und marschierte ihnen entgegen. Sie waren zu zweit, kräftige untersetzte Jungs mit entschlossenen Visagen, wild darauf, ihren Mädchen einen auf frischer Tat ertappten Spanner zu präsentieren.

»Komm mit«, kommandierte der Kleinere von den beiden so scharf er konnte. Sein Kumpel begnügte sich mit einem stechenden Blick.

Ich tat ihnen den Gefallen und ging voran in die Unterwelt, aber nur bis zum ersten Stock. Da verließ ich den Flur, warf die Tür hinter mir zu und rannte Richtung Hauptausfahrt. Wenigstens die mußte noch offen sein.

Meine Begleiter sahen das nicht gern. Sie brauchten keine zwanzig Meter, um mich einzufangen.

»Hier geht's lang«, zischte Freund Stechauge und krallte seine Pranke um meinen zarten Hals.

Sein Kumpel war richtig ungehalten. Er pumpte beide Fäuste in meinen Wanst – links, rechts, links, rechts, links, rechts – und verhalf mir, als mein Oberkörper nach vorn sackte, mit einem präzisen Kinnhaken wieder zum aufrechten Gang.

»Meine Brücke«, jammerte ich, »nicht auf meine Brücke.«

Da hörte der Schläger auf. Er packte meinen rechten Oberarm, Stechauge griff den anderen. Sie führten mich regelrecht ab.

Mir war das ganz recht. Ich brauchte nur einen Fuß vor den anderen setzen und nicht auch noch auf mein Gleichgewicht achten.

Weit kamen wir nicht. Im Treppenhaus stand Sascha, griente zuerst mich, dann meine beiden Freunde an und sagte: »Hi, Qualle!«
»Hi, Schreiber«, stotterte der, der mich gehauen hatte. Sein teigiges Gesicht, dem er den Spitznamen wohl verdankte, war ein einziges, etwas breit geratenes Fragezeichen.
»Wat willz du denn hier?« wollte er von Sascha wissen.
»Ich such meinen Alten«, sagte der, »konnte ja nicht wissen, daß du ihn schon gefunden hast.«
»Sach bloß, der hier isses?«
Sascha nickte. »Hast du'n Gescheiteren?«
Qualle schüttelte sein weises Haupt. Er nahm seine Pfoten von meiner Figur, sah mich von oben bis unten an, fragte: »Un warum schleicht der hinter uns her?«
Sascha gönnte mir noch einen Blick, ehe er antwortete. »Mein Alter ist Reporter«, sagte er in einem Tonfall, der diese meine Profession weit unterhalb der des Versicherungsvertreters ansiedelte.
Qualle gefiel mein Beruf auch nicht. »Will der uns etwa inne Zeitung setzen?«
Bevor ich nein sagen konnte, tat Sascha es. »Der ist einfach nur neugierig von Beruf«, dozierte er. »Als wir vorhin zum Auto gingen und er Euch sah, mußte er unbedingt hinterher. Ich sagte noch: ›Alter, laß das sein! Die Leute wünschen das nicht.‹ Aber er war mal wieder nicht zu bremsen. Gut, daß Ihr ihn auflaufen lassen habt. Der braucht das ab und zu.«
Er klopfte Qualle anerkennend auf die Schulter, nahm mich am Arm und zog mich in Richtung Ausfahrt.
An der Pförtnerloge drehte ich mich nochmal um.
»Na, Vati, was machen deine Freunde?« fragte Sascha.
Qualle & Co. standen bei der Tür und sahen uns nach.
»Die verstehen die Welt nicht mehr«, sagte ich.
»Du denn?«, fragte Sascha.
Statt zu antworten, sog ich ein paar Liter Luft in meinen armen, alten Bauch. Er konnte sie gebrauchen.

Erst als wir fast zuhause waren, fragte ich Sascha nach Qualle.
»Den kenn ich vom Sehen«, sagte er.

7

Am nächsten Morgen regnete es. Ich brauchte nicht aufzustehen, um dahinter zu kommen. Die Autoreifen surrten wässrig über die Herner Straße, und außerdem quietschten sie zu oft. Ich hörte vom Bett aus zu und wartete darauf, daß es endlich krachte. Niemand tat mir den Gefallen.
Also stand ich auf. Das heißt, ich kroch ohne Zuhilfenahme der Bauchmuskeln aus dem Bett und schlurfte ins Bad. Der Herr im Spiegel kam mir bekannt vor. Ich grüßte freundlich, tat, was ich vor dem Frühstück immer tue, machte Kaffee, holte Brötchen, versuchte reinzubeißen, verlegte mich dann aber doch lieber auf stippen und lutschen.
Das Ärgerlichste an meinen Wehwehchen war, daß sie für die Story absolut nichts brachten.
Nicht mal den Märtyrer konnte ich markieren. *Malibu-Reporter von Satanisten verfolgt und brutal mißhandelt,* oder so. Die Gruftis hatten mit Satanismus so viel zu tun wie die Bild-Zeitung mit Journalismus. Außerdem hatte ich nicht vor, einen Aufsatz über den Teufelskult im allgemeinen und seine Ausformungen an der Ruhr im besonderen zu schreiben. Der Pfaffe hatte mir den Floh vom ungeklärten Todesfall ins Ohr gesetzt. Der piekte mich. Und ich war nicht nah genug dran, um zu kratzen. Unangenehmes Gefühl das. Ich überlegte, wie ich es los werden konnte. Als das Frühstück eingesogen war, stand mein Plan.
Als erstes rief ich die Frau vom esoterischen Buchladen in Dortmund an. Sie wollte wissen, wie weit ich mit der Crowley-Biographie sei. Ich zählte die Reinkarnationen des Meisters, die ich behalten hatte, auf und fragte dann

nach Beta. Woher ich die kennen würde, fragte sie zurück. Ich sagte, ich hätte mich schlau gemacht.
Die Adresse der Magierin gab sie mir trotzdem nicht, jedenfalls nicht sofort.
»Ich werde erst das Orakel befragen«, sagte sie mit ihrer Samtpfotenstimme, der selbst das Telefon nichts anhaben konnte, und legte auf. Als zweites rief ich meine Ex-Frau an und fragte, ob Sascha eine Woche zu ihr kommen könne. Sie war einverstanden. Wenn man in Niederbayern Schweine züchtet, kommt einem jede Abwechslung gelegen. Als drittes schrieb ich Sascha einen Zettel und spazierte rüber in die Redaktion auf der anderen Seite der Innenstadt.
Vormittags ist da nie viel los.
Nur die Praktikantin sitzt in ihrem Glaskäfig und sortiert die säuischsten Kontaktanzeigen aus. Die Herren Redakteure erscheinen erst am frühen Nachmittag.
Ich schlenderte durch die Räume, schnüffelte in den Postfächern der anderen herum, fand nichts, was mich interessierte, und wandte mich notgedrungen meiner eigenen Post zu.
Ein paar Initiativen für oder gegen Volkszählung, Feuchtbiotope, Vollkornbrot und Frauenfeinde verlangten, daß ich ihr Anliegen zum Gegenstand meiner nächsten Reportage machte. Die Stadt Datteln wollte ihr diesjähriges Kanalfest gebührend gewürdigt haben. Die Kommunistische Partei veranstaltete ein Kinderfest in Bottrop.
Das Couvert ohne Briefmarke hätte ich beinahe mit weggeworfen. Es verbarg sich irgendwo zwischen all dem Umweltschutzpapier und fiel mir erst durch seine Farbe auf: Schwarz.
Ich riß den Umschlag auf. Der Briefbogen war auch schwarz. Schnörklige Lettern aus roter Tinte krakelten darauf.
Ich buchstabierte: *Satan ist allmächtig. Nur wer den schwarzen Weg geht, kann seinen Anblick ertragen. Alle anderen kommen um!*

Ich zeigte Christoph, als er gegen Mittag eintraf, den Schrieb und erzählte, was ich herausgekriegt hatte. Er hörte aufmerksam zu, fragte hier und da nach, wollte am Schluß den *Playboy*-Artikel sehen. Ich gab ihm die Fotokopie und zog mich in meine Gemächer zurück. Nach einer halben Stunde stand er in der Tür. »Also gut, wir bringen die Geschichte. Was hast du vor?«

Ich wollte nach Florenz, und das sagte ich auch. Christoph schien damit gerechnet zu haben. »Mehr als fünfhundert Mark sind nicht drin«, meinte er.

Ich hatte mit weniger gerechnet, nickte und blieb vorsichtshalber dabei, bis er den Scheck ausschrieb.

»Fahr zum Teufel«, wünschte er mir zum Abschied. Ich sagte, ich würde auf jeden Fall die Adresse hinterlassen.

Von meinem Zimmer aus rief ich anschließend die Münchner Staatsanwaltschaft an und vereinbarte mit einem Herrn Krötzkopf einen Termin am übernächsten Tag.

Dann versuchte ich es bei Bachmann in Bredeney. Der junge Herr sei noch nicht zu sprechen, verkündete seine Eule. Es war halb drei. Ich steckte den schwarzen Brief ein, sagte der Praktikantin Tschüss und verließ den Laden. Aß unterwegs eine Currywurst im Stehen, schüttete ein Pils hinterher, kaufte zwei Paar Socken für die Reise. Eins für Sascha, eins für mich.

Zuhause besprach ich meine Pläne mit ihm. Er war Feuer und Flamme, ließ es sich aber nicht anmerken, ging in sein Zimmer und packte. Ich auch. Ich kramte mir eine Tasche voll Sommersachen und hängte mich wieder ans Telefon.

Alex Bachmann hatte ausgeschlafen. »Was wollen Sie denn noch von mir?« wisperte er, »ich habe Ihnen doch schon alles gesagt.«

Als ich ihn nach Betas Adresse fragte, flüsterte er nicht mal. Er schwieg. Zehn Sekunden, zwanzig, dreißig. Nach einer Minute hakte ich nach. Ich schilderte mich als den diskretesten Menschen südlich der Emscher, dem die

Sicherheit seiner Informanten über das eigene Leben geht. Das wirkte. Bachmann bat um Bedenkzeit. Ich sagte, ich hätte keine.
»Nur fünf Minuten«, bettelte er.
»Ich bleibe dran«, beharrte ich. Ich hörte den Hörer auf die Tischplatte knallen, wartete ein paar Minuten und ließ mir, als Bachmann sich wieder meldete, eine endlose italienische Adresse buchstabieren. Sie roch nach Basilikum.

Nach dem Abendessen – damit nichts umkam, stopften wir den Kühlschrankinhalt zur Gänze in uns hinein –, als Sascha vor dem Fernseher lag und ich ein weiteres Kapitel im Lebens des Aleister Crowley Revue passieren ließ, ohne es zu begreifen, schellte es.
Ich bekomme nicht viel Besuch, seit ich nicht mehr im Rathaus arbeite. Der Zeitungsjob macht einsam. Es gibt kaum Kollegen, und von den Leuten, über die ich schreibe, bleibt mir keiner, wenn die Geschichte gedruckt ist.
Ich ging zur Tür, drückte den Öffner und wartete. Hoch kam die Buchhändlerin. Sie trug die gestreiften Hosen und den Pullover vom letzten Mal, und die Mondsichel baumelte auch noch an ihrem Vorzugsplatz.
Ich muß reichlich blöd aus der Wäsche geguckt haben. Die Frau warf mir jedenfalls einen dementsprechenden Blick zu und fragte, als ich noch immer in der Tür stand: »Darf ich reinkommen?«
Sie durfte. Ich ging mit ihr in die Küche, setzte sie an den großen Tisch und bot ihr Wein an. Sie nahm, trank kräftige Schlucke, sagte nichts, schaute sich im Raum um, lachte über die Anti-Sommersprossen-Werbung an der Wand.
»Magst du keine Sommersprossen?« gurrte sie.
»Kommt drauf an, wo.« Ich erzählte ihr von meinem Lateinlehrer, dessen Gesicht so aussah, als habe er aus nächster Nähe beobachtet, wie jemand einen Scheißhaufen plattgehauen habe. Das fand sie auch nicht schön. Wo ich Sommersprossen denn leiden könnte, fragte sie.
»Bei Rothaarigen.«

Sie lachte und warf ihre kupferne Mähne in den Nacken, damit mir auch ja keine ihrer Sommersprossen entging. Ich überlegte, wie sie an meine Adresse gekommen war. Vermutlich über die Redaktion. Und warum der Besuch? Weil ich so schön und stark war? Seit Saschas Mutter das Weite gesucht hat, läuft bei mir auf der Schiene nicht mehr viel.

Ich halte mich deshalb nicht für verklemmt, vorsichtig ist das bessere Wort. Laß niemand so schnell an mich ran. Von der Frau auf der anderen Seiten des Tisches kannte ich zum Beispiel nicht mal den Namen.

Ich fragte sie danach.

Sie heiße Corinna, sei 31 und schuldlos geschieden, behauptete sie. Sie löcherte mich dabei mit Stahlblitzen aus ihren blauen Augen, daß mir flau wurde.

»Was hat denn das Orakel geantwortet?« fragte ich leichthin.

»Es war seltsam verschlossen heute, redete in Zungen.«

»Meins am Anfang auch. Aber ich bin hart geblieben.«

»Du hast das Orakel befragt?«

»Nennen wir es lieber ein Medium.«

»Und?«

»Es sprach mir von einer Villa Montelupo auf einem Hügel bei Florenz.« Corinna setzte das Weinglas ab, fuhr mit dem Zeigefinger über den Rand, tauchte ihn kurz ein, ließ einen Tropfen zurück ins Glas fallen, wartete, bis sich die Oberfläche glättete, sagte: »Dann bin ich ja umsonst gekommen.«

»Findest du?« fragte irgendein Kerl in meiner Küche. Weil niemand sonst da war, muß ich es wohl gewesen sein.

Kurz nach Mitternacht weckte mich ein fremdes Geräusch. Ich hob den Kopf und sah Corinna vor dem Fenster knien. Ein fetter Mond hing über dem Rathaus und tauchte sie in kühles Licht. Sie streckte ihm die Arme entgegen und sang leise: »Mondin, Mutter, alte Weise. Himmel und Erde, wir grüßen Dich. Du scheinst für alle, die wild sind und frei.«

Mehr bekam ich nicht mit. Ich schlief vor Schreck ein. Als morgens um fünf der Wecker fiepte, um Sascha und mich auf die Bahn zu scheuchen, war Corinna verschwunden. Nur ihr Geruch hing noch an mir. Selten so ungern geduscht.

Die bayrische Staatsgrenze passierten wir gegen eins bei Aschaffenburg, um halb vier verließen wir die Autobahn hinter Ingolstadt und tauchten ein in die unendlichen Weiten Niederbayerns. Die Nachmittagshitze lastete auf den Feldern wie ein Alp. Hier und da tuckerte ein Traktor durch die Landschaft. Die Käffer an der Straße rochen nach Milch und Mist.
Da, wo das Land so platt wurde, daß man schon mittwochs sehen konnte, wer samstags zu Besuch kam, lag Ratzenkirchen, das Dorf, in das Saschas Mutter eingeheiratet hat. Sieben Höfe, Kirche, Kneipe, keine Pommesbude. Ich fragte Sascha, wie er es da eine Woche aushalten wollte. Der Junge beteuerte, ihm gefiele das Nest. Er warf sich seiner Mutter an den Hals, als sie, vom Autolärm angelockt, aus dem Haus trat. Das tat weh.
Ich ließ mir nichts anmerken, gab ihr die Hand, küßte sie nicht, weil ihre Schwiegermutter hinterm Fenster stand. Ingrids Mann, der ihr in drei Jahren zwei Kinder gemacht hatte, schaffte noch im Schweinestall. Sascha ging zu ihm und half. Ingrid und ich saßen noch eine Weile in der kühlen Küche und rapportierten die Zeit seit unserem letzten Treffen. Alle Viertelstunde kam die Schwiegermutter und machte sich am Herd zu schaffen. Keiner ging auf den anderen ein.
Um sieben sammelte sich die Sippe zum Abendbrot. Ingrids Mann, ein kräftiger Bursche mit einem guten Gesicht, dankte dem Herrn für die milden Gaben. Ich sah Sascha an. Er wurde rot. Um neun, nach drei Flaschen dünnem Bier, stieg ich in die Dachkammer und schlief sofort ein.

München war nicht meine Stadt. Ich kurvte endlos, ehe ich einen Parkplatz fand, suchte dann ebensolange nach dem Büro des Staatsanwalts, kam zu spät zum Termin, hörte mir das muffige Gebrumm des Beamten an, der hinter *Malibu* eine Underground-Gazette vermutete.
Zum Fall Schlüsselberg erklärte er mir als erstes, daß es keinen gäbe. Der homosexuelle Schreiberling, sagte Krötzkopf, sei eines natürlichen Todes gestorben. Herzversagen. Habe wohl zu wüst gelebt, der Herr Schurnalist. Daß er seinen Tod vorausgesagt habe, ja mei, das sei halt auch so eine spinnerte Idee gewesen. Wollt sich eben wichtig tun, der Dichter, der. Im Bad sei er tot umgefallen, morgens, nach dem Duschen. Abgeschlossen habe er von innen. Und das Fenster sei eh zugewesen. Ein Jemand könnt ihn erschreckt haben, habe das Freunderl gemeint, wo bei dem Schlüsselberg gehaust habe. Wie der sich das vorgestellt habe, bei Milchglasscheiben. Natürlich hätten sie ihn aufgeschnitten, den Leichnam, schon wegen dem Aids, wo er dann aber doch nicht mit angesteckt gewesen sei. Ergebnis gleich null, was die Fremdeinwirkung betraf.
»Da könnens kaum a gscheite Geschichtn drüber zammenschmiern, über Ihrn feinen Herrn Kollegen, Herr Schreiber.«
»Abwarten«, sagte ich.

8

Der Weg zur Villa Montelupo kannte keinen Asphalt. Zwei ausgewaschene Reifenspuren zogen den Hang hoch, an einem Teich vorbei, in dem sechshundertsiebenunddreißig Frösche den Abendchoral anstimmten. Ein paar junge Hüpfer gaben den Ton an, der Rest sorgte für Fülle. Zum Schluß ließen sich die alten Säcke mitreißen. Sie rülpsten wie Bauarbeiter nach der ersten Flasche Bier.
Hinter dem Teich warteten Zypressen auf den Weg, nahmen ihn in die Mitte und ließen ihn nicht mehr los. Die

schwarzgrünen Ungetüme standen dicht wie Palisaden und so hoch, daß ich ihre Spitzen durch die Frontscheibe nicht sehen konnte. Am Ende der Allee, auf der Hügelkuppe, thronte die Villa wie ein Altar. Ich kam mir klein und häßlich vor, als ich den Kadett vor ihrem Portal stoppte. Putz bröckelte von den Hauswänden, Feldsteine kamen darunter zum Vorschein. Die Eisengitter vor den Fenstern im Erdgeschoss rosteten leise vor sich hin. Die Schlagläden der Fenster unter dem Dach lechzten nach einem Schluck Farbe.
Ich streckte mich in alle Richtungen, pfiff zwei Lungen Landluft ein und pochte an die Holztür, durch die ich auch mit Sascha auf den Schultern ungebückt gepaßt hätte. Drinnen tat sich nichts.
Ich wartete etwas, versuchte es noch einmal und stakste dann ums Haus. Der Kasten war L-förmig. Winklige Anbauten schlossen sich dem Herrenhaus an, fensterlos und unverputzt. Eine einzelne Pinie bewachte den Innenhof. Nie gesehene Vögel randalierten in ihrem Schirm. In einer offenen Scheune parkten drei Wagen mit deutschen Kennzeichen.
Als ich hinter einem Oleanderbusch endlich einen zweiten Eingang gefunden hatte, rasselte es. Ein Hund, schwarz wie die Emscher, groß wie ein Bernhardiner, nur nicht so zierlich, kam gemessenen Schrittes auf mich zu. Das Vieh schleppte eine Kette, deren Länge mir Sorge machte. Sie reichte bis zur Tür. Also verlegte ich mich auf Rufen, brüllte: »Hallo, ist hier niemand?« und ähnlichen Schwachsinn, um auf mich aufmerksam zu machen. Der Hund sah das nicht gern. Er knurrte kehlig und trabte in meine Richtung.
Das Tier hieß Orpheus. Jedenfalls blieb er stehen, als drinnen jemand diesen Namen rief. Ich hörte, wie zwei Riegel zurückgeschoben wurden und sah, als die Tür aufging, einen baumlangen Neger. Sein Gesicht war schwärzer als alles, was ich vorher gesehen hatte. Eine schmale Nase zerschnitt es in zwei Hälften, die Lippen waren mindestens

genauso scharf. Kurze Haare kräuselten sich um den Schädel des Mannes. Sein Körper steckte in einem Kaftan aus weißer Baumwolle, aus dem unten glatte Waden und viel zu kleine nackte Füße ragten.
»Non tschä nessuno«, sagte der Schwarze mit einer Stimme, der man den Fusel, mit dem sie geölt wurde, anhörte. Das konnte Italienisch sein oder Kisuaheli. Ehe ich der Sache selbst auf den Grund gehen konnte, half der Türsteher nach.
»Keiner da«, knarrte er.
Ich sagte: »Gut, daß ich nicht gekommen bin.«
Das gefiel dem Kaftan-Kerl genausowenig wie mein Rufen dem Hund. Er pflanzte sich in der Tür auf wie ein Bodybuilder.
Ich hatte nicht die geringste Lust, mir zum zweiten Mal innerhalb von drei Tagen das Kinn polierern zu lassen. Ich zog meinen Presseausweis und wedelte dem Empfangschef damit vor der Nase herum.
Der Schwarze griff ihn ab, las darin wie in einem Buch, musterte mich mit flinken Augen, verglich mich wohl mit dem bärtigen Typ auf dem Paßfoto, fragte nach meinem Begehr.
»Ich möchte Frau Kossak sprechen.«
»Bitte warten«, sagte der Schwarze und ließ mich mit dem Höllenhund allein.
Nach acht war es inzwischen, ich hatte bis auf ein Brötchen an der Autobahn nichts gegessen. Mein Magen knurrte lauter als der Hund. Gerade als mir der schöne Gedanke kam, Jagger, Dylan, Cocker und Tina Turner könnten ein Benefizkonzert geben, um meinen Hunger zu stillen, ließ der Schwarze mich ins Haus. Ich folgte seinen platschenden Füßen über den roten Steinboden der Empfangshalle, sah links im Vorbeigehen eine Tür mit der Aufschrift *privato*. Wir gingen nach rechts und standen in der Küche.
Der Raum war groß und so dunkel, daß meine Augen eine Weile brauchten, um sich darauf einzustellen. Nach und nach erkannte ich eine offene Feuerstelle, ein paar alte,

halbhohe Schränke und unter der einzigen Funzel einen langen Tisch aus rohem Holz. Sechs Leute saßen daran, fünf Frauen und ein Mann. Sie hatten eine riesige Schüssel Nudeln bis auf einen Anstandshappen niedergemacht und eine Menge Wein dazu getrunken. Mich genossen die Damen zum Nachtisch. Sie taxierten mich wie einen Zuchtbullen auf der Landwirtschaftsmesse, von dem man noch nicht weiß, ob er sein Geld wert ist. Es hätte mich nicht gewundert, wenn eine aufgestanden wäre und mir in die Hose gefaßt hätte.
»Setzen Sie sich, Herr Schreiber«, sagte die Frau am Kopfende der Tafel. Sie mochte um die sechzig sein, vielleicht auch älter, schwer zu schätzen, bei dem Gesicht. Es war glatt wie bei einem jungen Mädchen, konnte geliftet sein, wenn ja, dann gut. Aber die Augen. Ihre Lider hingen schwer über den Äpfeln, sahen müde aus. Da half alles Schminken nichts. Und der Mund. Schmal und verkniffen, an den Enden abwärts orientiert. Die Frau rutschte an den Rand ihrer Bank. Ich hockte mich neben sie und schüttelte die Hand, die sie mir hinhielt. Eine runzlige Hausfrauenpranke.
»Ich bin Elisabeta«, sagte die Alte, »aber meine Freunde sagen Beta zu mir.«
Ich sagte mein Sprüchlein mit Hannes und Hans-Jürgen auf und bekam als Belohnung die restlichen Nudeln. Aß sie so schnell, daß mir eine der Frauen auch noch Brot und Käse brachte. Sie ging auf die vierzig zu, war blond, kurzhaarig, schmalbrüstig und sagte, sie heiße Mareike. Beta nannte mir die Namen der anderen. Die Frauen nickten, wenn sie aufgerufen wurden, und lächelten mir zu.
Altersmäßig lagen sie alle zwischen dreißig und fünfzig, nur der Mann war jünger. Dafür lächelte er auch nicht. Er hieß Urs, kam aus Bern und sprach so langsam, daß man zwischen den einzelnen Worten Volkslieder singen konnte.
Als ich fertig war mit dem Käse, räumte Urs den Tisch ab

und fing an zu spülen. Die Mädels trockneten ab und mein farbiger Freund stellte das Geschirr weg. Schade, daß sie dabei nicht sangen, hätte sich in jedem Heimatfilm prima gemacht.
Beta betrachtete sie mit Wohlwollen, legte Feuer an eine italienische Zigarette, sah mich schläfrig an. »Was führt Sie zu mir, Hannes?« fragte sie und blies den Qualm ihres Sargnagels in mein Gesicht. Ich hatte während der Fahrt genug Zeit gehabt, an meiner Legende zu stricken: *Mann mit midlife-crisis unterwegs zu neuen Ufern.* Als ich diese Frau sah, vergaß ich die Geschichte schnell wieder. Sie sah nicht aus, als ob sie sich einen vormachen ließe, wurde sicher ziemlich unangenehm, wenn sie es merkte. Außerdem war da noch ihr *Bimbo.* Also sagte ich die Wahrheit, und nichts als die Wahrheit, wenn auch nicht die ganze. Ingo Risse ließ ich erstmal weg. Erzählte stattdessen von Knoches Vortrag über den Satanismus und sagte, ich wollte beide Seiten hören. Deshalb sei ich da.
Als ich den Sektenpriester beim Namen nannte, begann Beta zu lachen. Sie fing irgendwo im Innern an, tief und finster, lachte sich langsam nach oben, überbrückte mühelos zwei Oktaven und endete mit einem irren Wiehern knapp unter der Schädeldecke.
»Wieso die andere Seite?« prustete sie.
»Ich nehme nicht an, daß Sie für den Erzbischof von Paderborn arbeiten.«
»Nein«, sagte die Kossak und lachte noch ein bißchen, »ich nicht. Aber Knoche auch nicht.«
Ich sagte: »Aha. Für wen denn?«
»Für Satan.«
Das mochte ich nicht glauben.
»Der Bischof auch nicht«, spottete die Alte und der Schwarze, der ihr den Kaffee hinstellte, lachte ein verrostetes Lachen.
»Und warum nicht? Können Sie es nicht beweisen?«
»Warum sollte ich?«, fragte Beta und gab sich selbst die Antwort. »In Amt und Würden ist uns Knoche viel nützli-

cher. Sie haben doch selbst an einer von seinen Veranstaltungen teilgenommen. Was meinen Sie, wem die mehr genutzt hat, Satan oder dem lieben Gott?«
Mir fiel der Dicke wieder ein und die zweihundert anderen. Wegen frommer Sprüche waren die nicht erschienen.
Beta setzte noch einen drauf. »Wußten Sie eigentlich, daß Knoche in einem stockkatholischen Verlag eine ganze Reihe mit schwarzmagischer Literatur herausgibt? Alles verschollene Originale!«
Das wußte ich nicht, und auch nicht, was der Bischof dazu sagte.
»Der findet das gut. Man muß den Feind, den man bekämpft, studieren, lieber Knoche, hat er gesagt, als er ihm die Druckgenehmigung gab.«
Sie konnte mir ja viel erzählen.
»Was machen Sie, wenn im nächsten *Malibu* folgende Schlagzeile prangt:
»Hexe behauptet: Priester dient heimlich dem Satan«
»Ich verlange eine Gegendarstellung.«
»Warum?«
»Ich bin keine Hexe. Ich bin Schwarze Magierin.«
»Wo liegt der Unterschied?«
»Die einen können wenig, die anderen können viel.«
»Was zum Beispiel?«
Beta klappte die Lider hoch und gönnte mir einen strafenden Blick. »Soll das ein Verhör werden?«
»Nennen wir es Interview.«
Interviews gebe sie nur gegen Info-Honorar, meinte die Schwarze Magierin. Sie habe drei Träger des Namens Kossak zu alimentieren, einer träger als der andere.
»Gehört eine der Damen dazu?«
Beta schüttelte den Kopf. Heftig wie alles, was sie tat. Ihre fransigen Haare wippten hin und her. Das Kreuz in ihrem linken Ohr schaukelte mitsamt dem toten Heiland. Er hing mit dem Kopf nach unten.
»Die Damen«, äffte sie mich nach und wieherte, »die Damen sind mein Kurs. Und der Herr« – sie zeigte auf den

Schweizer, der im Spülicht nach dem Besteck fischte – »auch.«
»Was kursieren die Herrschaften denn?«, fragte ich.
Mareike ließ den Abwasch ruhen. »Magisch-tibetanisches Yoga«, sagte sie. »Wollen Sie nicht mitmachen? Es fehlen noch Herren.«
»Warum nicht? In der Tanzschule bin ich auch immer eingesprungen, wenn Herren fehlten. Außerdem ist Yoga gut für meine Bandscheiben. Hat mein Arzt gesagt.«
Beta sah mich von der Seite an und schwieg. Sie schlürfte ihr Mokkatässchen leer, steckte sich noch eine Zigarette an – es war die vierte nach dem Essen – und starrte die Wand an. Da hing er wieder, der Glatzkopf mit Spitzohren aus Risses Dachkammer, und lächelte ins Leere.
»Und was sagt der Goto dazu?«, fragte ich, als mir Betas Starrkrampf zu lange dauerte.
Es wurde still in der Gutsküche. Urs hörte auf zu plantschen, die Frauen hielten das Geschirr fest und der Schwarze, dessen Namen ich noch immer nicht kannte, blieb vor dem Geschirrschrank hocken.
Beta belebte sich als erste wieder. »Goto sagt, wir sollten es mal probieren. Wir treffen uns um zwölf im Saal.«
Damit war ich entlassen. Ich holte meine Tasche aus dem Auto und ließ mir von Betas Knecht ein Zimmer zuweisen. Der Raum lag unterm Dach und hatte alles, was ich brauchte: Schrank und Bett. Nur die Fledermaus über dem Fenster brauchte ich nicht. Ich scheuchte sie raus.

Wach wurde ich, weil es an meiner Tür klopfte. »Hannes, es ist gleich zwölf«, sang Mareike. Ich hätte sie würgen können, so kaputt war ich. Hatte mich nur etwas langmachen wollen und war sofort eingeschlafen.
Ich brummte irgendwas, schwang mich vom Bett und taumelte zur Tür. Davor stand Mareike. Ein seidener Fummel fiel von ihren schmalen Schultern bis weit unters Knie. Zwei Mädchenbrüste stachen in den violetten Stoff.
»Ich gehe voraus«, sagte die Frau und entschwebte über

den Gang. Ich watschelte hinterher, betrachtete die Kapuze auf ihren Schultern und den kleinen Hintern unter der Kutte.
Es gab keine Lampen auf dem schmalen Flur, das Mondlicht zeichnete fahle Vierecke mit schwarzen Kreuzen auf den Boden. Durch ein offenes Fenster drang das Gebrüll der Frösche. Zikaden schrien dagegen an. »Jetzt fehlt nur, daß ein Käuzchen ruft«, dachte ich laut.
Mareike drehte sich um und sah mir in die Augen. »Ja, nicht wahr. Es ist herrlich hier.«
Ich nickte willenlos und folgte ihr über eine Steintreppe ins Erdgeschoss. Wir kamen an eine Doppeltür, ein Flügel rot, der andere schwarz, bemalt mit allerhand krausen Zeichen, Mareike öffnete sie und ließ mich hinein.
Der Saal war halb so groß wie eine Turnhalle, aber genauso hoch. Gegenüber der Tür, an der Stirnwand flackerte ein Feuer. Die restliche Belegschaft der Villa Montelupo kauerte im Halbkreis um die Flammen. Erst beim Näherkommen sah ich, daß sich das Ganze in einem Kamin von Kinderzimmergröße abspielte. Ich suchte mir einen freien Platz beim Feuer, kam neben Beta zu sitzen, und harrte der Dinge, die da kommen sollten.
Es begann mit einem Quiz. So nannten wir es jedenfalls in der Schule, wenn der Pauker die Hausaufgaben abfragte. Beta prüfte das okkulte Wissen der Kursteilnehmer. Urs mußte den Unterschied zwischen Schwarzer und Weißer Magie erklären, Mareike die Beschwörungsformel des Dämons Astaroth aufsagen. Isolde, eine flotte Fünfzigerin mit blitzblanken Augen und einem spöttischen Zug um den Mund, referierte die Bedeutung des Baphomet. Der Schwarze und ich kamen nicht dran.
Nach der Fragestunde erzählte Beta Neues aus dem Reich des Bösen. Ihre Schüler lauschten mit staunenden Kinderaugen. Nur der Neger und ich nickten ein.
Zur besseren Konzentration setzte uns die Kossak vor eine tiefschwarze Wand. Nach einer halben Stunde durften wir uns umdrehen und auf die gegenüberliegende rote Mauer

starren, in deren Mitte ein auf den Kopf gestelltes, schwarzes Kreuz hing. Ich fragte, wozu das gut sei.
Beta: »Die Hilfe muß aus der dunklen Tiefe geholt werden.«
Mich erinnerte die Nummer eher an die Prüfung für die mittlere Beamtenlaufbahn: Eine Stunde aus dem Fenster gucken, ohne sich etwas dabei zu denken.
Die Frauen beschworen derweil die Aosa. Sie hatten einen Kreidekreis auf den Boden gezeichnet, standen in seiner Mitte, fuchtelten mit den Armen in der Luft herum, als wollten sie Schwalben fangen, und sangen mit dem Schweizer um die Wette. Urs saß noch im Kamin. Er warf Kräuter ins Feuer und hängte seine Nase in den beißenden Qualm. »Grün möcht i werden«, rief er, »grün wie Aosa, das Venus-Wesen.«
Er stand auf, griff unter seine Kutte und fummelte sich zwischen den Beinen herum. Die Frauen wiegten sich im Rhythmus seiner Hand.
Siebenundsiebzig mal hin und siebenundsiebzig mal her. Der Schwarze neben mir zählte mit. Aber Aosa kam nicht. Dabei war der Eidgenosse tatsächlich grün im Gesicht geworden.
Die Frauen seufzten und Beta befahl dem scheinbar namenlosen Neger, es an Urs' Stelle zu versuchen.
Mister X kletterte in den Kamin, schob den unglücklichen Schweizer beiseite und legte los. Er rasselte den Text der Beschwörung, ein seltsames Kauderwelsch, das sich wohl ägyptisch anhören sollte, nur so runter, und mit der Hand ging es genauso zügig. Aosa kam schon beim dreiundvierzigsten Mal. Ich habe mitgezählt.
Die Mädels waren begeistert. Sie verließen den Kreis, stürmten den Kamin, krempelten den Kaftan hoch und herzten den Lebensspender, bis die Aosa verschwunden war. Dann schritten sie zurück in den Kreis. Sie sagten nichts, sahen mich nur an und wiegten sich in den Hüften.
Ich blieb vor meiner roten Wand. Seit ich das sechzehnte Lebensjahr vollendet habe, stehe ich nicht mehr auf Schau-

Wichsen. Außerdem kannte ich die Beschwörungsformel nicht. Und mit Jeans und T-Shirt wäre es auch nicht stilgerecht gewesen.
»Einmal muß reichen«, sagte ich und vertiefte mich ins schwarze Kreuz. Beta gefiel das gar nicht. Sie löcherte mich mit Blicken, nannte mich einen mausgrauen Spießer. Aus den Tiefen ihres Umhangs zog sie einen schwarzen Klumpen und drückte ihn mir in die Hand. Am Docht erkannte ich, daß es eine Kerze war. Das Wachs war eigenartig geformt, wie eine Vagina.
»Die läßt du heute nacht in deinem Zimmer brennen«, befahl Beta. »Damit ihre Kraft auf dich übergeht.«
Ich nahm das Teil mit auf mein Zimmer und steckte sie an, bevor ich mich hinlegte. Nachts wurde ich zweimal wach. Jedesmal stand die Kossak in der Tür und sah nach der Kerze. Als ich am nächsten Mittag aus dem Bett kroch, erinnerte nur noch ein Tropfen schwarzer Wachs an den formschönen Leuchtkörper.
Ich griff mein Waschzeug und machte mich auf die Suche nach einem Bad. Überall gab es Türen aus dunklem Holz, die ich nicht öffnen mochte, weil ich dahinter die Frauen vermutete. Ganz am Ende lag das Bad.
Ich hätte mir den Weg sparen können. An der Dusche hing ein Schild: *Wegen Wassermangel geschlossen.* Wütend ging ich zum Kran, warf mir eine Handvoll Wasser ins Gesicht. Es verschwand in den Falten.
Zurück im Zimmer zog ich mich an und stieg runter in die Küche. Mareike saß am Tisch, vor sich Teller, Tasse, Messer, Brot, Butter, Marmelade und Kaffee. Sie aß nicht. Sie habe auf mich gewartet, sagte sie und holte noch ein Gedeck. Ich aß zwei Scheiben scharfkantiges Weißbrot, das mir den Gaumen schmirgelte, mit Feigenmarmelade darauf, die die wunden Stellen wieder verschloß, trank vier Tassen Espresso dazu.
Wie sie sich denn wasche, fragte ich Mareike.
Sie zeigte es mir nach dem Frühstück. Wir gingen den Weg, der mich zur Villa geführt hatte, weiter, über den Hügel-

rücken, durch ein Sonnenblumenfeld. An einem verlassenen Bauernhaus bogen wir nach links. Ein Wäldchen mit Pinien, Zypressen und Eichen kuschelte sich ins Tal. Ein Kuckuck rief. Mareike zählte mit. Sie kam bis einundzwanzig.
Ich sagte: »Doppelt so schnell wie Betas Knecht.«
Sie lachte und rannte vor. Ich hörte Wasser rauschen und sah sie, als ich das Unterholz durchdrungen hatte, unter einer Art Naturdusche stehen. Das Wasser schoß aus einem eigentümlichen Gemäuer im Hang in einen kleinen Teich und floß von da aus weiter durch den Wald. Mareike ließ sich den Strahl abwechselnd auf Brust und Rücken prasseln und quietschte, wenn er ihren Hintern traf, wie ein kleines Schwein.
»Komm rein, du Feigling«, schrie sie, versuchte mich naßzuspritzen. Ich tat ihr den Gefallen, zog mich aus und stakste ins Wasser. Es kam mir eisig vor.
»Mach Platz«, heulte ich und hopste unter den Sturzbach. Er schnitt mir fast die Eier ab. Ich grölte und sprang herum wie nicht gescheit. Die Frau hatte ihre Freude an mir.
Sie war an Land gegangen, klaubte ihre und meine Klamotten auf und verschwand damit im Wald.
Ich wußte gar nicht, daß ich so schnell sein kann. Ich huschte durch die Büsche wie ein Eichhörnchen, hatte sie am Waldrand wieder ein. Mareike brüllte vor Lachen, warf die Kleidung zurück in die Büsche und sich auf das sonnige Stück Wiese davor.
»Komm zum Trocknen!«, lockte sie. Ihre Brüste waren noch im Liegen ganz schön spitz. Die Rippen leider auch. Wasser perlte auf ihrem Bauch, ein angeklatschter Schamhaarstreifen führte zwischen die Schenkel.
Ich ließ mich in gebührendem Abstand neben ihr nieder und harrte der Dinge, die da kommen sollten. Es kam aber nichts außer ein bißchen Wind, so warm wie mein Föhn auf Stufe eins. Nach fünf Minuten hatte er mich trocken. Ich richtete mich halb auf und beäugte die Frau neben mir.
Sie grinste unverschämt. Ich fragte warum.

»Weil man dir an der Nasenspitze ansieht, was du willst«, giggelte sie.
»Was will ich denn?«
»Du willst wissen, warum ich dir nicht an die Wäsche gehe.«
»Und warum nicht.«
»Sex ist verboten außerhalb der Rituale.«
»Wie will sie denn wissen, wo wir sind und was wir tun?«
Ein Schauer überlief Mareikes Körper wie der Schatten einer Wolke, schnell und kühl. Die blonden Härchen richteten sich auf, wo er war. »Beta spürt das«, sagte sie. »Beta weiß alles.«
»Niemand weiß alles. Du bist alt genug, um das zu wissen.«
Die Frau setzte sich auf, fuhr mit gespreizten Händen durch ihr nasses Haar. »Warum sagst du das? Du willst doch gar nichts von mir, oder?«
Sie sah mich von oben bis unten an. Ihr Blick blieb an meinem Schwanz hängen, der sich nur mühsam von der kalten Dusche erholte. Sie lächelte.
»Ich will eine ganze Menge von dir«, sagte ich, als ich die Beine angezogen hatte. »Ich will zum Beispiel wissen, warum du hier bist.«
»Hier bei der Mühle?«
Welche Mühle, fragte ich und bekam erklärt, daß die Bauern in dem Gemäuer am Bach früher ihr Korn gemahlen hätten.
»Zum Duschen«, sagte sie dann.
»Aber ich meinte bei Beta überhaupt.«
Mareike streckte die Arme in die Luft und dehnte ihren Körper, daß die Knochen knackten. »Um mich zu befreien«, ächzte sie.
Mir wurde warm zwischen den Beinen. Daß sich dort nicht mehr tat, war reine Körperbeherrschung. Ich sah sie nicht an, verfolgte den Flug des Mauerseglers über dem Bach. Er sichelte die Luft, bis sie scheibenweise runterfiel.
»Wovon befreien?«
»Von meiner Erziehung. Ich bin in einem protestantischen

Elternhaus aufgewachsen. Körperlos sozusagen. Nur beten, lernen und arbeiten.«
Das sei schon ein paar Jahre her, meinte ich.
Da kroch Mareike auf mich zu, bis ihre Brustspitzen mich fast berührten. In ihren Augen glühte eine Wut, deren Grund ich nicht kannte. Sie schwebte über mir wie ein Racheengel. Ein falsches Wort, und sie würde sich auf mich stürzen. Ich hielt den Mund und wartete.
»Vor fünfzehn Jahren habe ich einen jungen Mann geheiratet«, fauchte sie, als ob das eine unheilbare Krankheit wäre und ich das Bazillenmutterschiff. »Um endlich von zu Hause wegzukommen. Er hatte ein hübsches Gesicht und einen anständigen Beruf. Meine Eltern mochten ihn auch. Zwei Kinder hat er mir gemacht und selten Sorgen. Bis vor fünf Jahren seine Firma Pleite ging. Da hat er sich von meinem Vater den Job beim evangelischen Gemeindeamt besorgen lassen. Seitdem rennt er jeden Sonntag in die Kirche. Wegen seiner Stellung, sagt er. Und zwingt die Kinder mitzugehen. Letztes Jahr haben sie ihn zum Presbyter gewählt. Jetzt ist es ganz aus. Er wird immer mehr wie mein Vater. Fromm, faul und frigide. Ich hasse ihn.«
Ihre Braunaugen flackerten wie Kerzen im Wind. Schweißtropfen netzten den Flaum unter ihrer Nase.
Ich griff nach ihren Hüften, schob sie vorsichtig zur Seite, bis sie im Gras saß, holte unsere Kleider und hängte das weite Hemd, das sie getragen hatte, um ihre Schultern. Mit verheirateten Frauen fang ich auf den Tod nichts mehr an. Es kommt nichts dabei heraus außer Blut, Schweiß und Tränen. Ich kenne eine Menge Beispiele. An einigen war ich selbst beteiligt.
Mareike saß in der Wiese wie ein Giftzwerg, die Fäuste geballt und die Arme angewinkelt. »Ich ertrag ihn nicht länger«, keifte sie. »Ich laß ihn umbringen.«
Ich dachte, ich hätte mich verhört, fragte vorsichtshalber nach.
»Heute noch«, triumphierte Mareike. »Es hat sich ausgelitten.«

»Hast du mit Beta darüber gesprochen?«
Mareike nickte.
»Will sie es machen?« Wieder Nicken.
»Wieviel verlangt sie?«
»Dreißigtausend Mark«, sagte die Presbyterwitwe in spe, krabbelte in ihre Hemdsärmel, zog Slip und Hose an und knöpfte sich zu.
»Hast du schon gezahlt?«
»Die Hälfte.«
»Für das Geld hätte ich mich scheiden lassen«, sagte ich.
»Und die Kinder?« fragte sie.
»Außerdem ist es Humbug.«
»Beta hat oft genug bewiesen, daß sie es kann.«
»Das möchte ich sehen«, höhnte ich.
»Kannst du auch. Ich sage ihr, daß ich dich dabei haben will, wenn es passiert.«

9

»Zazel ist ein Totendämon, eine luziferische Intelligenz, wenn dir das was sagt. Er tötet nur unter freiem Himmel. Deshalb werden wir ihn auch draußen anrufen.«
Mareike erklärte mir alles haarklein, als ich abends aus Florenz zurück in die Villa Montelupo kam. Gegessen war schon, auch gespült. Die Herrschaften bastelten. Die Frauen schnitten tellergroße Zettel von einem Bogen Pergament. Über dem Herdfeuer, das schweflig ülmte, kokelten sie die Ränder wie früher im Vorspann von *Bonanza*. Beta bemalte die Zettel mit fünfzackigen Sternen und Hieroglyphen, die sie als babylonische Schrift ausgab. Mister X spendete Blut.
Er ritzte mit einem Dolch an seinem linken Unterarm herum, drückte den roten Saft ab und fing ihn in einem Schälchen auf. Seine Meisterin tauchte die Feder hinein, wenn sie einen neuen Krakel begann.
Der Schweizer mußte putzen. Er wusch verkohlte, dreifü-

ßige Schalen aus und wienerte daran herum, bis sie golden glänzten. Danach polierte er einen Dreizack und säuberte den Dolch des Schwarzen.
Doch der wurde noch gebraucht. Beta hatte das Wichtigste vergessen: Das Sigill des Dämons. Mister X mußte noch zweimal bluten, bis das Haupt des Zazels, ein Kuhkopf mit Bananenzunge, aufs Pergament gebannt war.
Um halb zwölf schickte die Kossak uns zum Umkleiden auf die Zimmer. Es war Freitagnacht und Frackzwang. Ich pellte mich aus den Klamotten, zögerte bei der Unterhose, dachte an Pastor Knoche und riß sie runter. Ich zog meinen dunkelblauen Bademantel an. Nachts sind alle Kutten schwarz.
Hinterm Fenster wartete ich, bis die Prozession auf dem Hof erschien. Dann hüpfte ich hinterher.

Es war immer noch warm draußen. Die Grillen schrien auf Teufel komm raus. Fledermäuse zappelten über dem Hof wie nächtliche Schwalben. Ein Satellit zog dem Himmel einen schnurgerade Scheitel. Die Sterne gaben ihr Bestes. Nur der Mond hing fett und faul herum.
Beta, der Schwarze und die Yoga-Schüler – was das alles mit Yoga zu tun hatte, wußten, wenn überhaupt, nur sie – standen bei den Anbauten. Sie richteten eine Art Altar her: Rechts eine schwarze Vagina-Kerze, links das männliche Gegenstück, in der Mitte ein Totenschädel. Als Krönung setzte Mareike ein Püppchen dazu.
Ein Paßfoto pappte ihm auf der Nase. Es trug die Züge des frommen Gatten. Mareike glühte Schaschlik-Spieße über der Penis-Kerze und stieß sie in den Balg. Immer an kriegsentscheidenden Stellen. Ich stand direkt daneben und studierte ihr Gesicht. Es erschien mir kalt. Ob vor Wut oder Berechnung, war eine andere Frage.
Als der Popanz aussah wie ein Stachelschwein, stoppte Beta die symbolische Handlung. »Du kannst ihn nicht töten«, knurrte sie, »Zazel muß es tun.«
Die Alte zückte ein Schwert, ich fragte mich woher, und

zog einen Kreis in den Kies, groß genug für uns alle. Von Urs ließ sie sich die Dreifüße geben, stellte einen mitten in den Kreis und drei drumherum. Mister X flitzte in die Küche und kam mit einer Schaufel Glut zurück. Er verteilte sie auf die Dreifüße. Beta huschte von Feuer zu Feuer, bröckelte einen schwarzen Kuchen in die Glut und lachte ihr Drei-Oktaven-Lachen dazu. Als es von allen Seiten stank, rammte sie das Schwert vor sich in den Boden. War ganz schön kräftig, die Frau.

Punkt zwölf standen wir alle im Kreis. Beta hob den Dreizack gen Himmel und legte los. »Al, Aloa, Aloahe«, oder so. Sie heulte herzzerreißend, reihte eine Phantasieformel an die andere, ehe sie plötzlich deutlich wurde. »Ich rufe dich, Zazel, wo immer du auch seist, deinen Aufenthalt zu verlassen und hier sichtbar vor meinem Kreis zu erscheinen. In dieser Stunde, in dieser Minute, in dieser Sekunde.«

Wer nicht kam, war Zazel.

Beta brüllte weiter. Siebenmal den gleichen Text. »Veni, Zazel, veni!«

Der Neger reichte ihr die Pergamentzettel. Sie spießte einen nach dem anderen auf den Dreizack und fackelte sie ab. Malte Feuerspuren in die laue Luft. Bröselte neues Räucherzeug in die Glut. Glühte den Dreizack. Schwang ihn über dem Kopf. Zischte: »Evoco, Zazel, evoco. Ich zwinge dich. Erscheine!«

Urs und die Frauen wurden immer kleiner während des Spektakels. Sie mümmelten sich aneinander wie junge Hasen, hockten da mit angezogenen Ellbogen und eingezogenem Kopf, umschlangen Beta mit Blicken, in denen der Wahnsinn köchelte. Ein Pfurz oder sonst ein unpassendes Geräusch, und sie wären tot umgefallen.

Doch Zazel kam lautlos, mit einem kühlen Hauch, der vom Froschteich herüberwehte. Er tauchte in unserem Rücken auf und kurvte zweimal um den Kreis. Zazel war nicht besonders groß. Er steckte in einer Kutte, wie sie die anderen auch trugen, nur hatte seine eine Kapuze. Die verdeckte sein Gesicht.

Zuerst tippte ich auf Mister X, aber der stand neben Beta, die Arme vor der Brust verschränkt, und ließ sich nichts anmerken. Urs konnte es auch nicht sein. Der Berner krümmte sich im Kies, als wolle er sich einbuddeln. Und die Frauen klammerten sich an Beta wie die Sabinerinnen kurz vorm Raub.
»Was ist dein Begehr?«, dröhnte der Zazel. Er hatte einen herrlichen italienischen Akzent.
Beta nahm Mareike, die sich um ihre Knie geschlungen hatte, hielt sie dem Dämon vor die Nase. »Ich will, daß du den Mann dieser Frau tötest.«
»Gib sie her, will ich sie anfassen, eh«, radebrechte Zazel.
Mareike zierte sich. »Nicht aus dem Kreis«, schrie sie, »ich will nicht aus dem Kreis.«
Da wurde der Dämon aber böse. Er schrie allerhand Schimpfworte, *porca miseria* und so Zeug, das ich von meinem italienischen Lebensmittelhändler kenne. Beta ließ ihn lange fluchen, hielt noch mal den Dreizack in die Glut und fuchtelte der luziferischen Intelligenz mit dem heißen Eisen vor der Nase herum. Zazel schwieg augenblicklich.
»Die Zeit ist um. Ich löse dich. Kehre zurück in dein Reich!«, donnerte Beta und fletschte ihr Gebiß. »Torna a casa!«
Zazel verneigte sich vor der Magierin und schlurfte geschlagen davon. Beta brüllte ihm noch einiges Kauderwelsch hinterher und stocherte mit dem Glühspieß Löcher in die Ozonschicht.
Mein Bedarf an Mummenschanz war fürs erste befriedigt. Ich trat aus dem schützenden Kreis und schlug die Richtung ein, in die der Dämon verschwunden war. Weit kam ich nicht. Mister X holte mich nach zehn Schritten ein.
»Komm zurück!«, sagte er. »Beta hat Angst um dich. Könnte sein, daß der Zazel noch in der Nähe ist.«
Er sah mich so fürsorglich an, daß ich ihn nicht enttäuschen mochte. Ich ging zurück und half den anderen beim Aufräumen.

Niemand sprach ein Wort. Wie eine Karawane zogen wir zurück in den Saal, beladen mit dem Evokationskrempel. Mareike trug ihren Mann. Sie sah mitgenommen aus, das Gewand klebte ihr am Körper, die Zähne klapperten schnell und laut. Sie wollte die Puppe mit aufs Zimmer nehmen, durfte aber nicht. Beta nahm sie ihr ab.
Es gab noch ein Glas Rotwein für jeden, als Schlummertrunk. Dann wurden wir entlassen.
Ich blieb sitzen. Spielte mit meinem leeren Glas, bis alle gegangen waren und wir allein in der Gutsküche hockten, die Magierin, ihr Knecht und ich.
»Wie wird Mareikes Mann sterben?« fragte ich in die Stille.
Beta zog eins ihrer müden Augenlider hoch, sah Mister X an und wippte mit dem Hinterkopf in meine Richtung. Er nun wieder, konnte das heißen. Oder: Schaff ihn raus! Der Schwarze schnaufte nur und ließ die Luft aus seinem leeren Glas. Beta wollte auch noch Wein. Sie schluckte wie ein Schwamm.
»Woher soll ich wissen, wie einer stirbt?«, echote sie. »Die Dämonen greifen da an, wo es für sie am bequemsten ist. Wenn einer viel Auto fährt, wird er mit dem Auto verunglücken. Sitzt einer im Knast, wird er sich aufhängen. Ist einer übernervös, kriegt er einen Herzinfarkt.«
»Es soll Leute geben, die halten das für Mummpitz. Können Sie mir Namen nennen, überprüfbare Fälle, wo jemand aufgrund Ihrer Beschwörung umgekommen ist?«
»Die, wegen denen Sie gekommen sind. Ingo Risse. Klaus Schlüsselberg.« Ich griff nach der Chianti-Flasche, hörte dem Wein beim Blubbern zu und nahm einen Hieb, um nicht reden zu müssen. Das Zeug hatte mir schon besser geschmeckt. Ich mußte höllisch aufpassen, daß ich mich nicht verschluckte.
Die Kossak weidete sich an der Wirkung, die ich zeigte. Lachfalten kerbten ihr gespanntes Gesicht, die Mundwinkel fuhren hoch, ließen ein paar Goldzähne blitzen.
»Hast mich wohl für verkalkt gehalten, Schreiber«, höhnte sie. »Eine blöde Alte, die du leimen kannst, wie?«

Sie schüttelte sich vor Lachen. »Ist nicht, Schreiber, ist nicht. Wer die Kossak linken will, muß verflucht clever sein. Viel cleverer als du.«
»Also gut«, sagte ich, »Schlüsselberg und Risse. Risse war Ihr Partner. Sie haben gemeinsam goldene Gänse ausgenommen. Solche wie Mareike. Oder Alex Bachmann. War Ihnen sein Anteil zu hoch, oder mochte unser farbiger Freund ihn nicht?«
Mister X sprang so schnell auf, daß die Bank, auf der er gesessen hatte, hintenrüber fiel. Es rumste gewaltig. »Tony«, zischte die Alte. Da richtete der Schwarze die Bank auf und setzte sich wieder. So hieß er also, Tony.
»Oder haben Sie sich wirklich wegen diesem UFO-Kommandanten zerstritten?«, hakte ich nach.
Jetzt war Frau Kossak dran mit Staunen. Wir hatten beide den gleichen Fehler gemacht. Wir hatten uns unterschätzt. Nachdem jeder seine Prügel bezogen hatte, ging es besser.
»Risse ist vom linken Pfad abgekommen«, meinte Beta, »kam sich klüger vor als alle Schwarzmagier zusammen, das Küken. Eine eigene Grotte wollte er gründen. Von Szandor LaVeys Erster Kirche des Satans. Dieser kalifornischen Sekte. Alles Scharlatane. Alles mausgraues Gewese.«
Die First Church of Satan kannte ich von Pastor Knoches buntem Abend im Kirchenforum. Er hatte einen Fernsehproduzenten erwähnt. der ihrer deutschen Filiale vorstand. Ich fragte die Kossak danach. »Es gibt keine Kirche des Satans in Deutschland außer der Fraternitas Saturni. Und es wird auch keine geben.«, tönte sie. »Risse hat das nicht begriffen. Mit anderer Leute Geld wollte er seine Grotte gründen. Und ist zugrundegegangen.«
»Mit Bachmanns Geld?«
Die Kossak warf mir ihren Standardblick zu. »Bist kein schlechter Schnüffler, Schreiber«, sagte sie. »Respekt.«
Ich überging das.
»Bachmann war früher Ihr Kunde. Er hat hier Kurse besucht. Sie haben ihm den Herrn Jesus ausgetrieben.

Waren Sie sehr sauer, als Risse ihn irgendwann alleine molk?«
»Sicher«, sagte Beta und hielt mir einen kleinen Vortrag über Reichtum und Macht, das Ausleben aller Triebe und die Herrschaft des Bösen. Sie spreizte die Finger beider Hände, während sie sprach, und drückte sie gegeneinander, daß die Gelenke knackten. Immer wieder. Knack-knack, knack-knack. Ich kann das nicht hören. Es macht mich verrückt.
»Welchen Dämon hatten Sie denn auf Risse angesetzt?« fragte ich, damit sie endlich aufhörte. »Tony?«
Beta ließ Dampf ab. Aus der Nase. Wie ein Walroß.
»Oder hat er sich nur totgesoffen und Sie machten sich dafür die Kerbe in Ihren Dreizack?«
»Astaroth hat ihn getötet«, keifte die Alte. »Auf meinen Befehl.«
Den Killer kannte ich noch nicht. Ich fragte: »Ist das so eine Art Zazel? Mit italienischem Akzent und Jeans unter der Kutte?«
Das war hart an der Grenze. Beta Kossak sah mich nicht an, belauerte eine einsame Fliege auf dem langen Marsch über den Küchentisch, erlegte sie mit einem Hieb ihrer Runzelhand. Die Reste schnipste sie ins Herdfeuer.
»Was ist mit Schlüsselberg?«, fragte ich.
Beta schwieg. Sie schien zu überlegen, ob sie antworten oder zuschlagen sollte. Sie entschied sich fürs Antworten, sagte: »Astaroth.« Ich fragte warum.
»Hast du nicht gelesen, was er schrieb, das schwule Schwein?«
»Doch«, sagte ich, hätte ich.
»Reicht das nicht?«
»Mir nicht.«
»Mir aber«, brummte die Kossak und lachte zur Abwechslung mal wieder die Tonleiter rauf. »Schlüsselberg hielt sich auch für superschlau. Genau wie du. Scheint eine Berufskrankheit zu sein bei Euch. Hat sich hier eingeschlichen und Satanist gespielt. Steckte mit Risse unter einer

Decke. Aber ich hab's gemerkt und Schluß war mit Schlüsselberg.«
»Schöne Aussichten«, sagte ich.
Die Alte lachte nochmal, aber nur kurz, schnappte den Presbyter am Spieß und trollte sich in ihre Gemächer. Tony folgte ihr auf dem Fuß. Um den Job beneidete ich ihn nicht.
Er mich vielleicht auch nicht um meinen. Ständig durch die Gegend sausen, immer neue Verrückte auftun, sich von ihnen die Tasche vollabern lassen und es am Schluß der staunenden Öffentlichkeit als neuen Trend zu unterbreiten, ist auch nicht jedermanns Sache.
Fuchs fiel mir ein, mein Kumpel bei der Stadtverwaltung, der im Ausgleichsamt für vier Riesen im Monat verrottete. Und mein Alter, der jeden Morgen zwanzig vor sechs bei Krupp auf der Matte gestanden hatte, vierzig Jahre lang.
Ich goß mir noch einen Roten hinter die Binde, um den Metallgeschmack aus den Lefzen zu kriegen, und hielt mir eine Rede.
»Hannes, laß dich nicht hängen. Du weißt, wo das hinführt. Nach drei Stunden Grübeln bist du fertig. Gut, du sitzt jetzt hier allein in einem Haus voll Verklemmter. Hast niemand, der über deine Witze lacht, und keinen, der von Fußball Ahnung hat. Mit niemandem kannst du würfeln, und die einzig halbwegs nette Frau ist verheiratet.«
An der Stelle mußte ich lachen. Die Szenerie auf dem Hof fiel mir ein, die psalmodierende Magierin, der Schweizer mit dem Regenwurm-Syndrom und der Junge aus dem Dorf, der den *turisti* für ein paar tausend Lire den Zazel machte.
Wunderbarer Stoff. Allein für diese Szene hatte die Reise sich gelohnt. Fand ich. Daß die Jungens in der Redaktion vielleicht anders darüber dachten, fiel mir zwei Wein später ein. Ich hatte Christoph die Geschichte mit einem unaufgeklärten Ritualmord schmackhaft gemacht. Mit einer Bochumer Leiche und Verdächtigen in jeder Stadt unseres Verbreitungsgebietes. Um die mußte sich die Reportage

ranken. Und wenn es eben ging, sollte dem geneigten Leser am Ende der Täter auf einem silbernen Tablett serviert werden. Offen sagte das zwar niemand bei *Malibu,* aber ich merkte es an den Gesichtern, wenn wieder eine meiner Sex & Crime & Politik-Geschichten offen endete. Und dann die Fotos. Christoph konnte zwar keinen festen Fotografen bezahlen, verlangte aber zu jedem Artikel Spitzenfotos.
»Einen Zeilenfriedhof kauft heute keiner mehr«, pflegte er zu sagen. Aber woher nehmen, ohne zu stehlen?
Auf der Suche nach einer vollen Flasche traf ich Goto. Er hing immer noch an der Wand und glotzte. Das war doch wenigstens ein Anfang. Ich knibbelte die Heftzwecken aus der Wand, brach mir einen Fingernagel dabei ab, fluchte *Gottfried Stutz,* das hatte ich vom Ursli, rollte den spitzohrigen Heiligen ein und suchte weiter.
Als erstes fand ich Wein. Ganz wichtig. Ich nahm ihn mit auf meinen Rundgang, trank an jeder Ecke einen Schluck aus der Pulle. Viel fand ich nicht: Eine Penis-Kerze, einen verrosteten Dreizack und ein schwarzes Buch mit Krakeln. Ich verstaute das Zeug in meinem Bademantel, fraß im Vorbeigehen noch ein Stück Käse aus dem Kühlschrank und tappte nach oben.
Vor Mareikes Tür nahm ich noch einen tiefen Zug und klopfte. Sie schlief noch nicht, fiepte: »Wer ist da?«
»Zazel«, brummte ich und lachte mich kaputt über den spitzen Schrei hinter der Tür.

Morgens traf ich Mareike beim Frühstück in der Küche. Die anderen schliefen noch. Ich entschuldigte mich, so gut es in meinem Zustand ging. Sie lächelte süß-sauer.
Nach einer Tasse Kaffee – mehr kriegte ich nicht runter, ich konnte das Schwarze nicht mehr sehen – schob ich ihr meine Karte rüber. Sie wollte wissen wozu.
»Du kannst mich zur Beerdigung einladen«, sagte ich. »Aber nur, wenn es Streuselkuchen gibt.«
Dann legte ich einen Hunderttausend-Lire-Lappen auf den

Tisch, holte meine Tasche und bestieg den Kadett. Der schwarze Schlachterhund kläffte wie angebrütet, als ich ihn passierte.
»Du bist auch noch nicht aus dem Schneider«, rief ich und hoffte auf sein Ende bei der nächsten Schwarzen Messe.

10

Nach sechs Tagen in der großen, weiten Welt – Ratzenkirchen, München, Florenz – traf ich sonntags nachmittags wieder in Bochum ein. Die Stadt machte es mir nicht leicht. Es regnete Bindfäden, die Leute hockten vor dem Fernseher und hielten die Parkplätze besetzt, mein Briefkasten litt an Verstopfung.
Ich klaubte das Zeug aus dem Kasten, wieder nur Zeitungen und Rechnungen, und schleppte mich und meine Tasche nach oben. Wütend, weil die Gurkerei durch Niederbayern mit einer Abfuhr geendet hatte. Sascha wollte noch bleiben, quetschte mir 150 Mark für die Rückfahrt mit dem Zug ab. Dafür war ich nun einen Tag länger auf Achse gewesen. Meine Laune wurde nicht besser, als ich das Kreuz an meiner Wohnungstür sah. Es war schwarz und stand auf dem Kopf. Ich knibbelte an einer Ecke: Lackfarbe!
Langsam fiel mir das Teufelspack auf die Nerven.
Ob es nun die Gruftis waren, ein reitender Bote aus dem fernen Florenz oder der Satan persönlich. Ich hatte die Faxen dick. Ich klemmte mich vor die Glotze, sah zum siebenunddreißigsten Mal denselben Heinz-Rührmann-Film, danach Sport im Zweiten und Ersten, holte mir von der Bude Pommes Rot-weiß und etwas Weißblechbier und schlief bei der Tagesschau ein.

Mein Alter hatte so seine Sprüche, die ihm durchs Leben halfen.
»Ungerecht ist die Welt«, pflegte er zum Beispiel zu sagen,

»einer muß drücken, daß ihm der Kopp platzt, und der andere bescheißt sich im Schlaf.«
Ich hatte mein Glück nicht im Schlaf gefunden, sondern im Suff. Ich merkte es, als ich am nächsten Morgen meine Reisetasche leerte. Der Goto sah zwar etwas knittrig aus und die Hitze der italienischen Autobahn hatte die Penis-Kerze gebogen wie eine Banane, was für andere Zwecke reizvoll sein mag, zum Abbilden aber nicht. Doch das schweinslederne Fotoalbum war ein Bringer. Es war das Gästebuch der Villa Montelupo. Und es war ein Witz. Da schworen die Teufelsanbeter nach der Messe Verschwiegenheit und drohten Verrätern mit dem Tod, aber auf Fortbildungsveranstaltungen führten sie faktisch Anwesenheitsliste. Einige waren wenigstens so gescheit, unter ihrem Künstlernamen aufzutreten, wie *Mar Andreas, Metropolit der Liberalkatholischen Gnostischen Kirche des Abendländischen Patriarchats,* oder *Seine Humanität Fra Diavolo, Erzbischof von Sankt Tönis und Großmeister des Ordens vom bizarren und überreichen Leben strengster Observanz.* Die anderen hatten ihren ganz normalen Friedrich-Wilhelm unter die Lobeshymnen auf Beta und ihr Haus gesetzt, viele sogar mit Adresse und Telefonnummer. Ich fand Alex Bachmann aus Essen-Bredeney und ziemlich weit vorn Ingo Risse.
Die Sorte Yoga, die in der Villa Montelupo gelehrt wird, schien ihm gefallen zu haben. *Liebe ist das Gesetz. Liebe unter Willen,* hatte er auf den Karton gekritzelt und mit Merlin unterzeichnet. Die Buchstaben fielen vor Schlagseite fast aufs Kreuz.
Von den übrigen Gästen kannte ich keinen. Ich holte mir einen großen Bogen Papier und stellte die Namen zu einer Liste zusammen.
Kopfspalte: Lfd. Nr. – Name – Deckname – Adresse – Bemerkungen.
Der Oberinspektor in mir ließ grüßen.
Mit Bayern kam ich auf achtundvierzig Deutsche. Die sechs Schweizer schenkte ich mir. Aus dem Ruhrgebiet

waren vierzehn, elf Männer und drei Frauen. Die engere Wahl.
Ich legte mir ein paar Fragen zurecht und fing an. Freute mich an meinem neuen Tastentelefon mit Wahlwiederholung, elektronischem Notizbuch, Kurzwahlspeicher, Lautsprechertaste und anderen Mätzchen. Für Situationen wie diese habe ich es mir zugelegt, und wenn sie dann eintreten, flippe ich fast aus.
Ich telefonierte mir heiße Finger und heiße Ohren, ließ bei jedem: »Mein Mann kommt erst um fünf aus dem Büro« den Recorder mitlaufen, füllte die Bemerkungsspalte meiner Liste mit neuen Nummern und alten Ausreden, »Da müssen Sie falsch verbunden sein«, und so.
Mittags hielt ich inne. Ich horchte die Kassette ab, überflog meine Notizen, merkte, daß es keinen Zweck hatte, tagsüber weiterzumachen, und fuhr nach Dortmund.
Willi hatte die Kantinentische seit meinem letzten Besuch nicht abgewischt, aber das Omelett mit Bratkartoffeln und Speck schmeckte nicht schlecht. Man mußte sich nur voll auf den Teller konzentrieren und alles drumherum vergessen.
Alles ging nicht. Dani Buchenkamp brachte sich nachhaltig in Erinnerung.
»Wo warst du eigentlich die ganze Zeit?« brüllte er quer durch die Kantine, als er mich entdeckte. Ich hatte den Mund voll und schwieg. Daran erkennt man meine guten Manieren.
Dani walzte auf mich zu. »Ich versuch seit Tagen, dich zu erreichen.«
»War wegen dir in Italien«, brummte ich zwischen zwei Bissen.
Buchenkamp raffte es nicht. »Du hast doch gar keinen Reisekostenantrag gestellt«, staunte er und erklärte mir anschließend, dann gäbe es auch kein Geld vom Sender.
Ich sang den Refrain von *No women, no cry*. Dani sah mich an wie einen Pflegefall. »Kein Geld – kein Beitrag«, sagte ich.

Das überzeugte. Dani mußte in der darauffolgenden Woche die *Frühschicht* moderieren. Dreieinhalb Stunden Programm pro Tag, die wollen gefüllt sein.
»Hast du O-Töne?«, bohrte er.
Ich sagte: »Noch nicht.«
»Dann besorg welche. Egal wie. Und Dortmund muß vorkommen. Auch egal wie.«
Ich versprach ihm alles, was er hören wollte. Schließlich standen drei Dortmunder auf meiner Gästeliste, und zur Not war auch noch Corinna mit ihrem Buchladen im Kreuzviertel. Wir vereinbarten den Mittwoch der nächsten Woche als Sendetermin. Mittwochs hatten sie die meiste Mühe, die Sendung voll zu kriegen.

Corinna tat, als ob nichts gewesen wäre. Den Eindruck hatte ich jedenfalls, als ich den Laden betrat. Sie sagte »Tach« und hörte weiter der Frau zu, die ihr ein neues Zeitalter voller Spiritualität, Magie und Wollsocken prophezeite.
»Wir werden alle Kinder sein. Kinder von Mutter Erde«, deklamierte die Kundin. Sie ging stramm auf die siebzig zu. Kaufen tat sie nichts. Nur reden.
Corinna ließ sich auch durch die Faxen, die ich hinter dem Rücken der Alten machte, nicht ablenken, nickte hin und wieder, sagte ja und nein an den passenden Stellen und brachte die Frau nach zwanzig Minuten Palaver freundlich zur Tür. Corinna war Profi. Sie gab es zu, als ich sie danach fragte.
»Ich habe eine Buchhändlerlehre gemacht. Ist das was Unanständiges?« Sie schürzte die Lippen und sah mich ein bißchen mitleidig an.
»Nein«, sagte ich, »überhaupt nicht«.
Ich hatte damit gerechnet, daß sie mich nach meinen Erlebnissen in der Toscana fragen würde. Tat sie aber nicht. Geschwätzig wie ich bin, fing ich selbst davon an. Ich erzählte ausführlich von der Evokation der Aosa und Mareikes Auftrag.

»Hör bloß auf mit dem Mist«, schimpfte Corinna.
Da staunte ich aber.
Corinna merkte es wohl. »Ich halte Schwarze Magie nicht für den richtigen Weg zum höheren Bewußtsein«, sagte sie. »Das hab ich dir aber schon bei deinem ersten Besuch erklärt. Ich sage nur: Skurril-Fick.«
Zu den Beutelschneidereien, von denen ich berichtete, ließ sie sich nicht weiter aus.
»Das ist eben so bei den Schwarzmagiern. Für die ist das Böse gut. Jemand anderen übers Ohr hauen, finden die stark.«
Ich erzählte von Betas Gästebuch und daß ich dabei sei, die Leute anzurufen. »Mal sehen, wieviel Geprellte zusammenkommen.«
Corinna sah mich komisch an. »Keine Angst?«, fragte sie und steckte sich eine Zigarette an.
»Ich glaub nicht an magische Ferntötung.«
»Es soll auch wirken, wenn man nicht dran glaubt.«
»Sicher?«
Sie nickte. Kastanienhaar fiel in ihr rundes Gesicht. Sie strich es zurück. Eine silberne Schlange wand sich um ihr Handgelenk, mit grünen Augen aus Email. Statt der Streifenhose, die ihre Beine so schön in die Länge gezogen hatte, trug sie einen weiten Rock aus blauem Stoff mit ganz viel Sternchen. Der Mond hing wie immer auf ihrer Brust. Corinna sah müde aus. Ich hätte sie gern nach dem Grund gefragt, verkniff es mir aber. Sie schien eine der Frauen zu sein, die einem nicht gleich ihr ganzes Leben offenbaren, nur weil man einmal miteinander geschlafen hat.
»Vielleicht kannst du mir helfen«, sagte ich. »Die Leute aus dem Gästebuch . . . Du kennst vielleicht ein paar. Es sind drei Dortmunder dabei und noch ein Dutzend aus der Nachbarschaft.«
»Ich glaub nicht, daß ich das möchte«, sagte Corinna, freundlich, aber bestimmt. »Ich hab zwar ein paar Schwarzmagische Titel im Angebot, weil es irgendwie dazugehört, und ab und zu kauft einer auch mal was von Crowley bei

mir. Aber sonst will ich mit den Schwarzmagiern nichts zu tun haben. Die sind mir zu hart.«
»Apropos kaufen«, sagte ich, um meine Enttäuschung zu überspielen, »hast du etwas über *The First Church of Satan?«*
Sie hatte nicht. Sagte sie. Und bekam einen Ausdruck um die Augen, der mich an Stahl erinnerte. Kalt und schneidend.
Ich fragte warum.
»Das ist die härteste kalifornische Szene. Charles Manson kennst du vielleicht, den Typ, der Sharon Tate und ihre Leute abgeschlachtet hat. Der war vorher First Church of Satan. Das sind Faschos, sag ich dir. *Gesegnet seien die Starken, denn sie sollen die Erde besitzen. Verflucht seien die Schwachen, denn sie sollen ausgetilgt werden.* So Sprüche klopfen die.«
»Vor einem Jahr sollen ein paar Leute von hier versucht haben, eine deutsche Grotte der Satanskirche zu gründen. Hast du davon gehört?«
Corinna schüttelte den Kopf. »Ich hab den Laden noch nicht so lange.« Sie saugte an ihrer Zigarette und blies den Rauch gegen die Decke. Ich sah ihm nach, wie er aufstieg und verschwand. Auf der nachtblauen Rauhfaser klebte ein schmaler Aluminium-Mond.
»Woran glaubst du eigentlich?«, fragte ich. »Ich hab dich neulich nachts bei mir singen hören.«
Corinna sah mich an und wurde rot. Hätte ich ihr gar nicht zugetraut. »Ich glaube an die Kraft der Mondin«, sagte sie, trotzig wie ein Vorschulkind. »Und du?«
»An gar nichts mehr.«
»Und früher?«
Gute Frage. Ich hatte nur keine Lust, darauf zu antworten. Ein paar Sachen, an die ich geglaubt hatte, waren mir peinlich, mit anderen war ich noch nicht fertig.
»Ich red nicht gern über olle Kamellen«, mauerte ich.
»Daß ihr Kerls immer den Harten markieren müßt.«
»Erzähl mir lieber einen vom Mond.«

Das tat sie dann auch. Ich hörte von erstaunlichen Dingen. Vom Zusammenhang zwischen Menstruation und Mondphasen zum Beispiel. Ich muß wohl ziemlich ungläubig aus der Wäsche geguckt haben. Corinna hielt mir jedenfalls eine längere Rede, an die ich mich im einzelnen nicht mehr erinnere. Nur das Argument mit den Gezeiten ist hängen geblieben. »Wenn die Mondin die Kraft hat, ganze Ozeane zu bewegen, warum dann nicht den Körper der Frau. Der besteht schließlich zu neunzig Prozent aus Wasser.«
An diesem Rätsel knabbere ich seitdem herum. Besonders interessiert mich die Mondwirkung auf den Körper des Mannes. Da kommt es ja auch häufiger zu Blutstaus. Einen Zusammenhang mit Mondphasen konnte ich trotz intensiver Beobachtungen noch nicht feststellen.
Trotzdem scheint an der Geschichte was dran zu sein. Ich kenne eine Menge Männer, die saufen bei Vollmond wie die Löcher.

Um fünf war ich wieder in der Herner Straße. Meine Nachbarin kam mir auf der Treppe entgegen und beschwerte sich über das Kreuz an meiner Tür. »Ham Sie eigentlich die Erlaubnis für sowat vom Hausbesitzer?«
»Brauch ich nicht«, sagte ich und fragte die Frau, ob sie noch nie was von der grundgesetzlich garantierten Religionsfreiheit gehört habe.
»Nää«, sagte sie, hätte sie nicht.
»Man kann ja auch nicht immer mit dem Grundgesetz unterm Arm rumlaufen«, tröstete ich und verschwand hinter der Tür.
Ich machte mich wieder über das Telefon her. Es ging entschieden besser als vormittags. Die Herren Satanisten hatten Feierabend, schnitten Rasen, putzten Auto, werkten Heim, bohrten Nase oder was weiß ich, was ein Teufelsanbeter nach der Arbeit macht. Hauptsache, ich bekam sie an die Strippe. Und das tat ich. Reihenweise.
Die Leute waren entsetzt. »Woher haben Sie meine Adresse?«, fragten fast alle. Es hörte sich nicht wie eine freundliche Rückfrage an.

Beim ersten faselte ich noch von einem Bekannten, der mir den Tip gegeben hatte. Als ich den Namen nennen sollte, sah ich alt aus. »Bachmann«, sagte ich schließlich.
»Kenn ich nicht«, konterte der andere und legte auf.
Beim nächsten war ich schlauer. Stellte mich als der vor, der ich bin, und nannte die Kossak als Informantin.
»Und was wollen Sie von mir?«
»Ich arbeite an einem Bericht über Satanismus im Ruhrgebiet und hätte mich gern mit Ihnen unterhalten.«
Da legte der auch auf.
Beim dritten Anruf hatte ich Glück. Ein Duisburger Familienvater bot mir seine zehnjährige Tochter zur *Erziehung* an. Im Angebot: Fesselung mit Ketten, Auspeitschen, Darbringung des ausfließenden Blutes. Diskretion Ehrensache.
Ich sagte dem Mann, ich stände nicht auf Kinder.
»Auch gut«, sagte der Typ und offerierte mir eine Schwarze Messe. Ich wurde ganz hibbelig, fragte: »Was für eine?«
»Ganz einfach«, meinte mein Partner, »Sie verpassen meiner Frau ein Klistier, und ich bete das Vaterunser dazu.«
Da legte *ich* auf.

Bis um neun erreichte ich elf Leute. Fünf legten auf, wenn sie wußten, was ich wollte. Drei sagten, sie seien schon lange nicht mehr dabei. Zwei wollten eventuell zurückrufen. Einer bat mich vorbeizukommen. Er war aus Dortmund.
»Wann?«
»Am liebsten gleich.«
Ich ließ mir das nicht zweimal sagen, schnappte den Recorder, prüfte die Batterien, sie gingen noch, und fuhr los.
Es ist schön, an einem Sommerabend über die B 1 nach Dortmund reinzukommen, wenn der Fernsehturm in den dunkelblauen Himmel sticht, die Hochhäuser das Abendrot über Bochum reflektieren und das Neon-U auf dem Runddach der Westfalenhalle kreist. Wenn man Glück hat,

ist es vielleicht Freitag, die Woche ist um, und Borussia spielt zu Hause unter Flutlicht. Die Strahler am Westfalenstadion gleißen stärker als die Mondin und fünfzigtausend Leute stöhnen wie sonst nicht mal beim Orgasmus, weil Frank Mill schon wieder eine todsichere Chance versiebt hat.

Ich umkurvte die Innenstadt auf dem Wallring, rechtsrum ist kürzer, linksrum ist schöner, also linksrum und bog hinterm Bahnhof in die Nordstadt, wo die Türkenfrauen in Pluderhosen auf den Bürgersteigen saßen, schwatzend und stickend. Ihre Kinder spielten auf der Straße Fußball und Fangen. Ich fuhr Schritt. Von Zimmermann nehme ich nichts an. Nicht mal eine Prämie für überfahrene Ausländer.

Mein Mann wohnte in der Schlosserstraße, einer Mietskasernen-Allee, direkt beim Werkstor von Karl Hoeschs Westfalenhütte. Ich kannte die Straße von den Demonstrationen gegen das Büro der Neo-Nazis, einem ungemütlichen Bunker mit Hakenkreuzen an der Wand und Totschlägern im Schirmständer. Sie gaben es auf, als ihnen zum dritten Mal Kleinholz aus der Einrichtung gemacht wurde.

Die Bude, zu der ich wollte, stand einen Block weiter. Ich stieg die Holztreppe bis ins fünfte Stock, an den Gemeinschaftsklos vorbei, die nach achtzig Jahre altem Urinstein und gequirlter Kacke rochen.

An der Tür stand: Manfred Grabert. Ich schellte. Der Mann, der mir öffnete, war um die dreißig, trug Jeans, Turnschuhe und ein Hawai-Hemd voller Früchte. Sein Kopfputz paßte zum Hemd. Er hatte seine brünetten Haare zu einer Art Surf-Brett gestylt, das seine Stirn beschattete. Der Restkopf blieb frei.

»Hi«, grüßte er und tippte mit dem Zeigefinger an das Ding. »Ich bin Manfred Grabert. Kommen Sie rein.«

Er führte mich durch einen schlauchigen Korridor, den ein paar Spiegel weiteten, in einen Raum auf der Hofseite des Hauses. Der Raum war weiß. Weiße Wände, weiße Holz-

dielen, weiße Polster. Sogar die Palme beim Fenster war weiß gesprüht.
Grabert lümmelte sich in eine Ecke und forderte mich auf, das auch zu tun. Er war der erste Okkulte, der *Malibu* kannte und sogar ab und zu las. Wir redeten ein bißchen über das Heft, warum die Uhrzeiten im Veranstaltungskalender oft nicht stimmten und was wir eigentlich gegen *Gröhlemeier* hätten.
Was das erste anging, schob ich es auf die Veranstalter, zu Herbie fiel mir nichts ein. Außerdem fand ich, wir hätten uns lange genug berochen.
»Wie bist du denn an die Kossak geraten?«, fragte ich.
Grabert grinste. »Du siehst doch gar nicht so bescheuert aus«, komplettierte er.
»Eben.«
»Das ist eine lange Geschichte.«
Ich holte den Recorder aus der Tasche, checkte die Funktionen und sagte: »Erzähl!«
Grabert holte weit aus. Von Hasch-Fêten in den Siebzigern und östlichen Heilslehren erzählte er. Wie sie das I Ging befragt und Timothy Learys Gedichte gelesen hätten. Über indianische Medizinmänner und sibirische Schamanen. Amulette, Talismane. Fliegenpilz-Reisen. Tantra-Yoga. Es gab nicht viel, das er nicht probiert hatte.
»Am Ende wußte ich nich mehr, ob ich Männchen oder Weibchen wär«, sagte Grabert, lachte kurz und erzählte weiter.
Wie ihm ein Kumpel ein Buch von Altmeister Crowley in die Hand gedrückt habe. *Liber al vel Legis,* das *Buch des Gesetzes.* Seine Offenbarung. »Tu, was du willst, soll das Gesetz sein«, deklamierte er. »Das war doch wenigstens was, wonach man sich richten konnte. Die totale Selbstverwirklichung. Ich bin voll abgefahren auf den.«
Seine Augen blitzten, während er redete, sein schmaler Mund verzog sich zu immer neuem spöttischen Lächeln. Mir schien, daß seine Ohren wackelten. Das konnte aber auch an der Frisur liegen.

Grabert stand auf, ging nach nebenan und kam mit einem Buch zurück. »Ich glaube an einen geheimen, unnennbaren Herrn, und an einen Stern in der Schar der Sterne, aus dessen Feuer wir erschaffen sind und zu dem wir zurückkehren werden. Und ich glaube an einen Vater des Lebens, Geheimnis der Geheimnisse, und sein Name ist Chaos, der alleinige Stellvertreter der Sonne auf Erden. Und ich glaube an eine Erde, unser aller Mutter, und an einen Schoß, in dem alle Menschen gezeugt werden und in dem sie ruhen sollen, Geheimnis der Geheimnisse, und ihr Name sei Babalon. Und ich glaube an die Schlange und den Löwen, Geheimnis der Geheimnisse, und sein Name ist Baphomet. Und ich glaube an eine gnostische, allumfassende Kirche des Lichts, der Liebe und der Freiheit, und das Wort ihres Gesetzes ist Thelema.«
Grabert klappte das Buch zu und plumpste zurück in die Polster. »Hört sich nicht schlecht an, oder?«
»Wenn man dran glaubt.«
»Ist ja auch 'n Glaubensbekenntnis«, sagte er. »Crowley seins.«
»Du scheinst nicht mehr ganz überzeugt davon zu sein.«
»Das liegt an den Leuten, die sich auf ihn berufen.«
»Haben sie dich ausgenommen?«
»Frag mich nicht nach Blütenstaub«, stöhnte Grabert und zählte die Sachen auf, die ich schon von Bachmann kannte. Yoga-Kurs, Magische Lehrbriefe, Beschwörungscassetten. »Ich hab mindestens zehntausend Mark in der Szene gelassen.«
»Nur bei der Kossak?«
»Fast. Und für was für ein' Schwachsinn. Ich pack mich heute noch am Kopf, wenn ich an die Wiedergeburtstabelle denk. Meine zwölf letzten Reinkarnationen für fünfhundert Mark. *Im frühen 18. Jahrhundert bist du das Weib eines holländischen Seefahrers gewesen.* Auf der Schiene liefen die alle.«
»Hast du eigentlich Betas Partner gekannt?«
»Welchen? Die Okkult-Oma hat mehrere.«

Ich kannte nur zwei, Risse und Tony, und bei dem war Partner nicht mal das richtige Wort. Trotzdem nannte ich ihn.
»Den Bimbo kannst du vergessen«, meinte Grabert und rutschte noch tiefer in die Polster. »Den hat sie sich nur fürs Grobe angeschafft. Bumsen und Body-guard. Der ist ein besserer Hausmeister.«
»Und Ingo Risse?«
»Risse ist ein anderes Kaliber. Der hält sich für den größten Magus seit Crowley. Oder für Crowley selbst. Ich glaub, der kann das nich auseinanderhalten, wenn er zu ist.«
»Womit zu?«
»Schnee«, sagte Grabert, »genau wie Crowley. Saufen tut er natürlich auch, aber wenn er Knete hat, kokst er.«
»Daß er seinen eigenen Laden aufmachen wollte, weißt du vermutlich auch?«
Grabert richtete sich wieder auf, befühlte sein haariges Horn. Es saß noch wie eine Eins. Halbe Dose Haarspray, tippe ich.
»Das hab ich nur noch am Rande mitgekriegt. War gerad die Zeit, wo ich mich abgesetzt hab aus der Szene. Du meinst diesen Crowley-Club?«
»Beta hat mir was von einer deutschen Grotte der Satanskirche erzählt. Haben die es mit Crowley?«
»Nee«, sagte Grabert, »nich daß ich wüßte. Ich mein auch, der hieß anders.«
»Wie?«
Grabert schabte die Freiflächen seines Schädels. »Komm ich im Moment wirklich nicht drauf. Mußt du ihn selber fragen. Der kommt doch auch aus Bochum.«
Da erst fiel mir auf, daß er von Risse immer in der Gegenwart gesprochen hatte. Ich sagte: »Ingo Risse ist seit Oktober tot.«
Grabert zitierte Sponti-Sprüche, Band 6, Vers 23. »Wer schneller lebt, ist eher fertig.«
»Die Bullen sehen das ähnlich«, sagte ich. »Vergiftung

durch Alkohol und Drogen. Keine Fremdeinwirkung. Dumm ist nur, daß jemand ihn gekillt haben will.«
»Laß mich raten«, unterbrach mich Grabert. Seine Lippen zuckten vor Spott. »Magische Ferntötung auf Betas Befehl?«
Ich nickte gewichtig.
»Ich hab ja so ziemlich alles geglaubt, was die Alte mir erzählt hat, aber das nich!« Grabert begleitete seine Worte mit dem Zeigefinger. Er stocherte mir damit unter der Nase rum, als ob ich den Stuß in die Welt gesetzt hätte.
Ich brachte mein Geruchsorgan in Sicherheit. »Wie gut kanntest du Risse eigentlich?«, fragte ich dann.
»Nich besonders. Irgendwie konnte ich den Typ nich ab. Malocht hat der nie. Ist immer mit diesem Krupp-Verschnitt aus Essen rumgezogen.«
»Alex Bachmann?«
»Ich glaub, der hieß so. Jedenfalls mußte der immer für ihn zahlen. Der Junge ist so daneben, mit dem kannst du kein gescheites Wort wechseln. Der war bestimmt auch bei dem Crowley-Club dabei. Als Finanzier. Der und die Mädels.«
Ich wußte nur von einer Freundin.
»Mit einer kam Risse nich aus. Gut, eine war immer Nummer 1. *Die Frau in Scharlach,* wie bei Crowley. Aber Fremdgehen war Pflicht. War ja schließlich alles Sexualmagie.«
Dafür, daß Grabert Risse nicht besonders kannte, wußte er eine Menge. Ich sagte ihm das auch.
Er lachte. »In der Szene tun sie zwar alle geheimnisvoll, aber jeder quatscht über jeden. Alle geben an wie'n Sack Seife. Wenn einer heute in Dortmund 'n Pfurz läßt, weiß morgen das ganze Kirchspiel Bescheid.«
»Sagt dir der Name Don Carlos was?«
Graberts Mundwinkel zuckten wieder. »Schiller«, sagte er und lachte sich scheckig über mein dummes Gesicht.
Ich wartete, bis der Anfall vorbei war. »Sonst nichts?«

»Don Carlos ist ein Deckname. Der Mann soll Chef der Fraternitas Saturni sein und in Bochum wohnen. Wer dahintersteckt, weiß ich auch nich. Risse hat damit gestrunzt, daß er ihn kennt.«
Ich erzählte Grabert von Knoches Vortrag und seiner Postbeamten-Geschichte. Er wußte nichts davon. Oder wollte wenigstens nichts wissen. Bei Don Carlos blockten sie alle. Der Mann war entweder ein Phantom oder wirklich was Besonderes.
Zum Schluß fragte ich Grabert noch, ob er was dagegen hätte, wenn ich Passagen unseres Gesprächs für Radio Dortmund verwendete.
Hatte er nicht.

11

Am nächsten Tag kopierte ich Saschas Lebensstil. Ich blieb bis mittags im Bett. Freiwillig kann ich sowas nicht. Man hatte nachgeholfen. Zum ersten Mal kurz vor zwölf, als ich gerade lag. Da zeigte sich mein schönes, neues Telefon von seiner schlimmsten Seite. Es schrie sein Tülülülülü –tülülülülü – tülülülülü durch die Wohnung, daß die letzte Straßenbahn vor Neid erblaßte.
Ich schwang mich aus der Falle und hetzte hin. Als ich mich meldete, legte der andere auf. Wüst fluchend stapfte ich zurück.
Ich lag keine zehn Minuten, da ging es wieder los. Tülülülülü – tülülülülü – tülülülülü. Beim sechsten stand ich doch auf, meldete mich mit »Ja bitte.«
Diesmal bekam ich wenigstens eine Antowrt. »An Ihrer Stelle würde ich die Finger davon lassen, Schreiber«, nuschelte jemand. Es hörte sich nach Taschentuch über der Sprechmuschel an.
Ich fragte warum. Knacks.
Ich ging in die Küche, fand im Kühlschrank ein Sechser-Pack, das Sascha da vergessen hatte, ließ die Lasche

zischen und trank im Stehen. Aldis Finest. Die Dose zu 49 Pfennig. Es half nicht mal beim Einschlafen. Ich wälzte mich im Bett, schwitzte. Wie ein Rollmops in Salzlake.
Um eins erlöste mich Schwarz-Schillings sprechender Zauberknochen. Ich meldete mich wieder mit »Schreiber«. Sie wußten es ja doch. Diesmal erschall höllisches Gelächter am anderen Ende der Leitung. Ich hätte mich wunschgemäß gefürchtet, wenn es sich nicht gar so toll nach Lachsack angehört hätte. Besonders gegen Ende.
Bis halb vier hielten sie mich auf Trab. Warum ich eigentlich noch dran ging, weiß ich nicht mehr. Vielleicht hoffte ich auf einen Tip. Oder ich bekam wirklich Angst. Oder es lag am Aldi-Bier. Oder an allem zusammen.
Mittags drauf fühlte ich mich älter als der Teutoburger Wald. Ich weihte die Kaffeemaschine aus Florenz ein, duschte, während sie lief, holte Brötchen an der Ecke.
Meine Gedanken kreisten um Risse, Beta, Don Carlos, Knoche und landeten bei Bachmann. Der Sack hatte mir längst nicht alles erzählt. Von Risses Grotte nichts und nichts von den Frauen. Ich knobelte an einem Dreh, der ihn ans Reden brächte. Das dauerte eine Weile, aber um drei, wenn er gewöhnlich aufstand, war ich soweit.
Ich rief bei ihm an, überwand seine Erziehungsberechtigte mit gewählten Worten, und sagte ihm, als er sein »Bachmann« in den Hörer gehaucht hatte, daß ich in einer halben Stunde bei ihm sei.
»Warum?« flüsterte er.
»Ich habe einen Auftrag für dich.«
Bachmann schwieg. Mag sein, daß er überlegte. Glaube ich aber nicht.

Ich tankte mein Lasttier an der Herner Straße und nahm die B 1 unter die Hufe. Der Standard-Stau zwischen Wattenscheiß und Frittendorf kostete mich zwanzig Minuten, der Rest etwas weniger. Um zehn vor vier stand ich vor Bachmanns Schwarzwaldhaus.
Sein Kindermädchen begrüßte mich wie einen alten Freund

des Hauses, nannte mich gleich beim Namen. »Herr Schweifer vom Kakadu möchte Sie sprechen, Alexander«, rief sie durchs Treppenhaus.
Alexander antwortete nicht. Alexander spielte auf Zeit. Er ließ mich wieder eine halbe Stunde bei den toten Tieren warten, ehe er die Stufen herunterglitt.
Angezogen sah Bachmann ganz manierlich aus. Die spillerigen Beine verdeckte eine Sommerhose mit Bundfalten, ein Bing-Crosby-Schal kaschierte sein Hälschen. Wenn er sich noch ein Tuch über den Kopf gelegt hätte, wäre er direkt hübsch gewesen.
Ich stand auf und fixierte ihn. »Liebe ist das Gesetz«, rief ich. »Liebe unter Willen.«
Bachmann sah durch mich hindurch. Er schien ungerührt. Ohne anzuhalten schwebte er durch den Empfangsraum auf die Doppeltür am anderen Ende zu, öffnete sie und verschwand. Ich hinterher.
Ich kam in eine Art Arbeitszimmer, eins aus der Vorkriegszeit, mit dunklen Seidentapeten da, wo ausnahmsweise kein Bücherschrank stand, und orientalischen Teppichen auf dem Parkett. Stiche bedeckten die Wand hinterm Schreibtisch, Städteansichten von Coelln bis Wirtzpurg. Ich entdeckte den meterlangen Stoßzahn eines längst verschiedenen Elefanten, von oben bis unten beschnitzt, und ein seltsam gedrechseltes ähnliches Teil. Ein Einhornhorn, dachte ich, aber Einhörner gibt es nicht und außerdem hört es sich blöd an, Einhornhorn.
Bachmann hockte in einem Zweisitzer und starrte in den leeren Kamin. Es gab noch ein anderes kleines Sofa. Das stand mir zu weit weg. Ich klemmte mich zu Bachmann und fing wieder mit dem Fixieren an.
Als er nicht mehr wußte, wohin er gucken sollte, sprach ich ihn an. »Ich war bei Beta, Frater Volo Intelleggere«, sagte ich. Den Namen hatte ich aus dem Gästebuch. Wenn die Lateinrückstände in meinem Gehirn nicht lügen, heißt das: *Ich will verstehen.*
Bachmann war baff. Er hampelte im Sofa rum und warf mir

scheele Blicke zu. Schweißtropfen traten auf seine Oberlippe. Er verrieb sie im Gesicht.
Ich setzte nach. »Sie befiehlt dir, mir als ihrem Abgesandten die Wahrheit zu sagen. Bist du dazu bereit, Frater?«
Bachmann schwieg. Ich drehte die Schraube noch ein Stück.
»Wenn nicht, kommt sie selbst!«
Das saß. Frater Volo Intelleggere quetschte sich in die äußerste Ecke der Couch und bibberte. Ich ließ den armen Kerl ein bißchen schmoren.
»Bist du bereit?«, bohrte ich dann.
Er hauchte: »Ich bin es.«
Ich ließ ihm keine Zeit, es sich anders zu überlegen. »Was war das für eine Grotte, die du mit Frater Merlin gründetest?«, fragte ich mit hohlem Pathos. Kam mir vor wie der Nikolaus.
»Amor s.v.«, flüsterte Bachmann.
E.V. kannte ich. Eingetragener Verein. Was hieß s.v.? Ich fragte nach. Das war nicht gut. Wenn ich wirklich der Kossaksche Gesandte sein wollte, durfte ich keine allzu dummen Fragen stellen. Sonst merkte selbst Bachmann etwas. Er sah mich irritiert an und ich brachte ihn nur mit wüstem Stirnrunzeln und Augenrollen dazu, zu antworten.
»Sub voluntate«, sagte er. »Amor sub voluntante.«
Ich hatte also richtig gelegen mit meinem *Liebe unter Willen.*
»Wer war noch dabei, außer Frater Merlin und dir?«
»Die Frau in Scharlach.«
»Welche?« Grabert hatte gesagt, es hätte mehrere gegeben.
»Alostrael«, entrüstete sich Bachmann. Offenbar wußte er nichts von anderen. Oder es gab sie nicht.
»Nenne mir ihren wirklichen Namen«, fauchte ich.
Bachmann schluckte. Er fuhr mit den Handflächen über seine Hosenbeine, um den Schweiß loszuwerden, sagte: »Ich kenne ihn nicht.«
Ich lachte höhnisch wie der Sack nachts am Telefon. Es

nützte nichts. Mein Opfer schlug zur Abwehr einen fünfzackigen Stern in die Luft.
Ich glaube, er kannte den Namen tatsächlich nicht. Ich machte weiter.
»Ich will wissen, was ihr getan habt. Hattet ihr Kontakte zu dem amerikanischen Bastard, der sich Szandor LaVey nennt?«
»Nein, nein, nein«, kreischte Bachmann, als ob ich ihm mit dem Leibhaftigen gedroht hätte. War das nun Angst oder Antiamerikanismus?
»Wer war euer Magus, wenn nicht LaVey?«
»Merlin«, sagte Bachmann schnell.
Ich glaubte ihm. In seiner Verfassung konnte er kaum lügen. Er klemmte in seiner Sofaecke, schwitzte, schlotterte. Er tat mir leid. Aber was sein muß, muß sein. Ich konnte nur versuchen, es kurz zu machen. »Berichte mir, was geschah, wenn ihr euch trafet«, schnauzte ich. Bachmann überkam ein leichter Schüttelfrost. Er hatte Mühe, sein Gebiß unter Kontrolle zu halten.
»Sprich!«, pflaumte ich ihn an.
Er wurde etwas ruhiger. »Ich war nicht dabei«. Und als er meinen Blick auffing: »Wirklich nicht.« Kleinlaut hörte er sich an, und kriecherisch.
Ich schaltete einen Gang zurück. »Bruder Volo Intelleggere«, salmte ich, streng aber herzlich. »Was war deine Aufgabe im Orden Amor sub voluntate?«
»Anzeigen aufgeben«, sagte Bachmann.
»Was für Anzeigen waren das?«
»Es war nur eine. Immer dieselbe. *Schwarze Messen für Kenner. Club Amor s.v. Postfach.«*
Ich war so perplex, daß ich aus der Rolle fiel. »In welchen Blättern sind die denn erschienen?«, fragte ich mit meiner Alltagsstimme. Bachmann druckste herum. Studierte das Teppichmuster vor seinen Füßen.
»Rede«, herrschte ich ihn an, wieder ganz böse.
»Verschiedene«, flüsterte Bachmann.
Da wußte ich Bescheid. Ich sprang auf die Füße, baute

mich über ihm auf, brüllte: »Ich weiß es auch ohne dich: Pornozeitschriften!!!«
Bachmann zog Kopf und Beine ein. Am liebsten wäre er unter die Couch gekrochen.
»Sage mir, daß es stimmt«, donnerte ich.
Er traute sich nicht, mich anzusehen, brachte kein Wort heraus, nickte nur mit dem Kopf, schnell und heftig wie ein Pferd, das die Fliegen an seinen Augen abschütteln will.
»Ich will sie sehen«, sagte ich ruhig und setzte mich zu ihm.
Er stand auf und schlurfte aus dem Raum. Ich sah ihm nach und merkte, wie meine Feindbilder ins Wanken gerieten..
Seit der Zeit, als sie mich zu den Reiche-Leute-Kindern auf die Oberschule geschickt hatten, hasse ich diese Sorte Menschen. Sie lachten über die Schnürschuhe meines Opas, die ich nach seinem Tod auftrug, und die Keilhose, die meine Mutter eine Nacht durch stopfte, als ich sie auf dem Schlitten zerfetzt und mein Alter mich dafür verhauen hatte.
Ihre Eltern waren Kaufleute und Rechtsanwälte oder wenigstens Beamte und vor den reichsten von ihnen kroch sogar *Fatzke,* der Französischlehrer. Ihre Mütter konnten ihnen bei den Hausaufgaben helfen, weil sie selbst zum Lyzeum gegangen waren und wenn nicht, wurde ein Nachhilfelehrer engagiert. Sie marschierten mühelos zum Abitur, studierten, um in die Fußstapfen ihrer Eltern zu treten, während meine Alten mich von der Schule nahmen und zur Stadtverwaltung schickten, als 1965 bei Krupp kurzgearbeitet wurde.
Reiche-Leute-Kinder sind für mich die personifizierte Ungerechtigkeit des Systems.

Und dann dieses Würstchen von Bachmann. Unfähig, sein Leben geregelt zu kriegen, haltlos wie ein Rohr im Wind. Ausgenutzt von jedem, der merkt, wie schwach er ist. Allein mit seinem Kindermädchen.
Ehe mir die Tränen kamen, dachte ich dann doch lieber an sein Geld, auf welche Weise es wohl verdient und wie es

angelegt worden war. Mietskasernen im Essener Norden? Südafrikanische Diamanten im Banksafe? Oder einfach nur Thyssen-Aktien?
Sowas hilft gegen Mitleid an der falschen Stelle.
Bachmann drückte die Tür mit dem Hintern auf. Vor dem Bauch hielt er einen Stapel Zeitungen. Er legte sie vor mir auf den Tisch, wie ein Hund Stöckchen apportiert.
Die Blätter hießen *Sexy* und *Schlüsselloch, St.-Pauli-Nachrichten* und *Wochenend*. Sie beschäftigten sich in populärer Form mit Fragen der Sexualität des Menschen. Alle hatten einen umfangreichen Anzeigenteil. Ich hätte sie gern mit dem von *Malibu* verglichen, aber Bachmann blätterte zu schnell. Seine Spargelfinger sausten die Spalten rauf und runter, bis er fündig wurde.
Schwarze Messen für Kenner. Club Amor s.v. Postfach 147 035 Essen.
»Dein Postfach?« fragte ich.
Er nickte.
»Was passierte mit der eingehenden Post?«
»Ich habe sie abgeholt und Merlin gegeben.«
Bachmann hatte sich beruhigt. Er saß neben mir auf dem Sofa, hielt immer noch Abstand, aber nicht mehr so extrem. Zur Belohnung redete ich mit ihm wie mit einem Schulkind.
»Alexander, wieviel Leute haben sich auf die Anzeige gemeldet?«
Er ließ Luft aus seinen Lungen, überlegte. »Vielleicht fünfzig pro Monat«, meinte er.
»Wieviel Monate lang?«
Diesmal kam die Antwort schnell. »Sechs«, sagte Bachmann, »von Januar bis Juni.«
Ich rechnete nach. Risse war im letzten Oktober umgekommen. Davor lagen die drei Monate, während derer er untergetaucht war. Das kam in etwa hin.
»Was waren das für Menschen, die sich meldeten? Männer? Frauen? Welche Berufe?«
»Fast nur Männer.«

»Und sonst?«
»Sonst weiß ich nichts über sie.«
Fing der schon wieder an!
Ich fauchte: »Warum nicht?« und stierte ihn an wie am Anfang unserer Unterhaltung.
Es wirkte genauso. Bachmann kroch zurück in seine Sofaecke und musterte die Sandalen an seinen Füßen.
»Antworte, wenn ich dich frage«, röhrte ich.
Er tat's. »Ich durfte die Briefe nicht öffnen«, wisperte er. »Merlin hat es mir verboten. Ich mußte sie nur abholen und ihm weitergeben.«
»Woher weißt du dann, daß es vor allem Männer waren?«
»Es stand auf dem Absender«, sagte Bachmann, erstaunt über meine dumme Frage. Der Typ hatte hin und wieder lichte Momente.
»Und du hast dir natürlich keinen Namen notiert oder wenigstens gemerkt?«
Bachmann schüttelte den Kopf. Das sah trotz Halstuch gefährlich aus. »Und du hast auch keine Ahnung, was bei den Schwarzen Messen geschah?«
»Doch. Sexualmagie.«
Mehr war aus ihm nicht rauszuholen. Ich versuchte es im Guten und im Bösen. Bachmann wußte nicht mehr. Ich war mir sicher, daß er nicht log. Lügen hatte er nicht gelernt.
Aber ich mußte mehr wissen über den Club Amor s.v., wer an den Messen teilgenommen hatte und für wieviel Geld. Vor allem wollte ich wissen, warum Risse damit aufgehört hatte und abgetaucht war. Hatte es Ärger mit der Konkurrenz gegeben, wie die Kossak behauptete? Oder war was mit der Kundschaft?
Ich blieb auf dem Sofa sitzen, überlegte, wie es weiterging. Bachmann wurde es mit der Zeit langweilig. Er blätterte lustlos in den Heften, blieb im Anzeigenteil hängen.
Das half mir auf die Sprünge. Mein Blick fiel auf einen Kleinanzeigenauftrag. Name, Adresse, Konto-Nummer,

Text. Ich drückte Bachmann einen Kuli in die Hand und sagte: »Schreib!«.
Er wollte nicht, aber er mußte.
»Schwarze Messen für Kenner. Wiedereröffnung! Club Amor s.v.«, diktierte ich. Das Postfach blieb dasselbe.
Ich riß den Wisch aus und steckte ihn ein, suchte in anderen Postillen ähnliches, fand noch zwei, ließ Bachmann sie ausfüllen und nahm sie mit.
Zuhause tütete ich die Zettel ein und schickte sie ab. Mir war mulmig.

12

Manchmal muß man warten können. Auf besseres Wetter zum Beispiel, oder eine neue Frau. Oder daß etwas passiert in der Geschichte, an der man gerade herumrecherchiert. Ich kann nicht gut warten. Wenn ich es könnte, wäre ich bei der Stadt geblieben. Da kenne ich welche, die sitzen seit Jahrzehnten hinter ein- und demselben Schreibtisch und warten auf die Pension. »Die letzten achtzehn Jahre sitz ich auf der Rasierklinge ab«, pflegt Fuchs zu sagen, wenn ich ihn im Ausgleichsamt besuche.
Ich kam mir auch wie auf der Rasierklinge vor, nur fehlten mir Fuchs' Gesäßschwielen. Mit meinem Auftritt bei Beta und den anschließenden Anrufen hatte ich Bewegung in die Szene gebracht. Sie kannten mich jetzt, wußten wahrscheinlich mehr von mir als ich von ihnen.
Ein schnelles Ende der Recherche hätte ich gebraucht, aber das war nicht in Sicht. Die Blätter mit der Anzeige erschienen erst 14 Tage später. Bis dahin blieb nicht viel zu tun.
Ich telefonierte mit der einen oder anderen laufenden Nummer meiner Liste, ohne daß mehr dabei herausgekommen wäre als anonyme Anrufe. Besonders Lachsäcke schienen unter den Satanisten beliebt zu sein.
Aus lauter Langeweile kämpfte ich mich durch die Crow-

ley-Biographie. Ein ausgefallenes Exemplar Mensch, der Mann. Glaubte an sich selbst als Auserwählten aller möglichen und unmöglichen Götter. Dichtete eine Menge magisches und obzönes Zeug, das kein Verleger drucken wollte. Gründete auf Sizilien eine *Abtei Thelema.* Liebte dort Männer und Frauen – beide auf dieselbe Art und Weise. Vollzog Akte der Sexualmagie besonders gern mit Prostituierten. War gleichzeitig auf Heroin, Kokain und Äther. Brachte immer wieder Jünger dazu, seinen Lebensstil zu finanzieren. Wurde von der englischen Presse zum Monster schlechthin aufgebaut. Starb 1947 mit 72 (!) Jahren. Hinterließ einen Berg Schulden und den Orden der Templer des Ostens, eine kleine internationale Gruppe von Schülern, die Sexualmagie praktizierte.

Viel weiter brachte mich das auch nicht. Das Buch war 1951 zum ersten Mal erschienen.

Abends zog ich durch die Kneipen des Bermuda-Dreiecks und fragte die Typen hinter der Theke nach Ingo Risse. Ein mühsames Geschäft ohne Foto. Am Ende der vierten Nacht war ich voll und einen kleinen Schritt weiter. Der Wirt eines Schuhkartons von einer Kneipe direkt bei den Kinos, wo sich die Hänger aus den Siebzigern jeden Abend dieselben Geschichten erzählen, kannte ihn dem Namen nach.

»Der hat inner Disco gejobbt«, sagte er.

»Discos gibt's viele.«

Der Tresenmann machte ein paar Pils parat, stellte sie den Gästen vor die Nase, trank selbst eins an. Dann mußte er würfeln. Als er seinen Dreierpasch auf das Resopal geschmettert hatte, hakte ich nach. »In welcher Disco?«, fragte ich und legte einen Zehner unter meinen Deckel. Ich fang immer klein an. Erstens habe ich nicht viel und zweitens reicht es meist.

Der Zapfer grabschte den Schein und nuschelte »Markthalle«. Ich war zu blau, um mehr als fünf Wörter fehlerfrei aufzusagen. Zum Glück merkte ich das und ließ die *Markthalle* links liegen, als ich heimwärts taperte.

War es am nächsten Tag oder am übernächsten, als ich nach Dortmund zum Schneiden fuhr? Ich weiß es nicht mehr. Es ging mir ziemlich dreckig nach der anstrengenden Recherche im nächtlichen Bochum.
Ich hatte mir zu Hause einen Text für den Beitrag ausgedacht. Den mußte ich noch sprechen und die Grabert-Originaltöne einbauen.
Arbeit für eine Stunde. Aber bei Radio Dortmund ist alles anders. Von den drei Technikern der Morgenschicht fuhren zwei das laufende Programm. Der dritte kämpfte mit einer Seniorenreporterin.
Die Oma hatte auf dem häuslichen Cassettenrecorder die Generalprobe des Lütgendortmunder Fanfarenkorps für sein anstehendes Jubiläumskonzert mitgeschnitten und Jonas Mappe, den Redakteur mit dem weichesten Herz, breitgeschlagen, daraus einen Vorbericht machen zu dürfen. Mir fiel die Tasche aus der Hand, als ich in den Regieraum kam. Es klang, als werde eine Herde Elefanten zusammengetrieben.
»Komm in zwei Stunden nochmal«, stöhnte der Techniker und setzte der Alten von hinten Teufelshörner auf den Dutt.
Was blieb mir anderes übrig, als in Willis Kantine mittagzuessen und dann einen Spaziergang durchs Kreuzviertel zu machen. Wir zufällig kam ich an Corinnas Laden vorbei und sagte ihr Guten Tag.
Sie hatte keine Kundschaft und war auch sonst ganz anders als beim letzten Mal. Nahm mich an die Hand, führte mich ins Hinterzimmer und streichelte mich hier und da. Ich streichelte zurück. Die Sache geriet zum Handgemenge.
Es endete auf dem Teppichboden aus Ziegenhaar, der meine Knie ruinierte.
Corinna rauchte, als wir nebeneinander lagen. Ich müsse unbedingt auch einen Zug nehmen, sagte sie. Ich tat ihr den Gefallen, sog mir den Schwindel bis in die Fußnägel.
»Saukraut«, fluchte ich und sah zu, daß ich den Sargnagel wieder los wurde.

Corinna freute sich wie ein Schneekönig. »Jetzt bist du mir verfallen«, kicherte sie.
Ich sagte: »Sowieso« und fing mir einen spitzknochigen Knuff in die Rippen ein.
»Im Ernst«, sagte sie, als mein Geschrei verklungen war, » da war Liebeszauber drin.«
»Zu meiner Zeit nannte man das Hasch.«
»Ignorant«, ätzte Corinna. »Es gibt mehr Kräutlein als eins. Und wir Frauen wissen, wie sie wirken.«
Ich suchte meine Socken und zog sie langsam an. »Was war's denn? Liebstöckel?«
Da warf sie mich raus. Aber sanft.

Im Funkhaus tobte der Mob. Vor den Technikräumen stauten sich die freien Mitarbeiter. Alle hatten es eilig, nur die Oma aus Lütgendortmund nicht. Sie verschliß den zweiten Toningenieur, als ich kam. Ich reihte mich ein in die Schlange auf dem Flur, hörte mir die Flüche der Kolleginnen an, fand keinen brauchbar. Mir war, als wäre ich imprägniert. Alles perlte an mir ab: Der Streß der andern, die Hitze des Kabuffs, der Schweiß der Achseln. Selbst Sabine, die beim Reden Spucke sprühte, konnte mich nicht treffen. Ich wartete zwei Stunden, ohne zu klagen, behandelte den stinkigen Techniker wie ein rohes Ei, baute den Beitrag ohne Versprecher, änderte, was Dani geändert haben wollte, und fuhr um sieben fröhlich von dannen.
Zu Hause aß ich, was der Kühlschrank hergab, und rief dann in Ratzenkirchen an. Saschas Mutter lobte den Jungen über den grünen Klee. »Freundlich, willig, hilfsbereit.« Ich fragte, ob wir beide von demselben Kind sprächen. Sie glaubte ja. Seine Rückkehr vereinbarten wir für den folgenden Mittwoch.
Ich ging zum Kleiderschrank und suchte mir ein Disco-Kostüm raus, entschied mich nach einigen Anproben für meine besten Jeans und ein weißes Hemd. Sah gar nicht so schlecht aus zu dem Rest Italienbräune in meinem Gesicht.

Ich hatte mich gerade vom Spiegel gelöst, als der Anruf kam.
»Ich hab Ihre Telefonnummer von einem von Betas Gästen«, sagte der Mann am anderen Ende der Leitung. »Sie sind noch an Satanismus interessiert?«
Das war ich allerdings.
»Wir sind ein Schwarzmagischer Club hier in Duisburg und suchen noch aufgeschlossene Menschen, die mitmachen.«
»Schön«, sagte ich.
»Wollen Sie nicht mal vorbeikommen und sich die Sache ansehen?«
Ich schwieg einen Moment, überlegte.
»Sind Sie noch dran?«
»Ja«, sagte ich und fragte, was es denn zu sehen gäbe.
Der Typ kam ins Schwärmen, erzählte, wie die aufgeschlossenen Menschen sich gegenseitig ans Kreuz nagelten. »Das tut nicht weh, keine Angst, wir machen das schon richtig. Das ist keine richtige Nagelung, nur eine Fesselung mit Lederriemen.«
Ich atmete erleichtert auf. Zu früh.
»Dann wird das Kreuz auf den Kopf gedreht und die Gemeinde schändet es mit Natursekt. Wenn Sie wissen, was ich meine.«
Ich wußte, was er meinte. Natursekt ist Urin.
Wann und wo man sich denn träfe, fragte ich.
»Zum Beispiel heute nacht.« Der Natursektvertreter nannte eine Duisburger Adresse.
»Für mich lohnt sich das nur, wenn ich einen Fotografen mitbringen kann.«
»Kein Problem«, sagte der andere, »wir sind aufgeschlossene Menschen.«
Da sagte ich zu. Allein wäre ich nicht gegangen. Es klang verdammt nach Falle. Aber mit Stefan Dahlke zusammen war das Risiko halb so groß. Stefan macht Fotos und Spaß. Mir jedenfalls. Ich erwischte ihn bei seiner Mutter. Er hatte nichts vor und kam kurz vor elf. Hektisch wie eh und jeh.

»Lebensverkürzend, absolut lebensverkürzend«, stöhnte er, als er hörte, worum es ging. Ich gab nicht viel darum. Stefan sagt immer solche Sachen, ob wir zu einem Termin bei der Kreishandwerkerschaft müssen oder bei zwanzig Grad minus einen Rattenfänger auf die Jagd begleiten. Vorsichtshalber rief er seine Freundin an und sagte ihr unser Ziel. Dann schnappten wir unsere Sachen und gingen. Wir nahmen Stefans Wagen. Seit seine Mamma ihm den neuen Jetta gekauft hat, weigert er sich, meinen Kadett zu betreten.
Ich fahre gern schnell, aber Stefan rast. Er pflügte die B 1 bis zum Spaghetti-Knoten, in dem ich einmal eine dreiviertel Stunde herumgekurvt bin, ohne die Ausfahrt zu finden, bog irgendwann nach Süden auf eine Stadtautobahn, die den Rhein in gebührendem Abstand begleitete. Nach einer guten halben Stunde kamen wir in Duisburg-Wanheim an. Ich suchte die Straße auf dem Revier-Atlas und spielte Walter Röhrls Beifahrer. »Scharf rechts, hundert Meter geradeaus. Jetzt halblinks und davorne nochmal links. So, langsam, hier muß das sein. Neununddreißig, einundpfirsich, dreiundpfirsich, stopp!«
Stefan hielt vor einem Flachdachbungalow mit einer schmiedeeisernen 45 am Tor. Wir stiegen aus. Dünnes Licht drang durch die Ritzen der Plastikrolläden. Irgendwo plätscherte Wasser.
»Vielleicht schänden sie schon«, unkte Stefan und wieherte in sich hinein. »Riechst du nicht den Schwefel?«
»Schnauze! Der ist von Thyssen.«
Ich las das Türschild, *Dr. Erwin Samolak,* sagte: »Stefan, benimm dich, es sind Akademiker!«, schellte.
Erst tat sich gar nichts, dann tappten Schritte auf die Tür zu. Sie ging auf und gab den Blick frei auf einen drallen Mittsiebziger in kurzen Hosen und Unterhemd. Die dicke Brille auf seiner Kraternase verzerrte die Augen so stark, daß ich nur ahnen konnte, wie er guckte: neugierig. »Was fiehrt Sie zu mir, meine Herren?«, fragte er mit einer angenehm dunklen Stimme voll rollender Rs.

»Wir sind eingeladen. Mein Name ist Schreiber. Aus Bochum.«
»Einjeladen«, echote der Hausherr, »dann kommen Se man rein.«
Er führte uns durch einen 08/15-Flur in ein 08/15-Wohnzimmer, bot eine Plüschcouch zum Sitzen und Bier zum Trinken an. Wir nahmen beides, Platz und Pils.
Der alte Herr prostete uns zu, redete vom Wetter, daß diesen Sommer jar nicht mal schlecht sei. Kein Vergleich mit frieher, natierlich. In Astpreißen, da habe er als junger Mann noch Sommer erlebt, da treime der Fiehrer heit noch von.
Wir nickten höflich, Stefan sah mich ratlos an, zuckte mit den Schultern, wenn der Alte nicht guckte. Ich zuckte zurück.
Dr. Samolak kam auf das elterliche Gut bei Insterburg zu sprechen, zählte Viehbestand und Gesinde auf, daß Freund Fuchs vom Lastenausgleich seine Freude gehabt hätte.
Zwischendurch erging ich mich in Andeutungen, nannte die Ostpreußen aufgeschlossene Menschen und das König-Pils Natursekt.
Der Alte nickte und erzählte eine Anekdote vom Debütantinnenball 1932 in Allenstein. Leider war ihm die Pointe auf der Flucht von den Russen geraubt worden.
Stefan war begeistert. Er prostete dem Alten zu, leerte ein Glas nach dem nächsten. Wenn unsere Blicke sich trafen, sprühten seine Augen vor Spott.
»Wo haben Sie denn jedient, Dr. Samolak?«, fragte er den Gastgeber.
Der Alte sprang auf, schlug die Hacken zusammen und schnarrte: »Oberleitnant Samolak, Reichskavallerieschule Hannover!«
»Nehmen Sie doch wieder Platz, Herr Oberleutnant«, bat Stefan.
Ich kam mir vor wie im Offizierskasino.
Der Alte ließ sich in den Sessel fallen und hob zu einem Vortrag über die Erfolge der Reichskavallerieschule an.

Ich bremste ihn nach zehn Minuten, bedankte mich für den schönen Abend und sagte, beim nächsten Mal könne er ja den Rest erzählen. Ich stand auf und trat Stefan vors Schienbein, damit er auch hochkam. Der Alte ließ es sich nicht nehmen, uns zur Tür zu bringen.
»Jut Nacht, Kamrad«, sagte er und schüttelte Stefan die Hand.
»Und vielen Dank für die Einladung«, sagte der.
»Einladung? Welche Einladung?« Der Oberleitnant schüttelte den Kopf und schloß die Tür.
Bis zum Wagen schaffte Stefan es gerade noch. Dann brüllte er los. »Reichskavallerieschule Hannover«, wieherte er, schnalzte mit der Zunge und hopste auf seinem Sitz wie auf einem Pony.
»Fahr«, zischte ich. »Fahr schnell!«
Stefan sah mich von der Seite an, schluckte. »Seit wann kannst du über sowas nicht mehr lachen?«
»Das sag ich dir, wenn wir bei mir sind.«
»Okay, okay«, brummte er und warf den Wagen an. Er fand den Weg zur Autobahn ohne Vorsagen. Wir flogen auf einer Brücke über einen Rangierbahnhof. Die Thyssen-Skyline huschte links vorbei. Stahlwerke, Hochöfen direkt am Strom. Irgendwo da drüben mußte Schimanski stecken und Rotz und Wassser heulen, weil sein zweitbester Jugendfreund einer Oma das Strickzeug geklaut hatte.
»Du rast doch sonst immer so«, pflaumte ich, als Stefan auch einen Blick auf die Industriekulisse warf. Statt zu antworten trat er das Gaspedal durch die Bodenplatte und heftete seine Augen bis Bochum an den Mittelstreifen.
Eine Viertelstunde später hielt er am *Kortländer*. Die Kreuzung lag ruhig da, erholte sich beim Schein der Straßenlaternen. Im Haus war nirgends Licht.
»Kommst du noch mit hoch?«, fragte ich. Wir hatten uns den ganzen Weg über angeschwiegen.
»Ich wollte eigentlich noch zur Gundi.« Gundi war eine seiner beiden Freundinnen.
»Dauert nicht lange«, drängelte ich.

Er knurrte, schloß den Wagen ab und trabte hinter mir her. Die Wohnungstür ließ sich nichts anmerken, saß im Rahmen wie eine Eins.
»Profis«, sagte ich und schloß auf.
Stefan sah mich an. »Was hast du eigentlich?«
Ich zeigte es ihm. Führte ihn durch den leeren Flur ins Wohnzimmer. Es sah aus wie nach einem Bombenangriff. Die Regale waren leergefegt. Ihr Inhalt bildete einen wüsten Haufen mitten im Raum. Bücher, Akten, Zeitschriften, Schallplatten, alles durchwühlt. aufgeschlitzt, geplündert. Der Schreibtisch stand offen. Die Züge lagen irgendwo im Getümmel. Leer. Sogar den Teppichboden hatten sie an den Rändern hochgenommen.
Gestatten, Vandale, ich soll hier hausen.
Ich konnte mir nicht verkneifen, Stefan zu fragen, ob er nun wisse, warum ich es so eilig gehabt hätte. Er stocherte mit dem Fuß zwischen den Büchern herum und schwieg. Stefan ist Mitte zwanzig, wohnt mit seiner Mutter in einer Eigentumswohnung in Linden und kennt das Leben nur von Fotos.
»Fehlt was?«, fragte er.
Ich sah ihn an, dann den Haufen und sagte: »Ausgerechnet das April-Heft mit deinen wunderbaren Spielbankfotos haben sie mitgenommen.« Er grinste linkisch über seine eigene dumme Frage. »Und jetzt?«
»Und jetzt zeig ich dir die anderen Räume.«
Wir gingen durch Küche, Bad und Schlafzimmer. Überall das gleiche Bild. aufgerissene Schränke, auf dem Boden verstreuter Inhalt. Nur Saschas Zimmer sah wie immer aus. Ich überlegte, ob man es durchsucht oder er es so verlassen hatte, und entschied mich für die zweite Variante.
Zurück im Wohnzimmer kam Leben in Stefan. »Ich hol meine Sachen«, sagte er und stand zwei Minuten später mit seinem transportablen Studio in der Tür. Er baute ein seidenes Sonnenschirmchen auf eine Art Notenständer, postierte einen Blitz dahinter, suchte unter drei Kameras und einem halben Dutzend Objektiven die passenden her-

aus. Dann kommandierte er mich an die verschiedensten Stellen des Sperrmüllhaufens, der einmal meine Wohnungseinrichtung gewesen war, und schoß, was der Motor hergab.
»Ich glaub, das reicht«, sagte er, als ich willenlos im Sessel hing, packte ein und wollte gehen.
Ich übersah seine Aufbruchabsichten. »Am besten, wir räumen als erstes die Küche auf.«
Stefan ließ den Alu-Koffer mit den Knipsklamotten sinken und sah mich an wie ein Hündchen. »Jetzt?«
»Stell dir vor, du wärst auf der Reichskavallerieschule und morgen früh um sechs wär Stubenappell.«
Stefan sagte, er sei fanatischer Pazifist.
»In Duisburg hörte sich das noch ganz anders an.«
Den Schein konnte er nicht wechseln. »Ich sag Gundi Bescheid, daß es heute nichts mehr wird.«
Stefan griff zum Telefon, drückte zwei Knöpfchen und wartete.
»Ja bitte«, sagte der Fernsprecher.
Stefan nahm den Hörer ab. »Wer ist da?«, fragte er, als ob er den Papst an der Strippe hätte. »Hier ist Stefan Dahlke. Mit wem sprech ich denn?«
Er schüttelte den Kopf und legte auf. »Scheißtechnik!«
Ich sagte: »Mach dir nichts draus. Meine Mutter kommt mit ihrem neuen Tastentelefon auch nicht zurecht.«
Einem Technik-Freak so zu kommen, grenzt an Majestätsbeleidigung.
»Ich hab *Wahlwiederholung* gedrückt. So!«
Er hielt mir die Kiste unter die Nase und machte es vor.
»Na siehste«, sagte ich, »auch du lernst es noch.«
Es tutete vier- oder fünfmal, dann meldete sich Herr Jabitte wieder. Stefan drückte ihn weg. »Ich sag nur Scheißtechnik«, triumphierte er.
»Vielleicht hat Gundi sich einen zweiten Schlafburschen zugelegt. Frauen dürfen das auch.«
»Meinst du, die nimmt so'n alten Knacker?«
Irgendwas in meinem Hirn rastete ein, als er das sagte. Ich

sah Stefan an, dann das Telefon, dann wieder Stefan. Er hatte mit Gundi telefoniert, bevor wir nach Duisburg fuhren, das stand fest. Und als wir zurückkamen, auf *Wahlwiederholung* gedrückt. Das stand auch fest. Das Gerät ruft dann automatisch die letzte angewählte Nummer nochmal an. Das war aber nicht Gundis.

»Stell das Telefon mal ganz vorsichtig auf den Schreibtisch«, sagte ich. Stefan tat es.

Ich trug ihm meinen Gedankengang vor. Er nickte bei jedem Schritt und tat den letzten allein. »Jemand hat, während wir weg waren, von hier aus telefoniert.«

»Und die Nummer, die er angerufen hat, ist in meiner Kiste gespeichert.«

Wir sahen das Telefon an wie junge Väter ihr erstes Kind im Schaufenster der Wöchnerinnenstation. Wir spekulierten, wen das Durchsuchungskommando angerufen haben könnte. Auftraggeber, Komplizen. Freundin, Schwiegermutter, einigten uns auf Auftraggeber.

»Und warum?« Stefan zwirbelte sein Ohr wie immer, wenn er aufgeregt ist und die Hände frei hat.

»Um zu sagen, was gefunden wurde. Oder um zu fragen, was noch fehlte. Oder was weiß ich.«

Der ganze Spekulatius brachte wenig. Wir hatten die Nummer von einem, der irgendwie mit den Filzern zusammenhing. Und die nicht mal richtig. Wenn der Typ vorsichtig war und sich weiter mit »Ja bitte« meldete, ständen wir dumm da. Irgendwann am nächsten Tag bräuchte ich das Telefon wieder. Beim ersten Anruf, den ich losschickte, würde die Nummer aus dem Speicher geworfen und durch die neue ersetzt. Fertig aus.

Natürlich könnte ich noch tricksen. *Guten Tag. Störungsstelle. Wir prüfen grad die Anschlüsse in ihrer Straße durch. Bin ich richtig bei Kampschulte? Nein? Wie ist denn Ihr werter Name? Und der Anschluß?«* Auf die Tour hatte ich schon mehr als einen geleimt. Aber der hier war vorsichtig.

Wir hatten die Küche in einen passablen Zustand versetzt,

als Stefan die Idee mit dem Knacks kam. »Wenn das Gerät eine gespeicherte Nummer anwählt, knattert es doch. Das ist die Nummer. Drdrdr – drei – dr – eins – drdrdrdrdrdrdr – sieben. Und so weiter.«
Stefan war euphorisch. Ließ sich auch durch mein »Drdrdrdrdrdrdrdrdrdrdrdrdrdrdrdrdrdrdrdrdrdreiundzwanzig« nicht bremsen. Er sprang ins Wohnzimmer, drückte *Wahlwiederholung* und zähltc Knacks.
»Bochumer Nummer«, brüllte er nach dem ersten Durchlauf.
»Knacken auswärtige anders?«
Stefan würdigte mich keines Blickes. »Nicht anders, länger. Wegen der Vorwahl.«
Da hätte ich zur Not selbst draufkommen können.
Stefan war schon weiter. »Den knacken wir«, tönte er. »Sind nur fünf Ziffern.«
Ich sagte: »Innenstadt.«
»Muß nicht«, meinte Stefan und zählte noch zwei Stadtteile mit fünfstelligen Nummern auf.
War aber. Die erste Ziffer war eine Eins.
Mit der zweiten hatten wir mehr Mühe. Sie knackte lange und schnell. »Acht, neun oder null«, tippte Stefan und drückte seine Ohrmuschel an das Mikro wie ein Schränker, als er nochmal wählen ließ.
»Neun«, triumphierte er und blieb bei der Methode mit dem Saugnapf-Ohr. Ich durfte nicht mehr mitspielen. Nur schreiben durfte ich. Eins – neun – vier – sieben – drei. Stefan schnappte sich den Zettel und rannte runter zur Telefonzelle. Ich düste hinterher, vergaß vor Hektik fast den Wohnungsschlüssel, kam an der Ecke an, als Stefan gerade wählte. Halb zwei war es inzwischen geworden und ich hatte wenig Hoffnung, daß er jemand erreichte, ganz gleich, ob die Nummer stimmte oder nicht.
Stefan war hartnäckig. Er ließ es an die zehnmal klingeln. Dann meldete sich jemand. Ich konnte nicht hören, wer. »Ist da 1 94 73?«, fragte Stefan und hängte einen Moment später ein.

»Er war's.« Das kam so langsam und leise wie ein Mädchenpups.

13

Das Frollein von der Auskunft war ein Mann. Er hieß *Platz 38*.
»Bei uns ist alles nach Teilnehmer gespeichert, nicht nach Anschluß«, sagte er und verband mich mit Frau *Sonderplatz*.
Der erzählte ich dasselbe Geschichtchen von der Telefonnummer, die ich mir im Streß notiert hätte und von der ich nicht mehr wüßte, zu wem sie gehörte, nur daß sie wichtig wäre.
»Können Sie nicht mal nachschaun?«
Das konnte sie nicht. »Datenschutz«, die neue Wunderwaffe der Behörden im Kampf gegen die Arbeit. Immerhin raffte sie sich dazu auf, mir einen Rat zu geben: »Rufen Sie die Nummer doch einfach an. Sie hören dann ja, wer sich meldet.«
Ich dankte ihr für die geniale Idee, schalt mich einen Dummbart, weil sie mir selbst nicht gekommen sei, und entschuldigte mich für die unnötige Arbeit, die ich der Bundespost gemacht habe. »Da braucht man sich am Ende gar nicht wundern, wenn die Gebühren erhöht werden müssen.«
Ich hatte an diesem Morgen schon ein Dutzend Mal 1 94 73 angerufen, ohne daß sich jemand meldete. Und beim Fernmeldeamt kannte ich niemanden. In solchen Fällen hilft mir nur eins: Der Rathaus-Rundruf.
Ich läutete Fuchs an, palaverte mit ihm über das plakatierte Dylan-Konzert in Dortmund und ob wir nicht zusammen hingehen sollten wie damals 78, als Bobby die Hose mit den Blitzen getragen und keinem der fünfzehntausend die Reggae-Version von *Don't think twice, it's allright* gefallen hatte außer uns und Günter Amendt.

Vom Fernmeldeamt kannte Fücksken keinen. Aber es gibt ja noch Urmel vom Straßenverkehrsamt, der jede Aschentonne in der Stadt duzt. Fuchs verband mich mit ihm. Urmel kannte einen, der einen kannte, dessen Freundin Neuanschlüsse vergibt. Das hört sich komplizierter an als es ist.
»Eine Hand wäscht dem andern sein Fuß«, sagte Urmel. »Heute nachmittag hasse dein Teilnehmer, Langen. Urmel macht dat bißken.«
Ich strich ihm Honig um den Bart, legte auf und machte mich daran, das Wohnzimmer zu enttrümmern. Nach und nach füllten sich die Regale wieder mit Büchern, Schallplatten, Zeitschriften und dem anderen Plunder, den ich jedesmal beim Staubputzen wegwerfen will. Die meiste Arbeit machten die Schallplatten. Meine Gäste hatten alle dreihundertsiebenundsechzig aus dem Cover gezogen, manche sogar aus der weißen Hülle, und fallengelassen. Einige sahen übel aus, darunter die rare Raubpressung eines Dylan-Konzerts. Ich schwor den Typen Rache.
Gegen zwei stand alles wieder an seinem Platz. Es fehlten: drei Cassetten mit O-Tönen fürs Radio, Betas Gästebuch und die Liste mit den Namen, die ich mir herausgezogen hatte. Es fehlten nicht: Penis-Kerze, Dreizack und Goto-Poster. Ich überlegte eine Weile, was der Dichter uns damit sagen wollte, kam aber nicht dahinter, briet mir drei Spiegeleier und aß sie mit Schinken und Brot. Wartete auf Urmels Anruf.
Um drei hielt ich es nicht mehr aus. Ich schnappte das Telefon und gab seine Nummer ein. Urmel war noch da.
»Seit wann bist du so hektisch, Langen?«, fragte er.
»Seit ich nicht mehr bei der Stadt bin«, sagte ich.
Urmel überhörte die Spitze. Er schwärmte für die *freie Marktwirtschaft,* wo Männer wie er es noch zu was bringen könnten und nicht zwölf Jahre lang Plaketten von Nummernschildern kratzen müßten.
»Du machs dat richtlich, Langen«, sagte er wie immer, wenn ich ihn treffe. »Kein Jammern, kein Klagen, einfach im Sack hauen und wat Neues anfangen.«

Ich verkniff mir den fälligen Vergleich zwischen seinem Gehalt und meinem. Ich wollte wissen, wem der Anschluß 1 94 73 gehörte.
»Hasse 'n Zettel? Dann schreib: Karl Heimbrink, Hellweg 47. Kennse den?«
»Nein«, sagte ich, »Du?«
»Klar, Langen. Urmel kennt jeden.«
»Erzähl!«
»Nä, dat mach ich nich. Ich will dir doch nich die ganze Maloche wegnehmen.«
»Red keinen Stuß, Urmel. Ist wichtig.«
Urmel gluckerte vor Freude. »Bin ich Zeitungsschnüffler oder du?«, fragte er und legte auf.
Ich drückte *Wahlwiederholung* – hatte ich ja auch schon lange nicht mehr. Besetzt. Als der Ruf nach einer Viertelstunde endlich durchging, meldete sich keiner mehr. Halb vier. Urmel hatte den Kuli fallen gelassen.
Wüst fluchend griff ich das Telefonbuch, blätterte unter H, fand Heimbrinks Karl. Adresse und Nummer stimmten. Wenigstens etwas.

Der Hellweg ist eine ziemlich kurze Geschäftsstraße mitten in der Stadt, plattiert und mit Hochbeeten aus Waschbeton, in denen allerlei Grünzeug mickert, so richtig gemütlich gemacht.
Ich bog von der Bongardstraße ein, passierte das Feinkostgeschäft, das die umliegende Schickimickeria mit *Otternasen an Salbeisauce* lockte. Weiter oben Richtung Bahnhof kam ich an Schuhgeschäften, Geschenkboutiquen, Café und Pub vorbei. Ich bremste vor einem Laden mit ausgefallener Damenwäsche.
Schräg gegenüber liegt Haus Nummer 47. Ein nichtssagender Klotz aus den Wiederaufbaujahren, zwei Geschäftslokale im Erdgeschoß, darüber Büros. Eine Wohnung war nicht auszumachen.
Ich trennte mich von den Dessous und schlenderte auf die andere Seite, sah mir die Auslagen der beiden Läden an.

Sie führten die Fummel der Saison. Zwischen den Geschäften, ein Stück ins Haus zurückgezogen, um mehr Schaufensterfront zu gewinnen, lag die Eingangstür. Ich warf einen Blick auf die Klingel: Zwei Arztpraxen, ein Rechtsanwalt und Karl Heimbrink.
Ich schellte beim Zahnarzt, stapfte, als mir aufgetan wurde, die Treppe hoch. Die Doktores belegten den ersten Stock. Ihre Helferinnen kannten Heimbrink nicht mal vom Sehen.
Im Wartezimmer des Rechtsanwalts lagen die Gefangenen-Zeitungen mehrerer Haftanstalten aus. Drei Jungens, die auf ihren Termin warteten, studierten sie andächtig.
»Kuck ma die dumme Sau von Kubischek«, röhrte der Dünnste von ihnen und wedelte mit dem hektographierten Blättchen, »ers zerlechta seine Alte in ihre Bestandteile und getz schreibta Gedichte üba sie.«
Ich machte, daß ich rauskam, horchte im Flur vor Heimbrinks Tür. Drinnen tat sich nichts. Ich ging runter zur Haustür und schellte an seiner Klingel, um zu testen, ob er da wäre. Nichts.
Weil ich nicht wußte, was ich sonst machen sollte, sah ich mir die Bude auch noch von hinten an. Sie grenzte an einen Garagenhof und wirkte schäbig. Heimbrinks Fenster waren dick verhangen.
So kam ich nicht weiter. Ich mußte mehr über den Mann rauskriegen, bevor ich an ihn ranging. Ich nahm mir vor, am nächsten Morgen mein Glück beim Einwohnermeldeamt zu versuchen, und machte Feierabend. Was andere können, kann ich auch.

Um kurz nach acht – ich hing vor der Tagesschau und sah dem Regierungssprecher beim Lügen zu – stand Sascha in der Tür. Braun, rund und erwachsen. Er lümmelte sich neben mich, knuffte mich in die Seite, roch wie ein Bauer in der Eisenbahn.
Ich knipste die Kiste aus. »Wie war's?«
Er erzählte erstaunliche Dinge von Tieren und Bauern.

Wie Säue ferkeln und Kühe gemolken werden. Wie er die Dorfschönen beim Schützenfest beäugt und die Jungbullen ihn verdroschen hatten. Daß das Bier außer Harndrang nichts bewirke.
»Hunger?«, fragte ich.
»Dumme Frage.«
»Worauf?«
»Currywurst von Dönninghaus.«
Wir machten uns fertig und zogen los. Sangen schon im Flur. *Gehse inne Stadt, wat macht dich da satt? Ne Currywurst.* Kümmerten uns nicht um das dumme Gesicht im Türspalt. *Kommse vonne Schicht, wat schönret gibt et nich, als wie Currywurst.*
Wir schnürten die Kortumstraße hoch, warfen ab und an einen Blick in die Schaufenster, konnten der Eisdiele nicht widerstehen, lasen im Vorbeigehen das Kinoprogramm und reihten uns in die Schlange vor der Bratwurstbude am Engelbertbrunnen ein.
Wie alle großen Restaurants hat Dönninghaus nur eine ganz kleine Karte. Es gibt Bratwurst, Currywurst und Frikadellen. Sascha bestellte vier mal Currywurst. Wir setzten uns auf ein Mäuerchen und verbrannten uns das Maul an heißer Wurst und scharfer Sauce. Stöhnten beim Pappschälchenauslecken.
»Willi, wat is mit dir, trinkse noch'n Bier, zur Currywurst?«
»Klar«, sagte Sascha.
Ich schleifte ihn in die *Markthalle,* den Schuppen, in dem Risse geschafft haben sollte. Wir kannten ihn beide nicht. Er lag im Keller eines Hauses voller Restaurants und Kneipen. Wir stiegen runter, zahlten fünf Mark pro Nase, von denen ich nicht begriff, wofür sie gut sein sollten, außer für den Besitzer.
Drinnen war alles rustikal: die gedrechselten Säulen, die den Raum in mehrere Verschläge teilten, die Kupferkessel und Ährenbündel an den Wänden, der Schweinemäster von Disk-Jockey und die Musik, die er spielte.
Jünglinge in Cowboy-Stiefeln und Röhrenjeans schaukel-

ten ihre Löckchen auf der kleinen Tanzfläche. Ihre Glimmermiezen trugen weiße Blusen, weil die unter den Farbspots so schön leuchteten. Wir belegten zwei Hocker an der Theke, bestellten Pils. Zwei Minuten später stand es vor uns. In Altbiergläsern.

Sascha hob seins, sah mich an. »Hau weg die Scheiße«, sagte er und goß es sich hinter die Binde.

Ich trank langsamer. Sah mir den Betrieb in Ruhe an. Es war ziemlich voll für einen Abend mitten in der Woche. Kellner wieselten mit ihren Tabletts zu den Leuten an den Tischen. Vor einem kalten Büffet wartete eine Traube Gäste darauf, mit Dosenspargel, Nudelsalat und kaltem Braten abgefüttert zu werden. Eine junge Frau klatschte ihnen das Zeug auf die Teller. Wenn Risses Berufsbezeichnung korrekt gewesen war, hatte er das bis zu seinem Verschwinden getan.

Irgendwas irritierte mich an dieser Vorort-Disco mitten in der Stadt. Ich fragte Sascha, ob ihm nichts auffiele. Er sagte, er habe die große Kelle vergessen.

»Wozu?«

»Zum Verdacht schöpfen.«

Hinter uns kicherten zwei Mädchen. Ich dachte über Saschas Kalauer und drehte mich um. Die beiden lehnten an einer Brüstung. Vor ihnen scharwenzelte ein Kellner herum. Er griff der Kleineren an den Hintern und tätschelte ihren Arm. Die Frau war vielleicht zwanzig. Sie hatte ein Gesicht wie ein Grillhähnchen und sah ihre Kollegin freudig überrascht an.

Der Kellner war auf dem Weg zur Getränkeausgabe in einem Nebenraum, und als er mit einem halbvollen Tablett wieder herauskam, ging er so eng an der Frau vorbei, daß sein Arm die pummlige Brust der Kleinen streifte.

Sein glattes Gesicht zierte ein mächtiger Schnäuzer, dessen Enden er mit viel Mühe zurück in Richtung Nase gezwirbelt hatte. Seine flinken Augen reagierten auf jede Bewegung in der Nähe. Der Mann ging auf die Vierzig zu, ohne fett zu wirken.

Als er wieder bei den Mädchen vorbeikam, legte er der anderen die Hände in den Nacken und knubbelte ihn. Sie ließ es sich gefallen. Ich hätte gern gewußt, was er sonst noch mit ihr machte, wollte aber nicht zu sehr gaffen. Ich nahm statt dessen den Rest der Belegschaft unter die Lupe. Der zweite Kellner glich seinem Kollegen ziemlich. Alter, Kleidung, Augenausdruck, alles eins. Nur seine Schnäuzerenden zogen sich abwärts zum Kinn. Ich staunte nicht schlecht, als auch er sich an einer alleinstehenden Frau zu schaffen machte.

Den Disk-Jockey ließ das kalt. Er stand in seinem in die Theke eingebauten Kabuff, spielte *Modern Talking* und animierte die Cowboys mit Sprüchen. »Es gibt keine häßlichen Mädchen, es gibt nur zu wenig Alkohol.«

Ich fragte ihn, ob er schon lange bei der Firma sei.

»Drei Jahre«, sagte er, beäugte mich und schielte nach Sascha.

»Dann müßtest du doch eigentlich den Ingo Risse noch kennen?«

Der DJ zog eine Single aus dem Ständer, wischte den nicht vorhandenen Staub von der Scheibe und legte sie auf.

»Wieso?«, fragte er.

»Der hat hier gearbeitet. Als Büffetier.«

Der Dicke nahm das Mikro und redete dummes Zeug über die Blende. Dann zog er an seiner Zigarette und drehte mir sein aufgedunsenes Gesicht zu. »Zu dem fällt mir nichts ein.«

Ich probierte den Zehn-Markschein-Trick. Der Ansager tat, als ob er den Schein nicht sähe. Er stöberte im Regal nach den nächsten Hits. Mir blieb nur seine Rückfront. Und die sprach nicht.

Wir gingen nach dem zweiten Bier.

Draußen wehte ein warmer Wind. Das Leben tobte im Bermuda-Dreieck. Junge Leute zogen von einer Kneipe zur anderen. Wer ein offenes Auto hatte, kurvte damit um die Blocks, an denen die Biergärten liegen.

Weil Ferien waren, fanden wir zwei freie Stühle in der

Freiluftkneipe auf dem Berliner Platz. Links brauste der Verkehr wie in Stoßzeiten. Ab und zu glitt ein Triebwagen über Bahndamm und Brücke. Vor dem Parkhaus wartete eine Herde Motorräder darauf, daß ihre Reiter aus dem Saloon kämen. Bürschchen strichen um die Maschinen wie Junghirsche um das Rudel eines Zwölfenders. Man konnte meinen, man sei in der Großstadt.
Als Sascha mit dem Bier kam, erzählte ich ihm, was mir passiert war, in der Toscana und zu Hause. Die Geschichte dauerte drei große Bier und ein halbes. Sascha lauschte mit Glühohren, fragte, wenn ich Luft holte oder trank.
»Und was hat dich an diesem Kellerloch irritiert?«
Ich sagte: »Das Personal«, und bewahrte den Rest Bier vor dem Warmwerden. »Du kannst kommen, wohin du willst. In allen Kneipen jobben Studentinnen als Bedienung. Für einen Zehner pro Stunde. Das ist der Kurs. Mehr kriegt keine. Und jetzt denk mal an die Jungs in der *Markthalle*. Sahen die so aus, als ob sie's für'n Zehner machen?«
Sascha verzog das Gesicht. Er kann es nicht ab, wenn ich mal eine Idee habe. Zur Strafe mußte er dem Papa Bier holen.
Mir gingen die Riesenschnäuzer nicht aus dem Kopf.
»Hast du schon mal eine Kneipe erlebt, wo die Kellner die Gäste an die Titten packen?«, fragte ich, als Sascha zurückkam.
Die Leute an unserm Tisch hörten auf zu reden und sahen mich an. »Ihr auch nicht, nä?«
Zwei Frauen schüttelten den Kopf. Ich weiß nicht, ob über mich oder als Antwort. Die Männer grinsten und nahmen ihr Gewäsch über Autos wieder auf.
Wir tranken noch ein Bier und noch eins. Ich errichtete Denkgebäude, phantastisch wie Hundertwasser-Häuser. Sascha schwang die Birne, die Logik heißt, und riß sie wieder ein.
Um eins hatten wir genug von dem Spiel. Wir wackelten

heimwärts. *Bisse dann richtig blau, wird dir ganz schön flau, von Currywurst.* Ich blieb vor der *Markthalle* stehen, wollte nachsehen, ob die Fummelbrüder noch zugange waren. Mein Sohn sang mir gut zu. *Rutscht dat Ding dir aus, gehse dann nach Haus. Voll Currywurst.* Ich schwankte. *Auf'm Hemd, auffer Jacke, Ker wat is dat ne Kacke . . . alles voll Currywurst,* trällerte Sascha, und als das auch noch nichts half: *Komm Willi, bitte, bitte, komm geh mit nach Hause. Hörma, ich kriegse, wenn ich so nach Hause komm. Willi, Willi, bitte, du bis'n Kerl nach mein Geschmack. Willi, Willi, komm geh mit, bitte Willi.*
Willi kam.

Der nächste Morgen begann mit zwei Paukenschlägen. Der erste traf mich beim Aufstehen. Er fand unter meiner Schädeldecke statt und hallte während des Frühstücks nach. Den zweiten trug das Telefon an mein Ohr. Er kam auf Samtpfötchen.
»Herr Salzmann ist in Urlaub«, säuselte eine junge Frau, als ich meinen Spezi vom Einwohnermeldeamt anwählte. »Kann ich Ihnen vielleicht weiterhelfen?«
»Können ist nicht die Frage«, sagte ich
»Was denn?«
»Wollen.«
»Hört sich interessant an«, kiekste die Frau.
»Ist es auch. Ich brauch die Daten von Heimbrink, Karl, Hellweg 47.«
»Wofür?«
»Das fragt Charly Salzmann nie.«
Pause.
»Sind Sie der, von dem Charly immer erzählt?«
»Ich hab keine Ahnung, über wen Charly im Dienst alles herzieht.«
Die EMA-Frau lachte. »Der, der früher hier war und jetzt bei 'ner Zeitung.«
»Ich bin's«, jubelte ich.
»Wenn das so ist . . .«

»Ja?«
»Ich kann mich erinnern, daß Charly mal von einer Kiste Bier erzählt hat.«
»Das mag sein.«
»Und?«
»Okay, ich komm heute mittag längs.«
Sie legte mich ab, ging wohl zum Terminal oder saß schon davor und tippte.
»Sind Sie noch dran?«, fragte sie nach Lichtjahren.
»Nein, ich hab aufgelegt.«
Sie kicherte. »Viel ist es nicht.«
»Ich höre.«
»Geboren 5. 7. 1926 in Herne. Ledig. Wohnt seit fünfzehn Jahren auf dem Hellweg. Vorher Dorstener Str. 45.«
»Beruf?«
»Beamter.«
»Post?«
»Hier steht nur Beamter.«
»Das war's?«
»Ja«, sagte sie, »und nicht vergessen.«
Ich versprach es, legte auf und hüpfte vom Schreibtisch weg auf die Beine wie eine junge Bergziege. Wußte nicht wohin mit mir. Ich warf den Plattenspieler an und ließ Bobby eine schnelle Nummer bringen.
Als wir uns beruhigt hatten, er und ich, versuchte ich Stefan an die Strippe zu kriegen. Ich begann bei seiner Mutter, klingelte dann Gundi und die Neue ab, versuchte es im Krankenhaus, wo er seinen Zivildienst als Urinkellner abriß, erwischte ihn schließlich in der Altbauwohnung, die er mit zwei anderen Fotografen als Labor benutzte.
»Ich sitz grad über den Vergrößerungen von neulich nachts«, sagte er.
»Und?«
»Du siehst aus wie 'ne Trümmerfrau.«
»Nimm dir heut nacht nicht zuviel vor«, konterte ich. »Du mußt morgen früh raus.«
Er wollte wissen warum.

»Wir schießen Don Carlos ab.«
»Wenn's mehr nicht ist.«
»Eben«, sagte ich. »Wir treffen uns um fünf bei mir.«
»Bist du wahnsinnig?«
Ich sagte nein.
Stefan schluckte. »Ich würd schon gern etwas mehr wissen.«
Das konnte ich ihm nicht verdenken.
Er hatte noch eine Stunde im Labor zu tun. Ich fuhr rüber und weihte ihn ein.
»Wieso bist du so sicher, daß er Don Carlos ist?«, fragte Stefan, als ich fertig war.
»Ich hab's im Urin.«
Stefan hielt mir anhand seiner Zivildiensterfahrungen einen kleinen Vortrag darüber, was man alles im Urin haben könne. Steine, Eiter, Blut, und so. Nur keine Gefühle.
Ich sagte, was wir Esoteriker in solchen Lagen immer sagen: »Ignorant«, und klamüserte ihm die Verdachtsmomente nochmal auseinander.
»Erstens: Der Vorname. Karl heißt der gute Mann. Warum dann nicht Don Carlos als Spitz-, Tarn- oder Zaubername?«
Stefan rührte mit seinem Greifer in einer Plastikschale voll Chemie und Fotos. »Hm«, brummte er.
»Zweitens: Der Beruf. Knoche hat gesagt, der Chef der Bochumer Teufelsloge sei Postbeamter.«
Stefan zog eine Vergrößerung aus der Brühe und hielt sie gegen das Licht. »Gar nicht mal so schlecht«, sagte er, wackelte mit dem Kopf und tauchte sie wieder ein. Es ist furchtbar mit ihm zu verhandeln, wenn er Abzüge macht.
Ich faßte mich kurz. »Drittens: Das Alter. Irgendwer hat mir erzählt, Don Carlos wär ein älterer Mann. Risses Mutter, glaub ich. Und viertens haben die Leute, die meine Bude auf den Kopf gestellt und die Satanismus-Unterlagen mitgenommen haben, ihn von mir aus angerufen. Reicht das?«

»Moment«, sagte Stefan und verfrachtete seine Lieblinge von einer Schale in die nächste. Ein Foto hielt er mir unter die Nase. Hannes Schreiber als Erdbebenopfer.
»Toll«, knurrte ich. »Und was ist jetzt mit morgen?«
»Warum muß es denn so früh sein?«, quängelte Stefan.
»Ich will ihn kriegen, wenn er zur Arbeit geht. Und weißt du, wann der bei der Post anfängt?«
Er wußte es nicht, stöhnte: »Also gut. Und wie lange soll der Spaß dauern?«
»Wenn er Spätschicht hat, lange.«

Als ich von Stefan wegfuhr, wußte ich nicht wohin. Ich umkreiste die Innenstadt auf dem Ring, versuchte in Hellwegnähe einen Parkplatz zu finden, fragte mich, was ich da wollte, und kurvte weiter.
Fickerig wie ich war, schaute ich in die Redaktion, wühlte in dem Stapel Post, den keiner verteilte, weil keiner da war. Nichts für mich, nicht mal ein Drohbrief. Ich fuhr weiter.
Ich glitt auf der Essener Straße aus der Stadt Richtung Westen, vorbei an der toten Front der Krupp-Betriebe, in deren blinden Fenstern sich die Löcher mehrten, bog bei dem Stück Industriebrache, das *Engelsburg* hieß, als es noch eine Zeche war, nach links. Überquerte die Eisenbahn im Zick-Zack von Bahndamm-Brücke-Bahndamm und war in Eppendorf.
Ich hielt bei der Bäckerei, kaufte Hefeteilchen wie früher, wenn ich bei den Großeltern zu Besuch war, und fuhr durch das immer noch nicht zugebaute Stück Feld zu meiner Mutter. Ich parkte den Kadett vor der Tür und schellte. Niemand öffnete. Ich ging durch den Garten. Die Hoftür war abgeschlossen. Es war wie immer, wenn ich meine Mutter überraschend besuchte. Die *einsame alte Frau* (Berta Schreiber über Berta Schreiber) war auf Achse.
Ich trug den Kuchen zurück ins Auto und fand mich eine Viertelstunde später auf der B 1 Richtung Dortmund wie-

der. Des Alibis wegen steuerte ich erstmal das Funkhaus an. Aber da wollten sie nichts von mir außer Beiträgen, um das Sommerloch zu füllen. Ich fragte, worüber. Dani Buchenkamp grinste mich an. »Du kannst über alles reden, nur nicht über drei Minuten.«
Mir wollte nichts einfallen. Häppchen-Journalismus hängt mir zum Hals raus.
Ich nahm den Wagen für die paarhundert Meter zu Corinnas Laden, redete mir ein, wegen des Kuchens, fand keinen Parkplatz vorm Haus, mußte den halben Weg zurück, um einen halbwegs legalen zu erhaschen.
Corinna stand nicht auf Hefeteilchen, fand mich aber trotzdem »lieb«. Sie machte Tee und servierte ihn an dem runden Tisch mitten im Geschäft. Anstandshalber lutschte sie einer meiner Schnecken den Pudding aus den Augen. Die anderen fünf aß ich. Wenn es Kaffee gegeben hätte, wäre mir nicht so schlecht geworden.
Viel Betrieb war nicht im Laden, drei Leute von kurz nach vier bis um sechs. Corinna ließ sie stöbern. Sie hatte nur Augen für mich und Ohren für die Geschichten, die ich erzählte. Tränen schossen ihr in die Augen, als ich Oberleitnant Samolak nachäffte. Auf die Durchsuchungsnummer reagierte sie nicht. Sie sah mich kurz an und bediente dann einen Kunden. Der Typ – schlank, blond, durchsichtig – hatte es sich in den Kopf gesetzt, fliegen zu lernen. Er war auf der Suche nach Literatur, die ihm dabei half.
Corinna verkaufte ihm ein Werk über Körperaustritte und Astralreisen. Ich glaubte zwar, der Mann meinte es ganz praktisch mit der Luftfahrt, war mir aber nicht sicher. Staunte nur über Corinnas Geschäftssinn. Die Schwarte kostete 43,80.
Um Punkt sechs ließ Corinna die schwere Rollade runter. »Wegen der Nazis«, sagte sie. Borchardts Bande hatte ihr vor einiger Zeit die Scheiben eingeschmissen. »Die haben die Pentagramme im Fenster mit dem Davidstern verwechselt.«
Draußen vor der Tür standen wir eine Weile herum, sahen uns an.

»Was machst du heute abend?«, fragte sie und gönnte mir ein Lächeln.
Ich sagte: »Nichts.«
»Nichts ist wenig.«
Ich brummte hm-hm. Oder ähnlich.
»Ich lad' dich ein.« Corinna stieg in den roten Mini, der direkt vor ihrem Laden wartete. »Fahr hinterher.«
Ich galoppierte die Allee hoch, sprang in den Kadett und zeigte ihm die Sporen. Als ich bei der Buchhandlung ankam, bog der Mini schon um die nächste Ecke. Das konnte ja heiter werden.
Wurde es auch. Diese Frau fuhr wie der Henker von Herne. Ampeln wurden bei gelb erst schön. Alles, was unter hundert blieb, mußte weichen. Wir rasten durch Stadtteile, die ich nicht kannte. Grobe Richtung: Nordosten. Irgendwann erreichten wir Scharnhorst, eine Trabantenstadt aus den Siebzigern mit allem, was dazugehört. Zum Glück fuhr der Mini weiter.
Die Gegend wurde ländlich. Es gab Kornfelder, die der Regen umgelegt hatte, und manchmal etwas Wald. Die Straße folgte einem Hügelrücken. Man konnte weit ins Land sehen, wenn man Zeit hatte. Ich hatte keine Zeit. Corinna steuerte eine Siedlung in einer sanften Mulde an. Der Mini wurde nochmal schneller. Wie ein Karrengaul kurz vorm Stall. Er hielt am ersten von einer ganzen Reihe Zechenhäuser. Rote Ziegel, weiße Fenster, grüne Linden. Wir stiegen aus.
Ich gab ein paar Artigkeiten über ihren Fahrstil von mir und folgte Corinna ins Haus. Drinnen sah es aus wie in den letzten drei Ikea-Katalogen.
Wir gingen in die Küche. Corinna fing an zu kochen. Ich wurde für niedere Arbeiten wie Zwiebelschneiden eingeteilt, und wenn sie mich nicht manchmal geknutscht hätte, wäre ich ganz schön stinkig geworden. Als der Gemüseauflauf im Backofen vor sich hin schwiemelte, zeigte Corinna mir ihren Garten.
»Das ist mein Heiliger Hain«, sagte sie ganz ernst und

ergriffen. »Da drüben von dem Haselnußstrauch schneide ich in der Vollmondnacht meinen Zauberstab. Deshalb bin ich auch so früh gegangen, als ich die eine Nacht bei dir war.«
»Aha.«
»Brauchst gar nicht so blöd zu gucken!« Ihre Augen blitzten.
Ich sagte, ich hätte nicht blöd geguckt, jedenfalls nicht mehr als sonst. Sie gab mir recht und kicherte. Schritt weiter durch den Garten zu einer Art Hinkelstein. Der sei zu nichts gut, sagte sie auf Anfrage, außer zum Dasein.
Ich mußte mir auch noch ihr Wildkräuterbeet ansehen.
»Da steht der Liebeszauber, den wir neulich geraucht haben.«
Sie riß ein Blatt von einer Staude ab, zerrieb es zwischen den Fingern und ließ mich schnuppern. Liebstöckel war es nicht. Der riecht wie Maggi.
»Lavendel«, sagte Corinna. »Wirkt auch, wenn man nicht dran glaubt.«
Lachend gingen wir zurück ins Haus.
Corinna deckte den Tisch mit allen Schikanen. Sie schickte mich ans Telefon, als es klingelte. »Wie heißt du denn mit Nachnamen?«, fragte ich im Gehen.
»Lewandrowski, wieso?«
»Ich kann mich schlecht mit Schreiber melden.«
Die Frau am Telefon wollte Püppi sprechen. Ich fragte, wer das sei. Sie sagte Corinna.
Die beiden quatschten kurz und dann gab es Essen. Die Pfanne mit dem Grünzeug dampfte. Kerzen ließen Gläser und Bestecke glitzern. Blumen und Tischtuch taten frisch und bunt. Corinna hatte eine Flasche *Entre deux mers* aufgemacht. »Zur Feier des Tages«. Wir tranken ihn ruhig und konzentriert. Er paßte nicht schlecht zu der Frühlingssuppe. Wir redeten über Gott und die Welt, während wir aßen. Was die Welt anging, waren wir oft einig. Bei Gott flogen die Fetzen. Corinna wollte meine Religionskritik zum Verrecken nicht für ihre *Große Göttin* gelten lassen.

»Bei uns gibt es keine Hierarchie. Kein oben und unten wie in der Kirche.«
»Wer ist wir?«
»Wir Hexen«, sagte sie, warf den Kopf in den Nacken und sah mich an wie einen Inquisitor, dem die Wahrheit ins Gesicht geschleudert wird.
Ich kam mir aber überhaupt nicht so vor. Mich interessierte, warum die Kirche hunderttausende Frauen umgebracht hat. Mit Religion allein konnte das doch nicht zusammenhängen. Es muß um mehr gegangen sein.
Corinna hielt sich nicht lange mit der Historie auf.
»Ich bin eine Hexe von heute«, postulierte sie und las mir, als ich fragte, was das sei, den Text einer Tafel, die in der Diele hing, vor. »Ich bin eine freie, lebendige, zärtliche Frau. Ich sehe klar, bin die Meisterin meines Lebens. Dies ist ein reiches Universum, und es ist mehr als genug da für dich und mich. Ich bin ein kreatives Genie, das von Tag zu Tag mehr erwacht. Ich bin reich, gesund, glücklich und erfolgreich in allem, was ich tue. Ich kommuniziere klar und effektiv. Menschen lieben, schätzen und unterstützen mich. Ich bin total richtig, wie ich bin. Ich bin Apaika, die Mondin, und ich tue, was ich will.«
Sie legte die Tafel weg und schüttete sich Wein nach. Ihre Backen glühten. Mit den Strahlen ihrer Augen hätte man schweißen können. Sie trank einen ziemlichen Schluck und brachte der Großen Göttin ein Rauchopfer. *Camel ohne.*
»Schön, wenn man an sich glaubt«, sagte ich.
Corinna hielt mir ihre Zigarette hin. »Du solltest das auch tun«, meinte sie.
»Rauchen?«
»Das auch.«
Ich knibbelte eine aus dem vollen Päckchen und probierte.
»Schön schwindlig?«
Ich nickte.
Corinna nahm mich an die Hand und führte mich aus der Küche. Wie einen Blinden. Ich taperte mit ihr durch die kleine Diele.

Sie zog einen roten Samtvorhang beiseite. Der Raum dahinter lag leer und weiß. Zwischen den beiden Fenstern zum Hof stand ein Tischchen mit blauem Samt darüber. Ein Bett wäre mir persönlich lieber gewesen. Corinna ließ mich los. »Warte«, sagte sie, pellte sich aus den Kleidern und warf sie hinter den Vorhang.
Nackt stellte sie sich vor mir auf. Ich mußte mich hinknien.
»Jetzt küß mich fünfmal!«
Mir gefiel die Stelle vor meiner Nase. Ich fragte, ob ich nicht gleich das halbe Dutzend voll machen könne.
Das ging aber nicht. Ich mußte zuerst ihre Füße küssen und mich dann langsam hocharbeiten: Knie, Schoß, Brüste, Mund.
Corinna kannte für jedes Teil ein Sprüchlein, das ich aufsagen sollte. »Gesegnet sei dein Schoß, ohne den wir nicht wären«, und solche Sachen. Ich war aber zu sehr mit Küssen beschäftigt und überließ ihr das Gedichteaufsagen.
Als ich oben angekommen war, ging Corinna weg. Sie steckte zwei Kerzen auf dem Altar an, eine schwarz, die andere weiß. »Licht und Schatten, Mann und Frau«, raunte sie mir über die Schulter zu.
Ich hockte mich auf die Fersen, weil meine Knie schmerzten, und ließ kein Auge von Corinna. Von unten gesehen fiel sie an den entscheidenden Stellen noch runder aus.
»Seid gegrüßt, ihr Kräfte des Ostens«, rief sie und legte einen Messingdolch vor den Altar. »Ihr Mächte der Luft. Morgendämmerung des inneren Lichts! Göttin Arida und Erzengel Raphael, ich bitte um kristallklare Gedanken.«
Als nächstes war der Süden dran. Corinna nahm ein daumendickes Stück Ast vom Opfertisch. Sie legte es vor mich hin.
»Seid gegrüßt, ihr Mächte des Feuers! Göttin Tana und Erzengel Michael, dringt in mich und erfüllt mein Herz mit Licht, Liebe, Lebenskraft.«
»Nichts lieber als das«, sagte ich und fing mir einen strafenden Blick ein.
Corinna holte einen Becher, setzte ihn in der nächsten

Ecke ab. Sie begrüßte noch eine Göttin, deren Namen mir entfallen ist, und den Erzengel Gabriel. »Kräfte des Westens, Mächte des Wassers, schwemmt hinweg die Bindungen an alte Fehler!«

Fehlte noch der Norden. Ich überlegte, wer da wohl hauste. Erde war richtig. Corinna opferte ihr einen kindskopfgroßen Flußkiesel.

»Göttin Bellili und Erzengel Auriel, verleiht mir die Kraft der Beständigkeit. Laßt mich Geheimnisse bewahren können, aber schenkt mir das Erkennen des richtigen Zeitpunkts zur Eröffnung.«

Durch die Fenster kroch die Dämmerung in den Raum. Alles sah sanft und ruhig aus. Nicht mal die Kerżen flakkerten.

»Komm rein«, sagte Apaika, die Mondin, und winkte mir.

Ich fragte: »Wo rein?«

»In den magischen Zirkel. Ich habe einen magischen Kreis gebildet und die Naturkräfte hereingebeten.« Sie drehte sich mit ausgestrecktem Arm einmal um die eigene Achse.

Ich quälte mich in die Senkrechte. Magischer Zirkel hin, Naturkräfte her, die Frau war schön und ich mochte sie.

»Zieh' deine Sachen aus«, säuselte Corinna.

Ich tat's.

»Jetzt sind wir zwischen den Zeiten. In der Zwischenwelt, in der es keine Zeit gibt.«

»Und was machen wir hier?«

»Wir lieben uns.«

»Au ja.«

Corinna lächelte überlegen. »Hol den Zauberstab«, befahl sie.

Ich bückte mich nach dem beschnitzten Stecken. Ich wußte ja nicht, was sie damit vorhatte, aber mein Bordwerkzeug fand ich praktischer. Als ich mich umdrehte, stand sie, mit dem Becher in der Hand, vor mir. Es war Wein drin.

»Tauch hinein«, sagte sie, »dring bis in den Urgrund meiner Seele!«

Was blieb mir anderes, ich steckte den Ast in den Becher und rührte lustlos.
Ihr schien das zu gefallen. Sie sah mich an wie eine katholische Jungfer den neuen Vikar. Eine rührende Szene.
»Nicht daß ich meckern will«, begann ich, als mir der Arm schwer wurde, »aber wir haben uns schon mal schöner geliebt.«
»Jaaaaaa?«, hauchte Corinna. Sie war auf einem ganz anderen Schiff.
»Mmmmmmmmmmmmmh«, brummte ich, nahm ihr den Becher aus der Hand und stellte ihn samt Zauberstab auf den Altar.
Dann gab ich ihr einen dreifachen Kuß. Ich fing diesmal oben an und ersparte uns Knie und Füße. Sie wurde ziemlich schnell lebendig. Drückte meinen Kopf gegen ihren Bauch. Zog mich mit sich runter. Wir liebten uns ohne Symbole. Es war zauberhaft.

14

Für einen Abschuß lag Heimbrinks Wohnung denkbar ungünstig. Mit dem Wagen kamen wir nicht ran, weil das Haus in der Fußgängerzone lag, und ohne Auto fällt man schnell auf. Besonders morgens um viertel nach fünf, wenn die Zeitungsbotin die Straße ganz für sich allein hat. Wir gingen das Stück Hellweg einmal rauf und runter und entschieden uns für den zurückliegenden Hauseingang gegenüber von Nummer 47. Er war vielleicht drei Meter ins Haus gezogen und ab dem zweiten Stock nicht mehr einzusehen.
Stefan trug seine Schimanski-Jacke, um die Kamera mit dem dicken Zoom halbwegs verdecken zu können. Er fror und fing schon um halb sechs an zu knöttern.
»Ich kann nicht solange stehen. Meine Knie machen das nicht mit.«
»Ja, Stefan«, sagte ich, »meine Knie tun auch weh.« Woran das lag, sagte ich nicht.

Stefan zog die Mundwinkel Richtung Kinn. »Drei Stunden halt ich das nicht aus.«
»Du kannst dich ja hinsetzen. Kommst bestimmt gut als Penner.«
Das hätte ich nicht sagen dürfen. Der Junge verliebte sich in die Idee, holte zwei Flaschen Bier aus dem Kofferraum, machte sie auf, verschüttete eine halbe Pulle auf dem Pflaster und hockte sich daneben.
»Wollzu au'n Hieb?«, röhrte er, daß Louis Armstrong blaß geworden wäre. Er hielt mir die zweite Buddel hin.
»Stefan«, stöhnte ich. Es nützte nichts.
»Trinx woll nix mit'n Berber. Bis dich woll zu fein für, wa?«
Was sollte ich machen? Es war seine Party. Er hatte die Kamera und das Sagen. Also hockte ich mich auf die andere Seite der Bierlache, zog die Knie an, legte den Kopf darauf, damit mich keiner erkannte, und tat, als ob ich schlief.
Ich bat die *Große Göttin*, sie möge Karl Heimbrink schikken, bevor sich die Stadt belebte, ich hätte ihr die Nacht davor doch auch geopfert. Aber nichts, sie ließ mich hängen.
Um kurz nach sechs tauchten die ersten Passanten auf: Ältere Angestellte, die es bei der Mamma nicht länger aushielten, auf dem Weg in irgendein stinkiges Büro. An der Hand eine Aktentasche mit nichts drin außer Butterbrot und Lottoschein. Ihre Bäuche steckten in beigen Popeline-Blousons und ihre Füße in karierten Plastiksokken. Ich konnte es genau sehen. Es war in Augenhöhe.
Sie hatten keine Eile, betrachteten das Schaufenster mit der Reizwäsche und bewarfen uns mit giftigen Blicken. Einer baute sich vor uns auf, ob wir uns nicht schämten, rumzusaufen, wenn anständige Leute arbeiteten und dann auch noch auf die Straße pinkeln.
Ich hörte Stefan: »Wollze wat vor die Fresse ham« blöken und zog den Kopf noch tiefer.
Nach und nach kamen immer mehr Leute durch den Hell-

weg, auch jüngere, die es eilig hatten und uns übersahen. Um sieben hatte ich das Gefühl, wir gehörten zum Inventar.
Bei Nummer 47 tat sich nichts bis um halb acht. Da steuerte eine junge Frau den Eingang an, schloß auf und verschwand hinter der Tür. Die Sprechstunden der Ärzte begannen um neun, hatte ich auf ihren Türschildern gelesen. Sie war vielleicht eine frühe Helferin oder die Sekretärin des Rechtsanwalts, falls der eine hatte.
Mit der Zeit tröpfelten noch ein paar Gleichaltrige ins Haus und kurz nach acht erschien der Herr Doktor persönlich. Wir erkannten ihn an den weißen Jeans und dem dynamischen Gang eines erfolgreichen Abrechnungsbetrügers.
Um viertel nach acht hatte noch niemand das Haus verlassen. Ich fing an, Stefan vorsichtig auf eine lange Schicht einzustimmen. Er schwieg, süffelte sein Bier und starrte auf die Tür.
Später sagte er mir, er hätte gewußt, daß Heimbrink jeden Moment kommen mußte. Tatsächlich hatte er die Kamera schon vorm Auge, als die Tür erst eine Handbreit aufstand, und als sich eine Nasenspitze aus dem Rahmen streckte, löste er zum erstenmal aus. Der Verschluß klatschte, daß ich Angst bekam, die Nase könnte es hören. Tat sie aber nicht.
Sie saß mitten im Gesicht eines untersetzten älteren Herren und hatte genug damit zu tun, eine große Hornbrille zu tragen.
Der Mann zog die Tür hinter sich zu, nahm eine Zeitung aus dem Briefkasten und kam aus dem Gang. Er trug einen hellen Mantel und korrigierte den Sitz seines Sommerhuts, bevor er sich nach links Richtung Ring wandte. Stefan hatte sechs- oder siebenmal geschossen, als wir aufstanden und ihm folgten.
»Hat er was gemerkt?«
»Ich glaube nicht. Der hatte genug mit seinem Hut zu tun.«
Ich hatte entweder recht oder der Mann war Profi. Er bog

ohne sich umzudrehen nach rechts in den Südring. Als wir die Ecke erreichten, marschierte er auf die Fußgängerampel zu, wartete auf Grün und überquerte den vierspurigen Ring in zwei Etappen.
Wir blieben auf der nördlichen Straßenseite und ließen uns etwas zurückhängen. Gerade genug, um nicht in sein Blickfeld zu geraten und nicht soweit, daß er uns verlorenging. Heimbrink – alles sprach dafür, daß er es war – sah von hinten ziemlich quadratisch aus in seinem gürtellosen Mantel. Er trat das Pflaster mit kurzen, kräftigen Beinen, sah nicht nach rechts und links. Wie einer, der die Strecke in- und auswendig kennt.
Ich hatte damit gerechnet, daß er am Engelbert-Brunnen in die U-Bahn steigen würde, aber er blieb auf dem Ring. In seinem Schlepptau näherten wir uns der großen Kreuzung mit der Viktoriastraße, eine unübersichtliche Ecke voller Geschäfte, Passagen und Einfahrten. Wenn er uns abhängen wollte, dann hier.
Wir holten etwas auf und sahen ihn um die Ecke Richtung Schauspielhaus verschwinden. Ich rannte über den Ring, Stefan hinterher. Wir nahmen das Zäunchen auf dem Mittelstreifen, daß die Hürdensprinter von Wattenscheid 01 ihre Freude gehabt hätten, bremsten, um nicht auf der Gegenfahrbahn zu enden wie die Igel, ließen einen Schwung Wagen vorbei und rasten dann bis zum Lampengeschäft an der Ecke.
Unser Mann hatte einen Riesenvorsprung, aber er war da. Er stand in der Mitte der Viktoriastraße und wartete darauf, daß die Ampel umsprang und ihn rüberließ. Auf der anderen Seite gab es eine Kirche, einen Billigmöbelladen und ein Bürohaus, das sich Polizei und Stadtverwaltung teilten. Der Alte hielt auf den gläsernen Eingang des Verwaltungsbaus zu, drückte die Tür auf und war weg.
Ich kannte den Kasten nur von außen, weil sie ihn erst nach meinem Ausscheiden angemietet hatten. Es war ein glatter, dreistöckiger Klotz, dunkelgrau verputzt und von drei Straßen im Zaum gehalten. Auf der Rückseite, gegenüber

vom Gewerkschaftshaus, parkten die Einsatzwagen der Innenstadtwache.

Mit zwei Minuten Rückstand auf den Ausreißer drangen wir in das Gebäude. Wir hasteten über volle Flure, wo Mütter mit Kinderwagen auf Wohngeld warteten, verfransten uns in dem winkeligen Bau mit mindestens drei Treppenhäusern und zwei Aufzügen, kamen beim Ordnungsamt vorbei, wo eine Menge Türen kleine Zettel *Vorübergehend geschlossen – Auskunft Zimmer Sowieso* trugen, landeten schließlich auf der Rückseite bei den Bullen. Den Mann mit Hut sahen wir nirgends.

»Lebensverkürzend, absolut lebensverkürzend«, japste Stefan und plumpste auf eine Besucherbank. Ich setzte mich daneben und ging mit ihm ein paar Möglichkeiten durch.

Zuerst die schlimmste: Unser Mann wollte uns abhängen. Dann sollten wir ihm gratulieren. Geschafft.

Variante zwei: Er hatte im Haus etwas zu erledigen. Falls ja, konnten wir am Ausgang auf ihn warten. Aber der Schuppen hat zwei Ausgänge und einer von uns wäre aus dem Rennen. Im Zweifel der mit der Kamera.

Blieb noch Nummer drei: Er arbeitete hier. Dann war er entweder nicht Karl Heimbrink oder nicht Don Carlos oder Pastor Knoche hatte gelogen. Stefan war das Wurst. »Mich brauchst du in keinem Fall«, sagte er wildentschlossen und stand auf. »Ich hab ihn auch schon am Haus erwischt.«

Ich versuchte ihm noch ein Foto vom Briefmarken verkaufenden Chef der Bochumer Teufelsloge schmackhaft zu machen, glaubte aber im Grunde selbst nicht daran. Stefan hatte recht. Was jetzt kam, war kein Fotografenjob.

»Wenn du die Bilder heute noch vergrößerst, laß ich dich gehen«, sagte ich.

Er stöhnte »Erpresser« und watschelte grußlos weg.

Ich blieb noch eine Weile auf der Bank. Die Müdigkeit, die ich beim Aufstehen niedergekämpft hatte, schlug zurück. Das Penner-Bier wattierte mein Hirn. Ich stierte auf den Fußboden, bis das Linoleummuster verschwamm. Als mein

Kopf nach vorne sackte, rappelte ich mich auf. Ich machte mich auf den Weg zum Hauptausgang und las im Vorbeigehen die Schilder an den Bürotüren. *Amt für Wohnungswesen – Fehlbelegerabgabe – Herr Sondermeier.* Und so weiter. Kaputt wie ich war, hätte es mich nicht gewundert, auf mein eigenes zu stoßen. *Tiefbauamt – Erschließungsbeiträge – Herr Schreiber.* Ich fand aber nicht mal eins von Herrn Heimbrink.

Dafür kam ich an dem orangenen Kasten mit den Gleitzeituhren vorbei. Es brannten eine Menge rote Lämpchen neben den Namensschildern, nicht ganz soviel wie üblich, war eben Ferienzeit, aber Heimbrinks brannte auch. Er hatte es auf 187,4 Stunden gebracht und lag damit nicht schlecht im Rennen.

Ich überlegte, ob ich den ganzen Komplex nach seinem Büro absuchen sollte, dachte an die endlosen, verschachtelten Gänge und ließ es bleiben. Fuchs' Ausgleichsamt lag schräg gegenüber am Berliner Platz. Ein Blick ins Rathaus-Telefonbuch, und ich wüßte Bescheid.

Fuchs knallte die Schreibtischschublade zu, als ich ohne anzuklopfen eintrat, klemmte sich den Daumen dabei, unterdrückte einen Schrei und sah mich an wie ein beim Onanieren erwischter Meßdiener. Ich grinste. »Keine Panik, Fücksken, ich bin's nur.«

»Kannst auch nicht anklopfen, wa?« Er steckte seinen Daumen in den Mund, saugte daran herum.

Fuchs war fett geworden. Er trug eine Latzhose aus Jeansstoff, oder besser, sie hielt ihn zusammen. Seine Backen hatten sich seit meinem letzten Besuch noch mehr gerundet. Ein Hals war nicht mehr zu erkennen. Nur die Augen waren noch so klein wie früher. Und das Bärtchen am Kinn so löcherig.

»Was gibt's Neues bei der Stadt?« fragte ich der Form halber.

»Nichts«, sagte Fuchs, »das weißt du genausogut wie ich.«

»Hätte ja mal sein können.«

Fuchs blies seinen Daumen. »Hör auf zu sülzen«, sagte er, »sag, was du willst.«
»Woher weißt du, daß ich was will?«
»Du kommst nur, wenn du was willst.«
Das Schlimme war, er hatte recht.
»Laß mich mal in dein Telefonverzeichnis gucken.«
Fuchs drehte mir seinen fleischigen Rücken zu und kramte in den Tiefen seines Aktenbocks. »Hier, kannst behalten.« Er warf mir das blaue Buch fast an den Kopf. »Ich brauch keins.«
»Hast es aus Langeweile auswendig gelernt?«
»Ich hab kein Telefon mehr. Vor zwei Monaten hat es den Geist aufgegeben und die Säcke vom Hauptamt weigern sich, ein neues rauszurücken.«
»Sparmaßnahmen?«
»Sie meinen, beim Ausgleichsamt lohnt es sich nicht mehr. Wir hätten von hier bis zum Ural alles schon dreimal entschädigt.«
Ich verkniff mir ein Nicken und suchte Karl Heimbrink hinten im Personenregister des städtischen Telefonbuchs. *32 2* stand hinter seinem Namen. Die Nummer 32 trägt das *Amt für öffentliche Ordnung,* 32 2 ist die *Abteilung Gewerbe- und sonstige Ordnungsangelegenheiten.* Heimbrink kam gleich hinter dem Abteilungsleiter. *Generelle Angelegenheiten aus dem Gaststätten- und Spielwesen, Zusammenarbeit mit der Polizei – Heimbrink Zi 357 Tel 3687.* Mir wurde ganz anders.
Ich setzte mich auf Fuchs' Besucherstuhl und schnorrte ihn wegen einer Zigarette an. Fuchs raucht als einziger Nicht-Rentner *Ernte 23.* Ich knipste den Filter ab und paffte.
»Kennst du dich beim Ordnungsamt aus?«, fragte ich.
»Ich war in der Ausbildung vier Monate da.«
Ich wollte wissen, ob das vor der Währungsreform gewesen sei oder danach. Fuchs sagte: »Sind sieben Jahre im Herbst.«
»Dann kennst du vielleicht auch Karl Heimbrink.«
»Karl Heimbrink«, schnaufte er, »ich treff seine Leute ab

und zu mittags beim Wirkungstrinken. Die schütten vier Pils in zwanzig Minuten, weil der Alte persönlich die Einhaltung der Pause kontrolliert.«

Seine Backen zitterten in gerechtem Zorn. Er wabbelte zum Kühlschrank, kam mit Dosenbier zurück, stellte mir eine vor die Nase und sagte: »Sauf, Bronco.« Wie früher im Tiefbauamt.

Ich zog die Reißleine und nahm einen kleinen Schluck. »Ist er zum Publikum genauso?«

Fuchs zog die Schultern an die Ohren. Er habe noch nie eine Kneipe aufgemacht, sagte er.

»Wieviel Sterne hat er an der Jacke?«

»Mindestens Amtmann, nehm ich an.«

Das war Fuchs' wunder Punkt. Seit er vor Jahren dem Baudezernenten auf die Füße getreten war, hatten sie ihn nicht mehr befördert. Einmal Oberinspektor, immer Oberinspektor.

»Weißt du, ob der irgendwie religiös ist?«

Fücksken setzte die Dose ab und legte die Stirn in Falten. »Was willst du eigentlich von dem?«, fragte er. »Ich laß mir die Würmer aus der Nase ziehen und weiß überhaupt nicht, worum es geht.«

Ich sagte: »Ich auch nicht.« Und das war nicht mal gelogen. Fuchs nahm es mir trotzdem nicht ab. Er tat, als gäbe es mich nicht, trank sein Bier und blinzelte in die Schreibtischschublade.

Ich hätte ihm liebend gern erzählt, warum ich hinter Heimbrink her war. Allein um zu hören, was er davon hielt. Aber dann wäre die Geschichte zwei Tage später im Rathaus rumgewesen. Also hielt ich den Mund.

Schweigend machte ich mein Bier fertig, drückte die ekelhafte Kippe aus und verschwand. Wir haben seitdem nicht mal mehr telefoniert.

Weil mein Wagen immer noch in der Herner Straße parkte, lief ich zu Stefans Labor. Es liegt in einem der wenigen nicht zerbombten Vorkriegsstraßenzüge hinter dem Bahnhof.

Ich hatte die Strecke unterschätzt und kam schon kaputt unten an. Die Treppe in dem fünften Stock gab mir dann den Rest. Ich plumpste in einen Sperrmüllsessel.
Labor ist ein großes Wort für die Mischung aus Studentenbude und Dunkelkammer, in der auch noch eine Agentur für südamerikanische Musik und das Journalistenbüro *revierfax* residieren. Beide Unternehmen bestehen aus einem Anrufbeantworter, auf den ein alter Mann, wenn er sich einsam fühlt, geheimnisvolle Botschaften spricht. Stefan hatte den Film schon entwickelt. Der Streifen hing zum Trocknen auf einer Leine.
»Sind ein paar brauchbare dabei«, sagte er und half mit dem Fön nach.
Mir wird es für immer ein Rätsel bleiben, wie er das auf den briefmarkengroßen Negativen erkennt, aber meist stimmen seine Prognosen. So auch hier. Als das Papier im Entwickler schwamm, stellte sich ein gestochen scharfes Bild von Karl Heimbrink ein.
Der Ordnungshüter wirkte auf dem Bild noch bulliger als in freier Wildbahn. Das machte sein Gesicht.
Heimbrinks Visage war breit und flächig, besonders an den Backen, die ein zusammengepreßter Mund nach außen schob. Seine Nase bildete mit den nach oben gezogenen Augenbrauen und den Falten, die von ihr auf die Mundwinkel zuliefen, ein großes X.
»Der Mann hat was von einer Bulldogge«, meinte Stefan.
Er vergrößerte noch drei Negative, schaltete das Licht ein und aus, sprang zwischen Entwickeln, Fixieren, Wässern und Trocknen von einem Bein aufs andere. Am Ende des Affentanzes lagen vier Karl Heimbrinks vor uns auf der Arbeitsplatte: Einer kam aus der Haustür, der zweite klemmte die Zeitung unter den Arm, Nummer 3 rückte den Hut zurecht, und Karl IV. ging los.
Ich lobte Stefan und versprach, Christoph auf ein Sonderhonorar für den Abschuß einzustimmen. Karl, den vierten, nahm ich mit.
Erst als ich die Tür hinter mir zuzog, fiel Stefan ein, wie

und wo wir uns getrennt hatten. Im Labor existiert für ihn nur die Arbeit an den Fotos. Darüber, daß der mutmaßliche Obersatanist ausgerechnet beim Ordnungsamt arbeitete, wollte er sich schier totlachen.
Zum zweiten Mal innerhalb von vier Tagen konnte ich nicht mitlachen.

Ich ließ mich von der Straßenbahn vom Aral-Haus bis zum Rathaus kutschieren. Trotz Sommerschlußverkauf lag die Stadt leer wie am Wochenende. Ich fand einen Sitzplatz in *Anticos Imbißstube,* wo die Rentner dünne Suppen schlubbern, aß *chili con carne* und ging nach Hause.
Sascha schlurfte im Bademantel durch die Küche. Er trug Brot, Butter, Marmelade, Wurst, Käse, Eier und Kaffee zum Frühstück zusammen. Es war halb drei.
»Eine Frau hat für dich angerufen«, knurrte er.
Ich konnte nicht verhindern, daß ich rot wurde. »So«, sagte ich, »wie hieß sie denn?«
»Ich hab den Namen nicht verstanden.«
»Warum auch?«
Sascha sah mich an und grinste. »Nu werd man nicht gleich panisch, Alter. Ich hab die Nummer aufgeschrieben. Es wird alles wieder gut.«
Ich mopperte noch ein paar Sätze, um meine Verlegenheit zu überspielen, und ging dann rüber zum Telefon.
Es war nicht Corinnas Nummer, überhaupt keine von hier. Sah eher süddeutsch aus. Ich hatte keine Ahnung, wer sich dahinter verbarg, als ich sie eintippte.
Es meldete sich eine Frau Oberberger. Ich sagte, wer ich sei und wie ich an die Nummer käme.
»Hannes, bist du's?«, fragte die Frau.
Leugnen war sinnlos. Ich sagte ja.
»Du mußt mir helfen«, kam es durch den Hörer.
Ich wußte nicht, wem. Die Leitung zerrte an dem ohnehin dünnen Stimmchen, machte es mausig.
Um Zeit zu schinden, fragte ich: »Wobei?«
»Ich werde bedroht«, flüsterte Frau Oberberger.

»Von wem?«
»Von Beta.«
Es war Mareike.
»Was will sie von dir?«
»Das restliche Geld. Ich hab ihr in Florenz erst die Hälfte gegeben. Den Rest wollte ich zahlen, wenn Erwin stirbt.«
»Und? Lebt er noch?«
»Die Evokation war erst vor vierzehn Tagen.«
Sie klang kleinlaut. Nichts mehr zu spüren von ihrem trotzigen *Es hat sich ausgelitten* damals am Wasser.
»Wenn du mit ihr ein Erfolgshonorar vereinbart hast, dann zahl auch erst dann.«
Mareike sagte zehn Sekunden nichts und schniefte. »Sie hat gedroht, meinen Mann zu informieren, wenn ich die restlichen Fünfzehntausend nicht sofort bezahle. Sie sagt, sie will ihm die Puppe mit den Spießen schicken.«
Ich hätte Mareike gern an unser Gespräch bei der Mühle erinnert, aber sie heulte wie ein Schloßhund, stammelte Sätze, die in Tränen ertranken. Am Schluß schluchzte sie nur noch.
Wenn Frauen weinen, bin ich völlig hilflos. Ich weiß nicht, was ich sagen oder tun soll. Und Mareike war schon die zweite weinende Frau in dieser Geschichte.
Ich dachte an Risses Mutter, wie sie aufgelöst zwischen Totenkopf und Embryo saß und um ihren Jungen weinte. Sie hatte mir die Namen gegeben: Beta und Bachmann, den Don und Merlin. Ich hatte sie alle aufgetrieben. Alle, bis auf Risses Freundin. Wie hieß sie noch gleich? Richtig, Püppi.
»Bist du noch dran, Hannes?«
»Hmmmmm«, dehnte ich.
»Was soll ich bloß machen?«
Bezahlen schied aus. Sie hatte die erste Rate mit Mühe und Not zusammengekratzt und für die zweite die Lebensversicherung ihres Erwins eingeplant. Abwarten, bis er starb, schien Mareike zu gewagt. Sie fürchtete, daß Beta ihre Drohung wahrmachte.

»Mein Mann darf es auf keinen Fall erfahren«, hechelte sie.
»Dann geh zur Polizei. Du bist bestimmt nicht die einzige, die Beta auf diese Tour abkocht. Schenk dem Sachbearbeiter reinen Wein ein und sag, dein Alter muß außen vor bleiben.«
»Du meinst, ich soll mich stellen?«
»Wieso stellen?«
»Das ist doch strafbar, was ich gemacht hab. Anstiftung zum Mord.«
»Es gibt keinen magischen Mord«, stöhnte ich. »Also gibt es auch keine Anstiftung zum magischen Mord. Es gibt nur Dummheit. Und die ist immer noch nicht strafbar.«
Ich hörte, wie Mareike schluckte. Sie tat mir leid, aber gesagt werden mußte das mal.
»Zur Polizei geh ich trotzdem nicht«, fing sie wieder an. »Wir sind hier nicht in der Großstadt, Hannes. Bei uns auf dem Land hältst du das nicht geheim. Da braucht bloß einer bei der Polizei nicht dichtzuhalten, und schon zerreißt sich die ganze Gegend das Maul über die Tochter vom Pfarrer Bartel, wo ihren Mann, den Presbyter Oberberger, umbringen lassen wollte. Na, Hannes, zur Polizei kann ich auch nicht.« Sie saß tatsächlich in der Klemme. Es blieb ihr nichts als Beta hinzuhalten.
Ich sagte ihr, daß ich in *Malibu* über ihren Fall schreiben würde. Vielleicht nütze das.
Mareike drehte fast durch. »Ich verbiete dir, auch nur ein Wort über mich zu Papier zu bringen«, brüllte sie durchs Telefon und fing gleich anschließend wieder an zu flennen. Langsam ging sie mir auf den Zeiger.
»Erstens laß ich mir nicht befehlen, was ich schreibe und was nicht«, konterte ich, »zweitens veränder ich selbstverständlich deinen Namen, und drittens bin ich, wenn ich das richtig sehe, deine letzte Hoffnung, oder?«
Mareike schniefte in den Hörer und schwieg. Ich bat sie, mich auf jeden Fall anzurufen, wenn es was Neues gäbe, und legte auf. Blieb am Schreibtisch kleben, starrte auf die

Unterlage mit meinen Notizen, malte die Stichwörter zu fetten Schlagwörtern auf:
Lebensversicherung – Beta – 2. Rate – Püppi.
Ich nagte an dem Knochen, den mir mein Gedächtnis hingeworfen hatte, knurrte wie ein Hund, der nicht weiß, ob er ihn vergraben oder knacken soll. Es war ein harter Knochen und ich machte mir Sorgen um meine geflickten Zähne. Aber knacken wollte ich ihn.
Ich wählte Stefan im Labor an, ließ das wahnsinnig kreative Geplärre des Anrufbeantworters über mich ergehen und sprach folgende Nachricht auf Band: »Stefan, ruf mich sofort zu Hause an!«
Dann klapperte ich noch Freundin 1, Freundin 2 und Mutter Dahlke ab und sagte ihnen dasselbe.
Als ich hinten angekommen war, meldete Stefan sich vorne. »Ich war noch am entwickeln«, sagte er und schwärmte mir von hochkünstlerischen Aufnahmen vom Sommerschlußverkauf vor.
Ich hörte zu, so gut es ging, sagte: »Mußt du mir unbedingt zeigen«, und kam dann zur Sache.
»Ich brauch noch einen Abschuß.«
»Wer ist es denn diesmal?«
»Eine Frau in Dortmund.«
Stefan meinte, in Dortmund gäbe es viele Frauen.
»Ihr gehört der esoterische Buchladen im Kreuzviertel.«
»Und warum müssen wir die abschießen? Die hat bestimmt nichts dagegen, wenn ihr Laden in *Malibu* redaktionell beworben wird.«
Ich wußte nicht, wie ich es ihm erklären sollte.
»Sie darf auf keinen Fall was merken, Stefan. Kann sein, daß sie mit der Teufelsgeschichte zu tun hat. Wahrscheinlich aber nicht. Ich muß das Foto jemandem zeigen, dann weiß ich mehr.«
»Also gut«, sagte Stefan, »wann fahren wir?«
»Wenn's geht, gleich. Jetzt ist es drei. Ums sechs kommt sie aus dem Laden.«
Ich hörte Stefan stöhnen, fragte: »Geht das?«

»Ich wollte mit meiner Mutter einkaufen.«
»Kannst das nicht morgen machen?«
Er konnte.
»Ich hol dich um fünf ab.«
»Du mußt das allein machen, Stefan. Die Frau kennt mich. Ich will nicht, daß sie mich sieht.«
»Komisch«, sagte er. Mehr nicht.
Ich gab ihm die Adresse und beschrieb Corinna ausführlich.
»Ach so ist das«, meinte Stefan.
»Du sollst fotografieren und nicht spekulieren«, giftete ich und nannte ihm gleich den Abgabetermin. »Morgen früh um elf.«
Mit Rücksicht auf seine Mama verschoben wir ihn um zwei Stunden.

15

Wo ich einmal dran war, rief ich Bachmann auch gleich an. Ich parlierte ein wenig mit seiner Gouvernante und stellte erst, als ich den Frater selbst an der Strippe hatte, wieder auf Weihnachtsmann um.
Bachmann spielte den Doofen. Er wußte nicht, ob eins von den Pornoblättchen schon erschienen war. Er wußte auch nicht, ob Antworten eingetroffen waren. Er wußte nicht mal, wie spät es war.
»Es ist viertel nach drei. Frater Volo Intelleggere«, klärte ich ihn auf. »Wir treffen uns um halb fünf vor der Hauptpost.«
Zum Widersprechen ließ ich ihm keine Zeit. Ich legte auf, schrieb Sascha einen Einkaufszettel fürs Abendessen und nahm die S-Bahn nach Essen. Die Hauptpost liegt direkt am Bahnhof. Man findet dort eher zwei Zwanzig-Markscheine als einen Parkplatz.
Bachmann lief vor dem Eingang auf und ab, als ich ankam. Er trug einen grauen Flanellanzug, dem man die tausend

Mark, die er gekostet hatte, erst auf den dritten Blick ansah. Dazu italienische Schuhe und eine Fliege à la Riesenhuber für das Hälschen.
»Liebe ist das Gesetz«, grüßte ich.
Bachmann flüsterte: »Liebe unter Willen.«
Das gefiel mir. »Laß uns sehen, ob es Antworten gibt«, sagte ich freundlich-streng.
Bachmann führte mich vor die Wand mit den Postfächern, steuerte das mit der Nummer 147 035 an, schloß auf und zog einen Stapel Briefe raus.
Als ich sie ihm abnehmen wollte, bockte er. Es könnten private Briefe dabei sein, meinte er, ohne mich anzusehen. Den Stapel Post hielt er hinter seinem Rücken. Wie ein Kind, das sich weigert, ein gemopstes Messer rauszugeben.
Mir lag nichts an Bachmanns Privatpost. Ich brachte ihn um die Ecke ins *Overbeck,* wo sich die gediegenen Essener vom Einkauf erholen, bestellte Café statt Kaffee und ging mit ihm die Briefe durch.
Bachmann schlitzte sie auf, warf einen Blick auf den Inhalt und reichte sie mir. Ich zählte achtzehn Schreiben und keines war privat. Das Lesen hob ich mir auf.
Ich bohrte lieber meinen Blick in Bachmanns Blauäugelein. Er wich aus, wollte trinken, verschüttete Kaffee auf dem rosa Tischtuch, sah sich ängstlich nach dem Kellner um, zog, als er ihn nicht sah, das Silbertablett mit dem Kännchen auf den Fleck.
»Frater Volo Intelleggere«, tönte ich, »du mußt mir noch zwei Fragen beantworten.«
Bachmann zog den Kopf ein und wartete.
»Hast du den Namen Heimbrink schon einmal gehört?«
Ich beobachtete ihn genau, während ich das sagte. Er reagierte nicht. Schüttelte nur den dicken Kopf. Ich faßte noch zweimal nach. Nichts.
»Nun gut. Ich will dir glauben, wenn du bei der zweiten Frage alles sagst, was du weißt.«
Er nickte hastig.

»Du hast gesagt, Merlins Freundin sei dabeigewesen, beim Club Amor sub voluntate.«
Wieder Nicken.
»Wie hieß sie noch?«
»Alostrael«, wisperte Bachmann. »Die Frau in Scharlach.«
»Wieso Frau in Scharlach?«
»Wegen der Farbe ihres Skapuliers.«
Skapulier, das wußte ich von Mareike, hießen diese komischen Kutten.
»Kanntest du sie?«
Bachmann nickte beflissen. »Ich habe sie einmal in Merlins Tempel getroffen.«
»Wie sah sie aus?«
»Böse«, hauchte er.
Mich interessierte mehr das Äußere. »War sie dick oder dünn? Wie groß? Haarfarbe? Augen? Besondere Merkmale?«
Bachmann beschrieb eine Frau um die Dreißig, mittelgroß, schwarzhaarig, weder schlank noch füllig.
»Hat Merlin sie immer Alostreal genannt?«
»Alostrael, nur Alostrael.«
»War sie bei den Ritualen im Club dabei?«
Bachmann hauchte: »Ja« und nickte. »Sie war die Hohepriesterin. Merlin brauchte sie.«
»Und du weißt nicht, wer sie ist und was sie treibt?«
»Nein.«
Ich sagte: »So will ich dir glauben, Frater. Und daß du mir mit niemandem über uns plauderst. Du kennst den Schwur.«
»Tod dem Verräter?«
»Genau.«

Die S-Bahn brauchte eine halbe Stunde, um mich zurück nach Bochum zu schaffen. Es kam mir wie zehn Minuten vor. Ich klemmte in einer Viererbox mit abgeschlafften Verkäuferinnen, die heimlich ihre Quellfüße lüfteten, und las Liebesbriefe.

Einige bestanden nur aus zwei Zeilen. *Habe Ihre Anzeige mit regem Interesse gelesen. Erbitte Rückruf unter . . .* Oder: *Ich war Stammgast im Club Amor s. v. Schön, daß es endlich weitergeht.*
Andere waren seitenlang. *Hank sucht Leute, die nicht nur mit feuchten Höschen vom Satan reden, sondern ernst machen,* begann ein Kurzroman auf gebrauchtem Butterbrotpapier. *Hank* hieß in Wirklichkeit Heinz-Willi und hatte mehr Bukowski gelesen als ihm guttat.
Im nächsten Brief schilderte ein Diplom-Ingenieur aus Mülheim an der Ruhr seinen Loslösungsprozeß von der katholischen Kirche und die häuslichen Probleme, die ihm daraus erwachsen waren. *Ich will endlich meine Triebe ausleben, auch wenn es meiner Frau wehtut.* Wie er das meinte, ging aus dem Text nicht klar hervor.
Ich überflog den Rest, las zwei andere an und merkte gerade noch rechtzeitig, wann ich aussteigen mußte.
Ich quälte mich zum drittenmal an diesem Tag zu Fuß durch die City. Als ich zu Hause ankam und die Schuhe in die Ecke stellte, stanken meine Füße wie die in der Bahn.
Sascha hatte tatsächlich ans Einkaufen gedacht. Ich befahl ihn in die Küche. Maulend schnibbelte er das Zeug für den Salat. Ich briet die Putenschnitzel. Wir aßen schweigend. Sascha sagte ab und zu einen Satz, aber ich war mit den Gedanken ganz woanders.
Um acht nahm er mir sein Taschengeld für die kommende Woche ab. Es war Freitagabend und er wollte noch raus. Ich gab ihm den Zwanziger, sagte: »Daß du mir nicht wieder alles vertrinkst«, und ließ ihn ziehen.
Seit morgens um fünf hatte ich mir die Stelzen abgewetzt. Ich nahm mein Täschchen mit ans Bett, machte mich lang und studierte die Briefe in aller Ruhe.
Am besten gefielen mir die Neulinge. Sie tarnten ihre Geilheit mit weitschweifenden Ergüssen, näherten sich spiralförmig dem Kern der Dinge, ohne ihn direkt anzusprechen. Den einen oder anderen von ihnen hätte ich gern kennengelernt, schlug es mir aber aus dem Kopf.

Die Geschichte war an einem Punkt, der Arbeit nach dem Lustprinzip ausschloß. Ich wollte schließlich keinen neuen Club Amor s. v. aufmachen, sondern alles über den alten rauskriegen. Dazu brauchte ich die andern, die Stammgäste von früher. Die mußte ich ans Reden bringen. Es würde schwer genug werden.
Also legte ich die Selbstdarsteller an die Seite und nahm mir die Routiniers vor. Sie ließen nicht viel über sich raus. Hier ein Postfach, da eine Telefonnummer, einer nannte sich selbst nur Postlagerkarte 217. Gut daß er wenigstens die Stadt dazugeschrieben hatte. Soest. Überhaupt staunte ich, wieviel Leute aus den schwarzen Käffern rund ums Revier kamen. Es war genau wie bei *Malibu.* Da geben auch die erzkatholischen Polenflüchtlinge die säuischsten Anzeigen auf.

Daß nicht eine Frau auf die Annonce reagiert hatte, wunderte mich nicht, bei den Blättern, in denen der Text erschienen war.
Ich wälzte noch ein paar andere Gedanken an diesem Abend. Ob Stefan der Abschuß in Dortmund gelungen sei und so weiter. Mein Kopf scheint irgendwann die Faxen dicke gehabt zu haben. Ich lag jedenfalls am nächsten Morgen in voller Montur im Bett. Um mich herum ein Haufen Briefe.
Ich hatte geträumt, und ich wußte auch, was. Ich hatte selbst eine Schwarze Messe zelebriert. War in Pastor Knoches Kirche eingebrochen, hatte das riesige Holzkreuz aus der Verankerung gerissen und auf den Kopf gestellt, bevor die Gemeinde hereinkam. Zuerst die Gruftis. Sie trugen violette Kutten und brüllten »Schreiber, Schreiber«. Knoche kam auch. Er zog seine rotsamtene Badehose auf die Knie und onanierte. Karl Heimbrink saß neben ihm in der Bank. Er zählte: »32-2-32-32-2-32 . . .« Als der Pastor soweit war, brüllte er: »Mittagspause.«
Bachmann spielte die Orgel schneller als *Slaughter-in-Hell.* Er warf den Kopf solange vor und zurück, bis er im hohen

Bogen durch die Kirche flog. Risse fing ihn auf. Er war keine zwölf Jahre alt und rief: »Ich bin der böse Zauberer Petroselius Zwackelmann.«
Beta und die Frauen nahmen ihm Bachmanns Kopf ab. Mareike legte ihn auf den Altar und stopfte Tausender in Ohren, Nase, Mund und Augen. Tony hielt sein Feuerzeug an die zusammengerollten Scheine.
Als alle brannten, erschien Corinna. Ein weißer Engel mit schwarzen Flügeln. Sie nahm ein Glas Bier vom Altar und klemmte es sich zwischen die Beine. »Dring in mich ein«, sagte sie zu Risse. Der Kleine lief weg. Er krabbelte hinter die Orgel und blieb dort, bis ich ihn herausholte und totschlug. Die anderen kamen mit Weißbrot zum Blutstippen.
Ich quälte mich aus dem Bett, zog meine Knitterkluft aus, duschte mir das Dröhnen aus dem Schädel, spülte mit Kaffee hinterher. Ich aß zwei Scheiben Brot mit Quark und Marmelade und teilte mir den Tag ein: morgens Hausfrau, nachmittags Reporter.
Ein öder Morgen. Staubsaugerbrummen, Fettspritzer, Wischwasser. Es zog sich hin. Ich hörte Radio dabei und schämte mich jedesmal, wenn mir der Traum einfiel, ein bißchen weniger.
Als der schwatzhafte Starmoderator sein *Mittagsmagazin* eröffnete, war ich schon froh, daß ich ihn gehabt hatte, den Alp. Ich rief Inge Mahlendorf an. Sie arbeitete als Freie für eine Nachrichtenagentur und wohnt allein in einem geerbten Fachwerkhaus in Stiepel.
Ich kenne sie von einer Fabrikbesetzung in Hattingen, worüber wir beide berichtet hatten, bis es den Leuten fad wurde.
Inge ist Anfang Dreißig, ziemlich stabil, blond und witzig. Einmal, als wir dem pressescheuen Fabrikbesitzer vor seiner Villa gemeinsam auflauerten, sind wir aus Langeweile im Auto übereinander hergefallen.
Ich hatte keine Lust auf Wiederholungen. Inge schob die Schuld auf ihren Kleinwagen. Ich war mir da nicht so sicher.
»Hast du nächsten Freitag schon was vor?«, fragte ich, als wir

mit den Rechenschaftsberichten über die drei Monate, in denen wir uns nicht gesehen hatten, fertig waren.
Inge pfiff durch die Zähne. »Willst du mich einladen?«
Ich sagte: »Nein, du mich.«
»Davon weiß ich noch gar nichts.«
»Deshalb sag ich dir's ja.«
»Na gut«, lachte sie. »Soll ich was kochen?«
»Besser nicht. Ich bring noch ein paar Leute mit.«
Sendepause.
»Was ist eigentlich mit dir los, Schreiber?«, fragte Inge dann. »Haben sie dir was in den Kaffee getan?«
Ich sagte nein, ich hätte nur schlecht geträumt, und erzählte ihr ein bißchen von der Geschichte. Inge machte *Aaah* und *Iiih* und *Bää,* und fragte mich zum Schluß, ob ich ihr am Freitag etwa dieses Geschmeiß in die Bude schleppen wolle.
»Die Kandidatin hat 100 Punkte«, schmetterte ich.
Inge war fassungslos. »Schreiber, du tickst nicht richtig«, sagte sie zwei- bis dreimal.
»Ich würd's ja bei mir machen. Aber in 'ner Mietwohnung ist schlecht.«
»Was ist schlecht in 'ner Mietwohnung?«
»Inge, jetzt sei mal einen Moment ganz ruhig. Ich will ein paar von den Typen, die auf meine Anzeige geantwortet haben, zu einer Schwarzen Messe einladen.«
Inge sagte gar nichts.
»Natürlich läuft real nichts. Ich will sie nur alle beisammen haben und ein bißchen ausquetschen.«
Inge meinte, ich hätte sie wirklich nicht alle beisammen.
»Meinst du, die bleiben brav sitzen und sprechen, wenn du sie fragst?«
»Ich glaub schon. So schlechte Karten, wie die in dem Moment haben.«
»Wer glaubt, wird selig«, sagte sie und fing an, prinzipiell zu diskutieren. Stichwort: Bildzeitungsmethoden.
Ich hörte mir ihren Vortrag in Ruhe an, gab ihr dann und wann sogar recht. »Zugegeben«, sagte ich, »es ist hart an

der Grenze, vielleicht auch darüber. Aber ich habe nicht damit angefangen. Die haben mir die Wohnung auf den Kopf gestellt.«
»Männer«, sagte Inge nur.
»Überleg es dir noch mal in Ruhe. Für mich hängt viel davon ab.«
Sie versprach es.
Als Stefan auch um halb zwei noch auf sich warten ließ, schnappte ich mir die Einkaufstasche und besorgte Futter fürs Wochenende. Ich erstand ein Kaninchen, das für zwei Tage reichte, kaufte Salat beim Italiener und was man sonst so braucht im Supermarkt. Um kurz nach zwei war ich zurück.
Sascha rührte sich noch immer nicht. ich ging nachgucken und fand sein Bett leer. Ob er drin geschlafen hatte oder nicht, war nicht festzustellen. Es sieht immer so aus, als ob er gerade rausgekrochen wäre.
Ich zerlegte das Kaninchen in sechs Teile, briet es mit Rosmarin und löschte mit Weißwein ab, *coniglio alla contadina* hatten sie in Florenz dazu gesagt. Nachher sah der Herd aus wie vor dem Putzen. Ich hasse ihn.
Stefan kam um drei. Er schlich die Treppen rauf, blieb unterwegs zweimal stehen, schniefte. »Mitten im Sommer«, stöhnte er und sah mich triefäugig an. Ein Rest Papiertaschentuch klebte an seiner spitzen Nase. Stefan war leidend.
Ich setzte ihn an den Küchentisch und machte Kaffee. Folgte seinem Krankenbericht mit regem Interesse. »Ich hab mich bestimmt bei Gundi angesteckt«, mutmaßte er.
»Dann wird es Gabriela sicher auch bald haben. Kennen sich die beiden eigentlich?«
»Ich bitte dich, Hannes. Hab ich das nötig, Versteck zu spielen? Ich bin doch nicht verheiratet.«
Ich entschuldigte mich für die dumme Frage, schüttete Kaffee ein und kam vorsichtig auf das Foto zu sprechen. Stefan stöhnte mir die Ohren voll. Wie schwierig es gewesen sei, weil er vorm Laden nicht parken konnte. Wie er

auf der anderen Straßenseite hinter einem Baum gelauert und ein Rentner mit Hund ihn in ein Fachgespräch über Fotoausrüstung verwickelt habe. Daß ihm die Frau deshalb fast durch die Lappen gegangen wäre . . . »Wenn ich nicht im letzten Augenblick die Kamera hochgerissen hätte.«
Er kramte in seinem chinesischen Billigköfferchen und legte mir zwei Fotos auf den Tisch. »Siehst du, sie ist schon fast am Wagen.«
Von Corinna war wirklich nur der Oberkörper zu sehen. Den Rest verdeckte der Mini. Sie hatte es offenbar eilig gehabt, war in der Bewegung. Sie guckte voll aus dem Foto, genau auf mich. Natürlich auch auf jeden anderen, der es sich ansah, aber mir tat es weh.
»Hat sie was gemerkt?« fragte ich.
Stefan schüttelte den Kopf.
Ich ließ ihn seinen Kaffee in Ruhe austrinken und fragte dann, ob er noch eine halbe Stunde Zeit hätte. Er quengelte zuerst, gab es aber nach einer Weile auf. Wir fuhren zu Risses Mutter.

Die Frau erkannte mich nicht sofort. Sie stand genauso vorsichtig hinter der Tür wie beim erstenmal. Ich setzte mein Sonntagsgesicht auf, sagte, ich wüßte Neues über den Tod ihres Sohnes.
Sie beäugte uns mißtrauisch, besonders Stefan. »Wer ist der junge Mann?«, fragte sie mich.
Ich sagte: »Ein Kollege.« Daß er Fotograf war, verschwieg ich zunächst. Hilde Risse zögerte. Hinter ihrer Kräuselstirn befehdeten sich Neugier und Furcht. Die Neugier siegte.
Die Frau hakte die Kette aus und ließ uns in ihr Flürchen. Weiter nicht. Wir standen wie in der Straßenbahn, samstags nachmittags um halb sechs, nach einem Heimspiel des VfL gegen Schalke.
»Was wissen Sie über Ingo?«, fragte Frau Risse. Sie war der Kontrolleur und wollte die Fahrtausweise sehen.

Ich erzählte ihr von Beta und daß ich glaubte, den *Don* gefunden zu haben. Es war reichlich wenig, was ich wußte, fiel mir auf.
»Sie haben mir erzählt, Ingo hätte Ihnen den *Don* mal in der Stadt gezeigt. Würden Sie ihn wiedererkennen?«
»Ich weiß nicht«, sagte sie und blieb auch dabei, als ich ihr das Heimbrink-Foto vor die dicke Brille hielt. »Iss ja schon Jahre her.«
»Schauen Sie sich's nochmal in Ruhe an.«
Sie tat, was ich wollte, ging in die Küche und setzte sich an die Chrom-Plastik-Eckbank. Wir klemmten uns dazu.
Frau Risse brütete über dem Foto. »Er könnt es sein«, sagte sie, aber sicher war sie sich nicht.
»Sagt Ihnen der Name Karl Heimbrink etwas?«
Sie schüttelte den Kopf. Ich packte sein Bild wieder ein.
»Ich hab hier noch ein Foto, Frau Risse.« Mehr sagte ich nicht. Ich legte Stefans Abschuß von Corinna auf den Resopaltisch und schwieg. Hilde Risse warf einen Blick auf das Bild, stutzte, sah nochmal hin und fing an zu weinen. Leise und haltlos. Sie hörte gar nicht mehr auf.
Stefan rutschte neben mir in der Bank von einer Backe auf die andere. Er fummelte an seinem Köfferchen herum, ließ die Schlösser auf- und zuschnappen, bis ich ihn in die Seite stieß. Als er Ruhe gab, fing der Wellensittich an. Er brabbelte Undefinierbares und ging, als ihm niemand antwortete, zu einem giftigen Kreischen über.
Risses Mutter schluckte. »Is ja gut, Hansi«, sagte sie und schneuzte. Hansi hielt den Schnabel.
»Sie kennen die Frau«, sagte ich leise. Irgendwie mußte ich ja anfangen.
Hilde Risse nickte. »Ingos Freundin.«
Sie nahm das Foto in die Hand und betrachtete es genau.
»Das war ein richtig nettes Mädchen«, sagte sie.
Ich nickte.
»Wie haben Sie Püppi gefunden?«
»Durch Zufall«, sagte ich. »Sie hat einen Buchladen in Dortmund.«

»Sehen Sie sie nochmal?«
»Bestimmt.«
»Dann bestellen Sie ihr mal ein' schönen Gruß von Frau Risse.«
Ich sagte, das würde ich tun.
Hilde Risse sah mich bekümmert an. Sie war nicht beim Friseur gewesen, seit ich sie das erstemal besucht hatte. Der graue Haarstreifen war breiter geworden.
»Warum rührn Sie das eigentlich alles wieder auf?«, fragte sie.
»Es ist mein Beruf«, sagte ich.
»Aber Sie sind doch kein Polizist.«
»Ich bin Reporter.«
»Und Sie wollen das wirklich in die Zeitung setzen mit unserm Ingo?«
»Sicher.« Es kam mir schäbig vor, der alten Frau die Hucke voll zu lügen. Außerdem wollte ich noch was von ihr.
Frau Risse fand das gar nicht gut. »Davon wird der Junge auch nicht mehr lebendig«, jammerte sie.
»Vielleicht lassen andere die Finger davon, wenn sie lesen, was Ingo passiert ist.«
Mutter Risse schniefte. »Meinen Sie wirklich?«
Ich brummte etwas, das sich nach Zustimmung anhören konnte. Lügen wollte ich ja nicht.
»Ich hab noch eine Bitte«, sagte ich. »Mein Kollege ist Fotograf. Er möchte gern ein Bild von Ingos Zimmer machen.«
Hilde Risse sträubte sich. Sie wollte nicht, daß die Leute mit Fingern auf sie zeigten. Mit Stefans Hilfe kriegte ich sie aber rum. Sie führte uns auf den Dachboden und ließ ihn arbeiten.
Ab und zu bat Stefan sie, ihr ein Stück aus dem Gruselkabinett zu zeigen und löste dann aus.
»Bin ich da jetzt mit drauf?«, fragte die Frau ängstlich.
»Nur der Totenkopf, Frau Risse«, sagte Stefan, die Ratte.

16

Sonntags morgens um vier ist die B 1 noch in Ordnung. Die letzten Disco-Freaks verteilen sich auf die zahllosen Abfahrten, die ersten Ausflügler kann man an den Fingern einer Hand abzählen, und alle LKW-Fahrer liegen zu Hause bei Mutti und träumen, sie wäre Samantha Fox.
Ich brauchte eine Viertelstunde bis zu den Kasernen der Engländer im Dortmunder Osten und nochmal fünf Minuten, um das Revier zu vergessen.
Das Land lag platt und schwarz. Die Sterne genossen die Sommerpause hinter dicken Wolken und überließen den Lichtern von Unna ihren Job. Unzuverlässig, wie Aushilfskräfte nun mal sind, verschwanden sie kurz nach dem Auftauchen wieder.
Ich schaltete das Fernlicht ein. Es fräste eine Schneise in die Nacht und ließ die weiße Schrift der Hinweisschilder funkeln. Als die vor fünftausend Metern versprochene Raststätte am Werler Kreuz auftauchte, nahm ich den Ziegelstein vom Gas und fuhr raus.
Ich parkte den Kadett so auffällig wie möglich, holte mir einen Schnellkaffee vom Automat und trank ihn am Wagen. Wenigstens heiß war die Brühe.
Corinna kam um zehn vor fünf. Sie stieß mit dem Mini in die Lücke zwischen zwei holländischen Wohnwagen und hupte. Ich schüttete den Rest Kaffee in die Büsche, schloß den Kadett ab und faltete mich in den Mini. Das heisere Geschrei der Holländer kriegte ich nur am Rande mit. Corinna küßte mich und zischte ab.
Wir redeten wenig während der Fahrt. Corinna peitschte den Wagen mit hundertsiebzig über die Bahn. Es war mühsam, gegen den Motor anzubrüllen.
Mir kam das gelegen. Seit ich mit Risses Mutter gesprochen hatte, war mir nicht wohl bei dem Gedanken an ein Gespräch mit Corinna. Ich beschlich das Telefon wie Winnetou das Lager der Komantschen, ehe ich sie anrief, und war froh, daß sie mich kaum zu Wort kommen ließ. Sie war

in Samstagnachmittagstimmung gewesen, begeistert von den morgendlichen Umsätzen und ganz wild darauf, den Sonntag nicht zu verpennen. Um fünf wollte sie sich mit mir an der Autobahn treffen. Ich hatte ja gesagt.
Auf der Landstraße hinter Paderborn zeigte Corinna auf den Streifen Licht vor uns am Horizont. »In siebenundvierzig Minuten geht die Sonne auf.«
»Wenn's nicht regnet«, sagte ich.
Die Straße buckelte über immer größere Hügel und quälte sich schließlich eine endlose Steigung hinauf in den Teutoburger Wald. Corinna schnitt die Kurven auf der Ideallinie, lachte, wenn ich mich mit beiden Händen festhielt.
Wir erreichten einen Ort namens Horn und bogen von der Hauptstraße ab. Corinna fuhr auch auf dem Waldweg zügig. Erst als eine rotweiße Schranke vor uns auftauchte, stieg sie in die Bremsen. Sie knöpfte mir ein Markstück ab und verfütterte es an den Automat. Die Schranke wippte hoch. Wir parkten kurz dahinter.
»Eins mußt du mir versprechen«, sagte Corinna und sah mich so an, daß ich ihr alles versprochen hätte. »Wenn ich oben bin, läßt du mich in Ruhe.«
Ich wußte zwar nicht, wo oben war, aber ich versprach's. Ich kletterte aus dem Mini und folgte ihr auf dem Fuße.
Vom Morgengrauen war unten im Wald noch nichts zu merken und das Knirschen unserer Sohlen auf dem Splittweg das einzige Geräusch weit und breit. Ich griff mir Corinnas Hand und ließ mich führen.
Nach fünf Minuten erreichten wir den Waldrand. Nebel schlug uns entgegen und weichte alles auf: die Büsche am Weg, die sanft ansteigende Wiese und die Felsen vor uns.
»Wir sind da«, raunte Corinna und drückte meine Hand ein bißchen fester. Sie zeigte auf die Felsengruppe und zog mich hin.
Vier steinerne Türme, breit und behäbig die äußeren, schlank und spitz die beiden in der Mitte.
Es waren die Externsteine. Ich kannte sie aus meinem Heimatkundebuch. Die Eiszeit hat ihr Umfeld wegge-

schabt und nur die vierzig Meter hohen Felsen übrig gelassen. Wild zerklüftet stehen sie seitdem in der Gegend rum und machen die Leute verrückt.
Wir kamen an ein Kassenhäuschen am Fuß der mittleren Felsen. Die Uhr zeigte 5 : 37 : 41. Es war kein Schwein da.
»Wir klettern übers Tor«, entschied Corinna und war schneller drinnen als ich gucken konnte. Ich hopste hinterher und mühte mich, ihr Tempo beim Treppensteigen mitzugehen. Sie stapfte die in den Stein gehauenen Stufen ohne Atempause hoch, zeigte im Vorbeigehen auf eingemeißelte Jahreszahlen und Inschriften. Die älteste stammte aus dem Jahre 1600. Die Treppe schnitt sich tiefer in den Felsen, je höher wir stiegen, und mündete schließlich in einen schlauchigen Gang.
Ich malte mir aus, wie es dort bei Gegenverkehr zuginge, kam aber nicht weit. Corinna hatte die Plattform auf der Felsspitze erreicht und wartete vor einem Steg, der rüber zum nächsten Felsen führte. Holzbohlen lagen auf gußeisernen Trägern. Das Geländer reichte mir knapp übers Knie. Zu allem Überfluß wölbte sich die Brücke auch noch. Ich warf einen Blick in den Abgrund darunter und machte, daß ich rüber kam.
Drüben, das war ein viereckiger Raum im Felsen, nach drei Seiten geschlossen. Es fehlte nur das Dach und eine Seitenwand. Corinna ging auf die Nische in der Stirnwand der Kammer zu. Sie stellte sich vor den aus dem Fels gehöhlten, mannshohen Rundbogen und legte einen Dolch auf das Tischchen, das die germanischen Steinmetze beim Behauen ausgespart hatten.
»Der Opfertisch«, flüsterte sie und kletterte in die Nische. Es gab ein kreisrundes, nach innen abgeschrägtes Loch in der Felswand über dem Altar. Es zeigte nach Nordosten. Dahin, wo in einer Viertelstunde die Sonne aufgehen mußte.
»Zur Sommersonnwende strahlt die aufgehende Sonne haargenau in diesen Raum«, sagte Corinna leise und gläu-

big. »Die Germanen haben hier oben dann die Sonne angebetet.«
»Die Nazis auch«, sagte ich.
Wenn Blicke töten könnten, hätte ich die nächsten Sekunden nicht überlebt. Corinnas Mund kniff einen schmalen Strich in ihr Gesicht. »Raus hier«, giftete sie und bewegte die Hände, als ob sie Hühner scheuchen wollte.
Ich zog mich über die Brücke zurück, stieg die Treppen hinunter und beschnüffelte den äußeren rechten Felsen. Hinter drei vergitterten Eingängen lag eine Grotte im Dämmerlicht. Ein Relief mit der Kreuzabnahme Christi zierte die Außenwand. Ich ließ es rechts liegen und folgte dem Zick-Zack der Treppe auf die Aussichtsplattform.
Von oben konnte man weit übers Land blicken, aber außer Wald war nichts zu sehen. Mich interessierte viel mehr, was Corinna auf dem Nachbarfelsen trieb. Trotz des Fensters auf der mir zugewandten Seite ihrer Kapelle sah ich sie nicht. Sie hockte bestimmt in der Altarnische oder kurz davor. Ich hörte sie singen. Laut und eintönig. »Sonne, Bruder, Lebensspender, komm hervor und schein auf mich.« Immer wieder diesen einen Vers.
Aber Bruder Sonne nahm sich nichts davon an. Er steckte hinter dicken Wolken, die von Westen aufgezogen waren, und ließ sich nicht blicken.
Um halb sieben gab Corinna auf. Das Geleier verstummte und kurz darauf sah ich sie auf dem Weg nach unten. Sie saß auf den Steinen, die den Vorplatz des Heiligtums einfassen. Als ich unten ankam, hatte sie sich die Pulloverärmel über die Hände gezogen.
»War wohl nix«, sagte ich und setzte mich daneben.
Corinna steckte sich eine Zigarette an und betrachtete mich böse. »Du hast mich irritiert«, meinte sie und blies mir den Qualm ins Gesicht. »Mit deinen Scheiß-Nazis.«
»Und deshalb ist die Sonne nicht gekommen?«
»Ich konnte mich überhaupt nicht auf das Ritual konzentrieren, mußte immer an dich und deine Nazis denken.«
Ich sagte, es wären nicht meine Nazis.

»Meine etwa?«, keifte Corinna.
Ich hielt den Mund. Es fiel mir schwer, aber es gelang.
»Sag's schon«, giftete Corinna. »Schmeiß ruhig alles in einen Topf!«
Ich schnaufte. »Das mit den Nazis ist nicht mein Problem«, sagte ich. »Daß die denselben Germanenkult abziehen wie du, damit mußt du fertig werden. Mich irritiert was ganz anderes. Ich frag mich, wie eine junge Frau am Ende des zwanzigstes Jahrhunderts auf die Idee verfallen kann, die Wolkendecke ließe sich durch Gesänge aufreißen.«
Das saß. Corinnas Gesicht lief rot an. Ihre Augen wurden starr.
»Ihr Scheiß-Männer mit eurer Vernunft«, schrie sie und stampfte mit dem Fuß. »Guck dir doch an, wo wir hingekommen sind mit eurer Logik am Ende des zwanzigsten Jahrhunderts.«
Dann kamen die gängigen Beispiele aus dem Endzeitalphabet. Von A wie Abgase bis Z wie Zahnfleischschwund.
Aus lauter Gewohnheit hielt ich mit Systemkritik dagegen.
»Und was ist mit Tschernobyl?«, höhnte Corinna.
Ich hatte nicht vor, in eine politische Diskussion auszubrechen, und sagte ihr das auch.
»Typisch Mann«, sagte sie und schnaufte. »Wenn's brenzlig wird, zieht ihr den Schwanz ein.«
Das tat weh. Ich bin zwanzig Jahre lang keinem Streit aus dem Wege gegangen, wenn er politisch war. Daß ich heute nicht mehr wild drauf bin, hat mit manchem zu tun, nur nicht mit Feigheit.
»Ich soll dir einen schönen Gruß bestellen«, konterte ich wie ein angeschlagener Boxer und behielt Corinna genau im Auge.
Sie zog die Augenbrauen hoch und legte die Stirn in Falten.
»Von wem?«, fragte sie. Ein lauernder Ton schwang in ihrer Stimme. Sie straffte ihren Körper von oben bis unten.
»Von Ingo Risses Mutter. Sie hält immer noch große Stücke auf dich.«
Corinna schwieg. Sie hatte genug damit zu tun, ihren Kopf

am Platzen zu hindern. Von einer Sekunde zur anderen war er tomatenrot geworden, und zwar von Ohr zu Ohr. Sie nestelte an ihrer Umhängetasche herum, scharrte mit den Füßen im Splitt.
»Schnüffler!« Sie spuckte das Wort aus wie eine faule Frucht.
»Falls du mich weiter beschimpfen willst – ich kenn noch ein paar Wörter für so einen wie mich. Zeilenschinder, Zeitungsschmierer, Schmock.«
Corinna sah mich aus den Augenwinkeln an. »Seit wann weißt du es?«
»Seit gestern.«
»Lüg nicht. Du hast es die ganze Zeit gewußt. Du hast dich nur deshalb an mich rangemacht«, zischte sie.
Ich sagte: »Wenn du meinst.« Es war sinnlos, ihr mit der Wahrheit zu kommen. Ich hätte sie auch nicht geglaubt.
»Jetzt mach mir nicht noch den unverstandenen Liebhaber«, drohte sie. »Sei wenigstens einmal ehrlich zu mir.«
Das ging mir ein bißchen weit. Ich sprang auf die Füße und baute mich vor ihr auf. »Hör mal gut zu, Alostrael«, sagte ich, viel lauter als nötig. »Wer hier wen belügt. Ich hab dich mehr als einmal gefragt, ob du was über Satanismus weißt. Ich hab dich ganz konkret gefragt, ob du die Leute kennst, die im Ruhrgebiet eine Grotte der Satanskirche aufmachen wollten. Und was hast du geantwortet? *Ich hab das Geschäft noch nicht solange.* Streng nach dem Motto: Die Wahrheit ist ein kostbares Gut. Man muß sparsam mit ihr umgehen.«
Corinna stand jetzt auch auf. Sie war nicht viel kleiner als ich. Unsere Blicke krallten sich ineinander.
»Was willst du eigentlich von mir?«, brüllte sie zurück.
»Ich will wissen, was los war im *Club Amor sub voluntate.* Ich will wissen, wieso Ingo Risse untertauchte, und ich will vor allem wissen, warum er starb.«
»Das geht dich einen Dreck an!«
Sie drehte sich auf dem Absatz um und rannte weg. Klomm über das Tor, blieb mit der Tasche hängen, riß den Bügel

ab, und rannte weiter. Ich sah ihr nach und ging langsam hinterher.
Erst als ich den Mini aufheulen hörte, rannte ich auch. Aber da war es zu spät. Der Wagen passierte die automatische Schranke an der Ausfahrt und ließ mich allein auf dem leeren Parkplatz. Meine Uhr zeigte 6 : 58 : 07.

17

Um 13 : 32 : 48 verließ ich den Parkplatz. Ich saß in einem Reisebus aus Dortmund, dessen Fahrer mich für einen Zehner auf den Notsitz verfrachtet hatte, nachdem keiner der Privatleute, die ich ansprach, mich mit dem Auto zurück ins Ruhrgebiet nehmen wollte.
Die restlichen dreiundfünfzig Insassen des Busses waren Witwen auf Kaffeefahrt. Nach den Externsteinen stand ein Besuch des Hermannsdenkmals auf ihrem Programm und danach eine Verkaufsveranstaltung für Rheumadecken. So wie ich mich fühlte, hätte ich fast eine gekauft. Gut, daß ich keine achthundert Mark dabei hatte.
Auf dem Rückweg ließ ich mich an der Raststätte *Haarstrang* absetzen und riskierte mein junges Leben beim Überqueren der Autobahn mitten im sonntäglichen Ausflugsverkehr. Dann hatte mein Kadett mich wieder. Er brachte mich nach Hause. Wohin sonst.
Sascha empfing mich in der Küchentür. »Wo warst du denn den ganzen Tag?«, fragte er wütend. »Ich sitz hier rum und warte auf Essen.«
Das war der Funke, der meiner explosiven Stimmung noch fehlte. Ich randalierte, nannte ihn einen faulen Sack, asozial bis auf die Knochen. »Nächtelang ist der junge Herr unterwegs, ohne einen Ton zu sagen. Aber wenn er mir die Gnade seiner späten Erscheinung gibt, hat das Essen auf dem Tisch zu stehen.«
Ich packte ihn im Genick, führte ihn vor die Bratpfanne und zeigte ihm das Kaninchen. »Reicht das?«

Sascha sagte, kalt und nackt schmecke ihm das Tier nicht. Ich ließ von ihm ab, um besser ausholen zu können, und knallte ihm eine. Es war die erste nach Jahren und Sascha war so perplex, daß er das Zurückschlagen vergaß. Kopfschüttelnd verschwand er in seinem Zimmer.
Ich hatte auch keine Lust auf Kaninchen. Mir war noch schlecht von der ranzigen Buttercremetorte, die sie in dem Ausflugslokal an die Omas und mich verfüttert hatten.
Ich ging in mein Zimmer, klemmte meinen Brummschädel zwischen den Kopfhörer und überließ ihn Robert Zimmermann. *I once held her in my arms. She said, she would always stay. But I was cruel, I treated her like a fool. I threw it all away,* schmalzte er zehnmal hintereinander. Dann war mir besser.
Ich hockte mich an meinen Schreibtisch und versuchte, Ordnung in meinen Kopf zu bringen. Es war nicht einfach, aber mit einiger Geduld ging's. Ich klamüserte die beiden Packenden, die noch übrig geblieben waren, aus dem Knäuel. Karl Heimbrink hieß das eine, das andere Amor s. v.
Ich rief Inge Mahlendorf an, fragte, ob sie es sich inzwischen überlegt hätte. Inge wußte nicht so recht. Ich merkte, daß sie neugierig geworden war und im Grunde darauf wartete, überredet zu werden.
»Am besten, ich komm mal eben bei dir längs und wir reden in Ruhe drüber«, sagte ich.
Eine halbe Stunde später gurkte ich durch das Dorf auf der Suche nach einem Parkplatz. Ausflügler schlenderten herum, blieben an jeder Ecke stehen und bestaunten das Ruhrtal. Ich verscheuchte sie mit der Hupe.
Inge empfing mich in einem giftgrünen Jogginganzug, der sich nicht nur an den Knien mächtig beulte. Sie war höchstens 1,70 und brachte es auf ein Kampfgewicht von siebzig Kilo. Die blonden Fusel hatte sie sich zu einem Schwänzchen oben rechts auf dem Kopf zusammen gebunden. Inge kam mir vor wie eine weiße Negermammy.
Sie küßte mich warm und feucht, links und rechts, und stieg

die schmale Treppe rauf. Mit einigem Sicherheitsabstand folgte ich ihr unters Dach.
Inges Haus eignete sich hervorragend für meine Zwecke. Man konnte die Gäste unten in Empfang nehmen und dann nach oben führen und interviewen. Es gab genug Platz für zehn Personen im Dachgeschoß. Inge hatte die Zwischenwände herausgenommen und nur die Eichenbalken stehen lassen. Drei kleine Fenster spendeten spärliches Licht. Der Raum ließ sich mit wenigen Handgriffen in eine Ia-Teufelsgrotte verwandeln. Ich mußte es nur noch seiner Besitzerin begreiflich machen.
Inge entlockte mir häppchenweise die ganze Geschichte. Es ist furchtbar, Journalisten in die Finger zu fallen.
Als sie alles wußte, schabte sie sich zufrieden den Bauch. »Schreiber, du bist eine Sau«, sagte sie und sah mich wohlwollend an. »Bei dir bleib ich.«
»Heißt das, ich kann die Bude haben?«
»Unter einer Bedingung.«
Ich fragte, welche.
Inge verzog ihren Kirschmund zu einem Lächeln. »Ich will dabeisein, Hannes.«
Solange ich an dieser Geschichte arbeitete, kam ich aus dem Staunen nicht mehr raus. Ich brauchte bloß das Wort Schwarze Messe zu erwähnen, schon wurden die Leute fickerig. Die meisten sofort, manche mit Verspätung.
»Wie stellst du dir denn deine Rolle vor?«
»Du hast doch gesagt, es gäb dabei eine Hohepriesterin. Die mime ich.«
Ich stellte mir Inge in einer langen, wallenden Kutte vor und war sofort begeistert. »Wir starten Freitagnacht um elf. Ich komm ein paar Stunden früher und bring alles, was wir brauchen, mit.«
Inge wollte mich unbedingt dabehalten. »Du mußt mir noch erklären, was ich machen soll«, meinte sie.
Ich ahnte Schreckliches und redete mich mit den Einladungen für den nächsten Freitag raus.
»Feigling«, fluchte sie.

»Da muß was dran sein«, sagte ich, »du bist heute schon die zweite, die mich so nennt«, und ging.
Zu Hause machte ich mich wirklich an den Einladungstext. Ich dichtete Anzügliches über die Sexualmagie im Club Amor sub voluntate und pries die neue Grotte im Nobeldorf Stiepel. Wer jetzt nicht kam, war selbst schuld.
Nachdem auch die Couverts beschriftet waren, fiel ich doch noch über das Kaninchen her. Ich aß die Vorderläufe und ein Stück vom Rücken. Rosé hätte gut dazu gepaßt. Aber Pils tat's auch.

Atze Lauer zählte Geld, als ich reinkam. Er saß in einem weinrot-waldmeistergrün-marineblau längsgestreiften Bademantel an einem meterlangen Konferenztisch und sortierte Scheine. Rechts von ihm lag ein halber Zentner gebrauchter Lappen auf der Glasplatte und links stapelten sich Zehner, Zwanziger, Fünfziger, Hunderter und ein paar Fünfhunderter. Dazwischen fingerte Atze, schnell wie ein Bankbeamter. Er hatte eine ziemliche Glatze gekriegt in den letzen Jahren, und daß er den strähnigen Haarkranz drumherum bis auf die Schultern wachsen ließ, machte es auch nicht besser.
Atze sah nicht mal auf, als ich mich auf die andere Seite des Tisches setzte. Seine zugewachsenen Äuglein hingen an den Scheinen und sonst nirgends.
»Soll ich helfen, Onkel Dagobert?«, fragte ich.
Lauer schüttelte den Kopf. Seine Hängebacken vibrierten noch eine Weile nach.
». . . achtundvierzig, neunundvierzig, fünfzig«, zählte er und legte einen Stapel Zwanziger zu den anderen. »Ich zähl die Einnahmen aus Prinzip alleine. Dann weiß ich, wofür ich maloch.«
Wenigstens Atzes Stimme klang noch so schön rauh wie früher, als er in Bochums erster und einziger APO-Kneipe den Blues gesungen hatte. Die Kneipe hieß *Club Liberty* und gehörte ihm zur Hälfte. Alles was jung und links war, verkehrte dort. Ich auch. Aber das liegt zwanzig Jahre

zurück. Von den *Club*-Leuten ist heute keiner mehr jung. Und links? Christoph Zöpel, mit dem ich bei den Straßenbahndemonstrationen auf den Schienen gesessen habe, ist Verkehrsminister und Atze Lauer der Kneipenkönig der Bochumer City.
»Hör doch mal einen Moment auf zu raffen, du Hippie mit Halbglatze«, sagte ich, als Atze das nächste Päckchen Hunderter fertig hatte. »Ich muß mit dir reden.«
Lauer sah mich mitleidig an. »Schreiber, du lernst es nie. Ich muß hart arbeiten für mein Geld. Ich kann mich nicht hinsetzen und stundenlang plauschen. *The times, they are a changing.«*
Sprach's und wühlte weiter in dem Haufen Geld, den die Leute am Wochenende in seinen Lokalen auf den Kopf gehauen hatten.
»Ich muß mit dir über Karl Heimbrink reden, Atze.«
Lauer antwortete nicht. Er hatte gerade genug Fünfziger für ein neues Päckchen beisammen und fing an zu zählen. »Einszwodreivierfünfsechssiebenachtneun . . .«
Weiter kam er nicht. Ich nahm zwei Hundert-Stapel und mengte sie in aller Ruhe unter die unsortierten Scheine.
»Schade, daß ich nicht rauche«, sagte ich, »sonst hätte ich mir jetzt eine mit 'nem Hunderter angesteckt.«
»Du doch nicht, Hannes. Was soll denn die Arbeiterklasse von dir denken?«
Er wollte schon wieder anfangen zu zählen, als ich einen schönen, sauberen, neuen, blauen Schein aus dem Haufen zog und in den Mund steckte. Ich speichelte ihn gehörig ein, zermürbte ihn zwischen den Backenzähnen und schluckte ihn in zwei Partien. Es schmeckte halb so schlimm, wie es sich anhörte.
Atze raffte gar nichts mehr. Er sprang auf und rannte durch die Wohnhalle wie angestochen. »Frißt der mein Geld«, murmelte er in einer Tour. »Hannes Schreiber frißt mein Geld.«
Nach zwei Ehrenrunden kam er auf mich zu. Die nackten Füße platschten auf den italienischen Tonfliesen. Sein auf-

gedunsenes Gesicht war weiß wie die Einrichtung seiner In-Kneipen.
»Ist dir denn gar nichts heilig, Schreiber?«, fragte er tonlos.
Ich sagte nein.
Lauer sagte nichts mehr. Er fummelte in den Taschen seines Bademantels herum, fand in der rechten ein Tütchen, schüttete sich eine Linie Weißes in die Vertiefung zwischen Daumen und Zeigefinger und ging mit der Nase drüber.
Ich sagte: »Danke.«
»Tu doch nicht so«, giftete Atze, »das einzige, was du je geschnupft hast, ist *Pöschls Gletscher Prise,* die Dose für dreifuffzig. Das ist wenigstens proletarisch.«
Ich mußte lachen, weil es stimmte.
Lauer ließ sich in den chromledernen Freischwinger am Kamin fallen und wippte wie ein Flummi. »Was kommst du denn auf Karl Heimbrink?« fragte er.
»Der Wind hat mir ein Lied erzählt, Atze.«
Atze stierte in die leere Feuerstelle. »Ich brauch den Mann«, sagte er. »Ich bin auf den angewiesen.«
»Warum?«
»Warum«, äffte er mich nach. »Warum ist ein Großkneipier auf den Gaststättenfritzen vom Ordnungsamt angewiesen? Sag mal, Schreiber, war ich eigentlich bei der Stadt oder du?«
Ich schob den Stapel Zehner auf der Tischplatte hin und her wie eine Spielzeugeisenbahn. »Ich«, sagte ich und koppelte einen Waggon Fünfziger an meine Lok. »Aber ich war nicht beim Ordnungsamt.«
Atze hüpfte aus dem Sessel und setzte sich wieder zu mir an den Tisch. Er sah zu, wie ich mit seinem Geld rangierte.
»Heimbrink ist das korrupteste Schwein, das ich kenne«, sagte er und nahm mir die Lok weg. »Ohne Tip läuft nichts bei dem. Und mit Peanuts brauchst du ihm erst gar nicht zu kommen, wenn du was Neues aufmachen willst.

Mein Gott, was hat mich der Mann schon für ein Geld gekostet!« Lauer fuhr sich mit den Händen in seinen fleischigen Nacken. Er stöhnte.
»Warum läßt du es nicht mal drauf ankommen, Atze? Wenn du deinen Kram zusammenhast, kann er dir doch nichts.«
Atze wollte sich schier ausschütten vor Lachen. »Du bist wirklich gut, Schreiber, ehrlich«, höhnte er und koppelte auch noch den Anhänger ab. »Die finden immer ein Haar in der Suppe, wenn sie wollen. Die machen dir das Leben zur Hölle. Die brummen dir soviel Auflagen in den Bescheid, daß du lieber 'ne Eisdiele in Alaska aufmachen würdest als 'ne Kneipe in Bochum.«
»Was gibst du mir, wenn ich ihn dir vom Hals schaffe?«
Atzes Gesichtsausdruck veränderte sich von einer Sekunde zur anderen. Es bekam einen lauernden Zug. »Was weißt du über ihn?«, fragte er kühl.
»Daß er der Chef der Bochumer Teufelsloge ist.«
Lauer hopste auf die Füße. »Wie?«, schrie er, »so richtig mit Schwarze Messe und alles bumst durcheinander?«
»So ähnlich«, sagte ich.
»Geil«, brüllte Atze. »Affentittengeil.«
Er nahm seine Wanderung durch die Wohnlandschaft wieder auf, kreiste um die Polstergruppe, als ob er mit einem Bein drangebunden wäre. »Das ist großartig«, zischte er, hielt an und zog sich noch eine Linie rein.
»Willst du wirklich was?« Er wedelte mit dem Tütchen.
»Wer fragt, gibt nicht gerne«, sagte ich.
Atze kam angewatschelt und nahm meine Hand. Er rieselte einen weißen Strich drauf und sagte: »Das will ich sehen.«
Ich zeigte es ihm. Der Stoff kitzelte ein bißchen in der Nase, kein Vergleich mit *Gletscherprise.* Ich mußte nicht mal nießen.
»Heimbrink ist nicht nur korrupt«, fing Lauer wieder an, als das Spektakel vorüber war. »Der hat auch seine Spezis.«

»Wen?«
»Die Jungs, die sonst nirgendwo mehr ’ne Konzession kriegen würden. Du mußt einen guten Leumund haben, wenn du ’ne Kneipe aufmachen willst. So wie ich: Abitur, erfolgreich abgebrochenes Jurastudium, keine Vorstrafen, zahl pünktlich meine Steuern.«
»Du bist richtig staatstragend, Atze. Mit einem anderen Kopf könntest du glatt Bürgermeister werden.«
»Da brauch ich kein’ andern Kopf zu«, behauptete er.
Ich dachte an den Amtsinhaber und gab ihm recht.
Lauer setzte sich zurück an seinen Platz zwischen den Scheinen. Er hatte Mühe, sich vom Zählen abzuhalten. Seine Wurstfinger spielten mit dem Gürtel des Bademantels. Die Augen taxierten den Wert der Häufchen.
»Kennst du eigentlich Ralle?«, fragte er unvermittelt.
Ich hatte den Namen schon mal gehört. Ralle galt als der King der Gußstahlstraße, des Bochumer Bordellviertels.
»Das ist Heimbrinks Spezi.«
»So?«, sagte ich.
»Glaubst du nicht?«
»Erzählt wird eine Menge. Du glaubst gar nicht, was mir die Leute alles stecken. Die heißesten Stories. Und wenn ich anfange zu recherchieren, stimmt nicht mal die Hälfte. Beim Glauben bin ich vorsichtig geworden, Atze. Was ich brauch, sind Fakten.«
»Die kannst du haben«, brüllte Lauer. »Ich will seit Jahren eine Disco im Dreieck aufmachen. Mit Laser-Show und allem Pipapo. Wird mir aber immer wieder abgelehnt. *Das ist nichts für die Innenstadt, Herr Lauer.* Und warum? Weil die einzige Disco in der City Ralle gehört. Übern Strohmann natürlich.«
»Markthalle?« fragte ich.
Atze nickte. »Dafür darf der alte Bock in Ralles Privatpuff für Lau ficken, wenn er’s noch schafft.«
Ich erzählte Lauer von meinen Beobachtungen in der *Markthalle.* Er lachte knarrend. »Schreiber, du bist ein Herzchen. Hast du noch nie was von Frischfleisch gehört?«

Nein, sagte ich, hätte ich nicht.
»Die Kellner tun da neue Hühner für Ralles Stall auf. Kriegen paar Wochen Liebe, und danach das, was sich auf Liebe reimt.«
Ich hätte bisher immer einen weiten Bogen um diese Szene gemacht, sagte ich Atze.
»Und wie kommst du dann in die *Markthalle?«*
»Da hat einer gearbeitet, der mich interessiert. Ingo Risse hieß er, bevor er letztes Jahr ein bißchen plötzlich starb.«
Lauer stand wieder auf. Langsam machte er mich närrisch mit seiner Rumrennerei. »Den Namen hab ich schon gehört«, sagte er. »Muß irgend ein kleines Licht in der Szene gewesen sein.«
»Bist du sicher?«
Atze lächelte mitleidig. »Wer in der *Markthalle* arbeitet, gehört dazu. Das ganze Haus ist mit Heroinknete gebaut.«
»Und was sagen die Bullen dazu?«
Lauer schnaufte. Er setzte sich direkt neben mich. »Die Bullen«, sagte er, »die Bullen gehen in der *Markthalle* ein und aus. Aber als Gäste. Der beste Freund von dem Pächter ist sogar bei der Kripo. Die haben den mal ein halbes Jahr suspendiert, aber inzwischen ist er wohl wieder in Amt und Würden.«
Ich muß kein besonders intelligentes Gesicht gemacht haben, als ich das hörte. Atze hatte jedenfalls seinen Spaß daran, grinste, daß sich die schlappen Backen hoben. »Ich weiß gar nicht, was du hast«, tönte er, »paßt doch bestens in dein Weltbild.«
Zur Abwechslung stand ich einmal auf. »Atze«, sagte ich, »du darfst alles werden: alt, kahl und drogenabhängig. Aber nicht frech.« Und dann klopfte ich seine Behauptungen auf Beweisbarkeit ab. Eine nach der anderen. Atze kam ziemlich ins Schwitzen. Er nannte ein paar Namen, schrieb mir die Adresse von Ralles Wohnung und seinem Privatpuff auf, und das war's auch schon.

Das war montags gegen Mittag. Ich hatte vorher die Einladungen zur Hauptpost gebracht und mich bei meiner Mutter zum Kaffee eingeladen. Nachher lief ich wie aufgedreht durch die Stadt. Ich gab mein letztes Geld für einen Ballen violetter Viskose aus und schleppte ihn auf der Schulter zum Wagen. Der Stoff war schwer und unhandlich, aber ich fühlte mich kräftig, klug und gut. Ich war ein Junge aus Harlem und der Ballen mein *Ghettobluster. Ain't gonna play Sun City,* sang ich. War abwechselnd Bruce Springsteen, Run-DMC und Bob Dylan. Was kümmerte mich, daß die Leute mich anstarrten wie einen vom Mars. Ich tänzelte durch die Kortumstraße, grüßte meinen alten Amtsleiter aus dem Rathaus mit einem fröhlichen »Hi, baby« und drehte in der Tiefgarage, wo es so schön hallt, noch mal richtig auf. *Na, na-a-na-a, na, ain't gonna play Sun City.*

Mit heruntergekurbelten Fenstern und aufgedrehtem Radio preschte ich nach Wattenscheid. Ich überhörte das Gejammer meiner Mutter wegen Sascha und aß eine halbe Platte ungedeckten Apfelkuchen. Auch die Kanne Kaffee schmeckte mir. Zum Schluß holte ich den Ballen Stoff aus dem Kofferraum und erklärte ihr, was ich wollte.

Ich wollte mit ein paar Kollegen ein Theaterstück aufführen und brauchte dazu zehn Kostüme. Auf dem ausgebauten Dachboden, wo ich als Junge gehaust hatte und der genauso unverändert dalag wie Ingo Risses Ritualraum, fand ich in den Tiefen eines Einbauschranks noch das Nikolauskostüm meines Vaters. Ich probierte es an. Paßte nicht schlecht. Ich gab es meiner Mutter als Schnittmuster, sagte ihr, sie könne die Taschen weglassen und legte mich dann im Garten in die Sonne.

Als ich wach wurde, war die Wirkung von Atzes Pulver weg und die erste Kutte zugeschnitten. Sie reichte mir nur bis zu den Knien, was nicht weiter schadete, weil die meisten Menschen kleiner sind als ich. Meine Mutter versprach, den Rest bis Freitag fertig zu nähen. Sie sah mir besorgt nach, als ich ins Auto stieg. Aber das macht sie immer.

18

Es war nicht gerade eine feine Adresse, die Atze mir genannt hatte. Ein stinknormales Appartmenthaus in der City, mit Geschäften im Parterre und quadratischen Fenstern in den Stockwerken darüber. Das einzig Besondere an dem Kasten war die Dachterrasse. Die sah nur, wer durch die Stadt lief wie Hans-Guck-in-die-Luft.

Von unten erkannte ich ein paar Nadelhölzer und eine Fahnenstange, an der ein schmutzig-weißer Lappen schlapp herunterhing. »Wenn die Fahne hochgezogen ist, ist Ralle zu Hause«, hatte Lauer gesagt.

Das Haus stand an einem kleinen Platz. Stefan und ich suchten nach einem Gebäude, von dem wir die Terrasse ungestört einsehen konnten. Wir entschieden uns für ein älteres Bürohaus schräg gegenüber. Es war noch ein Stock höher als der Ludenbunker und nach Feierabend hatten wir dort unsere Ruhe.

Wir warteten, bis jemand das Haus verließ und drängten dann hinein. In den unteren Etagen kamen uns zwei Männer mit Aktentaschen entgegen. Wir taten, als ob wir dazugehörten und gingen grüßend vorbei. Oben war nichts mehr los. Der fünfte Stock beherbergte die Zweigstelle einer Angestelltenkrankenkasse, deren Mitarbeiter unbezahlte Überstunden strikt ablehnten. Das Flurfenster zeigte nicht ganz in die gewünschte Richtung, aber als ich es öffnete, ging's. Stefan schraubte ein Tele, das er sich von einem Sportfotografen geliehen hatte, vor die Kamera. Das Ding war ellenlang und bleischwer. Er stützte es auf der Fensterbank ab, kniete sich auf den Boden und linste durch den Sucher.

»Fantastisch«, sagte er, »einfach fantastisch.«

Ich wollte auch mal, durfte aber noch nicht. Stefan fummelte ausgiebig am Objektiv herum, ehe er Platz machte. Ich ging in die Knie, klemmte mein Auge hinter den Sucher.

Das Tele wirkte Wunder. Ralles Penthouse lag ungefähr

fünf Schritte vor mir. Die Fensterfront blitzte in der Nachmittagssonne, ein weißer Holztisch mit sechs Sesseln wartete darauf, benutzt zu werden. NATO-Draht schirmte die Terrasse zum tieferliegenden Nachbarhaus ab.
»Keiner da«, flüsterte ich.
Stefan lachte durch die Nase. »Keine Panik«, frotzelte er, »das sind über dreißig Meter von hier aus. Du kannst ganz normal sprechen.«
»Da bin ich aber froh«, sagte ich und räumte den Platz hinterm Sucher.
Ich setzte mich neben das Tele auf die Fensterbank und behielt Ralles Heim im Auge. Falls sich was tat, konnte ich es auch so erkennen.
Doch es tat sich nichts. Die Dachterrasse lag verlassen in der Sonne. Nur die Fahne flatterte lustlos, als zwischendurch etwas Wind aufkam. Ich erkannte schwarz-weiß-rote Balken und das Eiserne Kreuz oben in der Ecke.
»Die Reichskriegsfahne«, sagte ich und gab nicht eher Ruhe, bis Stefan sie geknipst hatte.
»Was versprichst du dir eigentlich hier?«
Er kniete seit einer Dreiviertelstunde hinter der Kamera.
Ich sagte: »Fotos«, und freute mich an der Art, in der er die Augen verdrehte.
»Wenn die Jungs da drüben mit der Sache zu tun haben, müssen wir sie auch abbilden. Du kennst doch Christophs Spruch. *Wir sind eine Illustrierte, Hannes.*«
Stefan plumpste auf den Hintern und massierte seine Knie. Die Kamera balancierte allein auf der Fensterbank. »Haben sie denn mit der Satansgeschichte zu tun?« Er stöhnte beim Reden.
»Frag mich doch mal was Einfacheres.«
Einfacheres fiel Stefan nicht ein. Er rubbelte seine Knie, das war schwer genug. Als sie ihm wieder gehorchten, stand er auf. »Paß mal Moment auf die Kamera auf. Ich hol was aus dem Wagen.«
Ehe ich widersprechen konnte, war er weg. »Brauchst bloß auslösen«, rief er durchs Treppenhaus.

Ich kniete nieder und betete, daß keiner käme. Doch, wie der Teufel es wollte, die gläserne Tür wurde beiseitegeschoben und zwei Männer traten auf die Terrasse. Sie trugen Jogginganzüge, hellblau der eine und der andere kanariengelb. Ich sah ihre braungebrannten Gesichter im Sucher. Das Tele holte sie so nah ran, daß ich das Gold im breiten Mund des Kleineren blitzen sah. Seine viel zu blonden Haare hatte ein Friseur gelockt. Der Mann war vielleicht vierzig und paßte zu Atzes Beschreibung von Ralle.
Der Kanarienvogel neben ihm war höchstens halb so alt. Er bewegte sich gleitend wie ein Traumtänzer auf den Tisch zu und holte eine Holzkiste darunter vor. Er sagte irgendwas und winkte den anderen mit dem Arm. Der blonde Engel nickte und verschwand im Haus.
Natürlich hatte ich nicht ausgelöst. Das Tele wirkte so sehr wie ein Fernglas, daß man die Kamera dahinter vergaß.
Ich peilte den Jungen am Tisch an, schoß erst, und sah ihn mir dann genauer an. Er hatte schwarzes, kurzgeschnittenes, nasses Haar, eine Hakennase und kleine Ohren. Mehr sah ich nicht. Er saß und zeigte nur sein Profil.
Als ich mit ihm fertig war, hielt ich auf die Tür und wartete auf Blondi. Er tauchte nach fünf Minuten, die mir wie zwanzig vorkamen, im Rahmen auf. In der rechten Hand ein volles Glas, im linken Arm eine hochhackige Frau.
Klatsch, sagte der Auslöser, klatsch, klatsch, klatsch.
Die Frau war einen halben Kopf größer als er. Sie steckte in einem weißen *body-stocking,* dessen Straßbesatz in der Sonne glitzerte. Ihr Haar hatte sie zu einem schwarzen Schwanz zusammengebunden. Er wand sich um ihren Hals und zerfloß auf der Brust. Zu ihrem Gesicht ist nicht viel zu sagen. Die obere Hälfte verschwand hinter einer Sonnenbrille mit bierdeckelgroßen, grünen Gläsern. Die untere lächelte pausenlos.
Der Mann gab ihr einen Klaps auf den Hintern. Er hing halb im Freien. Damit er sich da draußen nicht so einsam fühlte, pellte die Frau das Oberteil des Kampfanzugs von ihrem Siliconbusen und rollte es auf die Hüften.

Ich ließ den Auslöser sprechen.
Die Frau stöckelte zur linken Seite der Veranda und goß sich auf die Polster einer Gartenliege. Blondi sah ihr hinterher und setzte sich dann zu dem Jungen an den Tisch. Sie fingen an, Backgammon zu spielen, als Stefan mit Stativ und Fotokoffer auftauchte.
»Du hast das Beste verpaßt«, sagte ich, »aber Kumpel, wie ich bin, hab ich es für dich im Bild festgehalten.«
Stefan brummte irgendwas mit »Currywurst von Dönninghaus« und nahm mir die Knipskiste ab. Er schraubte sie auf das Stativ, setzte sich auf den Alu-Koffer dahinter und peilte die Lage.
Ich erzählte ihm, was passiert war, und sagte, er solle noch ein paarmal draufhalten.
»Wär natürlich schöner, wenn sie aufständ«, meinte er.
Ich gab ihm recht.
Wir blieben noch gut zwei Stunden auf unserem Hochsitz und sahen den Luden beim Brettspiel zu. Ab und zu wanderte ein Schein von Blau nach Gelb und wieder zurück, und einmal stand die Glimmermieze auf, um sich was überzuziehen. Sie drehte uns den Rücken zu, als sie ging, und auf dem Rückweg trug sie einen Pullover, aus dem nur Kopf und Beine rausguckten.
Stefan klagte: »Was einem in diesem Job an Lebenszeit gestohlen wird«, und drängte zum Aufbruch. »Sobald es nur etwas dämmert, ist es sowieso aus.«
Ich fragte warum und hörte mir einen längeren Vortrag über Lichtstärke von Objektiven, Telekonverter und hochempfindliche Filme an. Das Ganze war etwa so spannend wie eine Rolle Stacheldraht, hatte aber den Vorteil, daß es länger dauerte.
Ich behielt während Stefans Monolog die Dachterrasse im Auge. Aber Heimbrink kam nicht.
Es war auch idiotisch gewesen, darauf zu hoffen.

Ich hatte weder eingekauft noch Lust zu Kochen und lud Stefan ins *La Baita* an der Alleestraße ein. Wir aßen die

antipasti della stagione und bestaunten die Jungens vom VfL, die am Nachbartisch ihre Pizza und die letzte Heimniederlage verdauten.
Aldo hatte ein neues Nudelgericht erfunden. Er wieselte durch die Hütte und empfahl es jedem, der reinkam. »Isse eine Füllung ganz auf meine Art, eh.« Wir bestellten es.
Stefan wollte wissen, wie es weitergehen sollte. Nach den Erfahrungen des Nachmittags hatte ich keine Lust, ihn für weitere Beschattungsaktionen zu engagieren, und sagte ihm das auch.
»Ich brauch dich erst Freitagabend für die Schwarze Messe« sagte ich und erzählte ihm nur so viel, wie er wegen der Ausrüstung wissen mußte.
Dann kamen die Nudeln, eine kleine Platte mit frischen Ravioli, Lasagne und einer Handvoll Rigatoni. Ich genoß sie mit Frascati. Stefans Geschwätz über die Vorzüge von *Miracoli* tropfte an mir ab.

Für die nächsten Tage fällt mir nur ein Wort ein: teigig. Ich versuchte zweimal mit Corinna zu telefonieren. Sie legte auf, sobald ich mich meldete. Ich überlegte hin und her, ob ich sie im Laden besuchen sollte, und verwarf den Gedanken am Ende immer. Sie hätte mich, ohne mit der Wimper zu zucken, rausgeschmissen.
An Ralle und seine Leute traute ich mich auch nicht. Nach allem, was ich von ihnen gehört und gesehen hatte, waren es ganz schön schwere Jungs, die man besser in Ruhe ließ, solange es eben ging. Und mit Karl Heimbrink kam ich nicht weiter. Ich telefonierte mich durchs Rathaus, ohne mehr zu erfahren, als ich ohnehin wußte. Nur die Sprüche trösteten mich ein bißchen.
»Der Mann hat 'n Temperament wie 'ne Wanderdüne«, meinte Urmel vom Straßenverkehrsamt. Warum er mir damals nichts über Heimbrink erzählt hatte, wußte er selbst nicht. »Vielleicht war ich angetrunken«, tippte er.
Börni Mertens schoß den Vogel ab. »Karl Heimbrink ist dermaßen trocken«, tönte er, »der staubt beim Kacken.«

Ich hätte ihn gern vom Gegenteil überzeugt, verkniff es mir aber. Überhaupt mußte ich aufpassen, daß die Kunde von meinem gesteigerten Interesse nicht via Rathausklatsch an Heimbrinks Ohr drängte. Ich brach die Befragung bald ab. Statt dessen fand ich mich nachmittags um drei, wenn die Kernzeit zu Ende geht und die ersten Verwaltungsmenschen die Uhren abstellen, im *Sachs* ein und trank Milchkaffee. Von dort hat man einen schönen Blick auf den Ausgang des Ordnungsamts. Karl Heimbrink machte um halb fünf Feierabend, ging nach Hause und blieb dort, bis ich gegen Mitternacht die Stellung räumte. Er tat das am Dienstag, er tat das am Mittwoch, und er tat das auch am Donnerstag.

Am dritten Abend hatte ich Mühe, mich bei der Stange zu halten. Ich fragte mich alle fünf Minuten, warum ich eigentlich vor seinem Haus stand und meinen Haaren beim Ausfallen zuhörte. Ich zweifelte an Stefans Telefon-Knacks-Zählung. Ich entlarvte meine Don-Carlos-Hypothese als Spekulation. Ich tat Atzes Erzählungen als Wichtigtuerei eines Koksers ab. Ich glaubte den Rathauskumpels aufs Wort. Aber ich ging nicht weg. Ich wartete Stunde um Stunde, und als der Stadtamtmann Karl Heimbrink um neun das Haus verließ, hastete ich hinterher.

Ich bremste nach wenigen Schritten. Die Fußgängerzone der pulsierenden 400 000-Einwohnerstadt Bochum war so tot wie jeden Abend. Vielleicht noch ein bißchen toter, wegen der Ferien. Heimbrinks kräftige Schritte hallten in den Häuserschluchten. Ich mußte ihm mächtig Leine geben, um nicht aufzufallen.

Zum Glück bummelte er nicht an den Schaufenstern entlang, sondern marschierte zielstrebig die Kortumstraße runter.

Wir überquerten die Bongard und dann noch den Ring. Dahinter ist Schluß mit der Fußgängerzone. Die Straße duckt sich unter einer niedrigen Eisenbahnbrücke durch und steigt zum Stadtpark sanft an. Kastanienriesen auf

den Bürgersteigen. Gründerzeitvillen wechseln sich mit Nachkriegsneubauten ab.
Tote Hose auch hier. Die eine Hälfte der Stadt schien in Urlaub zu sein und die andere vorm Fernseher. Draußen war jedenfalls niemand. Das Wetter forderte auch nicht dazu heraus. Seit drei Tagen fieselte es mit kurzen Unterbrechungen, während derer es goß. Um zehn nach neun war es so gut wie dunkel.
Es war kein einfaches Beschatten, besonders nicht für einen Amateur. Daß ich Heimbrink nicht auffiel – und das tat ich wohl nicht – verdankte ich allein seiner Eile. Er hatte keine Augen für die Fontänen am Stadtparkteich, und der Neubau des Museums juckte den Alten auch nicht weiter. Er drang tiefer in das Stadtparkviertel ein, wo es noch Kopfsteinpflasterstraßen gibt und alten Geldadel. Und dann gibt es da noch das Polizeipräsidium. Heimbrink benutzte den Eingang der Nordwache.
Ich stellte mich unter eine der Platanen am Straßenrand und beäugte den dunklen Klinkerkasten aus der Zwischenkriegszeit. Nur im dritten Stock waren ein paar Fenster erleuchtet. Aber sie erzählten mir nichts. Nach einer halben Stunde tauchte Heimbrinks Popelinemantel unter dem blauen Polizeischild auf, das Wildlederhütchen wurde gerichtet, und weiter ging's.
Heimbrink wollte nicht nach Hause. Er schlug die entgegengesetzte Richtung ein. Wanderte die Uhlandstraße hinauf, bog um zwei Ecken und verschwand in einem mittelprächtigen Privathaus. Zufällig kannte ich die Adresse von Atze. Es war Ralles Privatpuff. Oder sollte es zumindest sein. Von außen erinnerte der graugestrichene Zweistöcker in nichts an ein Bordell. Kein Rotlicht, keine Leuchtreklame, kein Nichts. Graue Lamellen verblendeten die hohen Fenster. Eine schnörkelige Laterne beleuchtete den Eingang. Gut, an der Haustür saß ein riesiger Porzellanhund mit rosa Schleife, aber sowas stellen sich andere Geschmacksverkalkte auch in den Vorgarten.
Ich entdeckte nirgends eine Überwachungsanlage und sah

mir das Türschild von nahem an. *CAM* stand da schwarz auf silber. *Club aufgeschlossener Menschen.* Mehr nicht.
Ich verzog mich hinter einen Lieferwagen, der auf der anderen Straßenseite parkte. Rein wollte ich auf keinen Fall. Erstens war ich nicht sicher, ob Heimbrink oder sonstwer mich kannte. Zweitens bin ich ein anständiger Mensch. Und drittens hatte ich kein Geld.
Innerhalb der nächsten zwei Stunden kamen noch drei aufgeschlossene Menschen männlichen Geschlechts in den Club. Einer fuhr mit der Taxe vor und spurtete vom Wagen zur Tür, die andern beiden stellten den weißen Lamborghini vor die hauseigene Garage. Sie trugen Edeljeans und Blazer anstelle der farbenfrohen Jogginganzüge auf der Terrasse.
Ich hätte verdammt gern gewußt, was dann hinter der grauen Fassade vor sich ging, Lagebesprechung oder Rudelbums oder beides. Statt dessen stand ich unter einer Trauerbirke im Regen und konnte nur zweierlei: gehen oder bleiben.
Als sich um elf immer noch nichts rührte, machte ich mich auf. Ich wußte ja vorher, daß mit zunehmendem Alter alles etwas länger dauert. Aber Heimbrink übertrieb.

19

Freitagmorgen, als ich aus dem Bett kroch und das Rollo hochschnacken ließ, hatte der Regen aufgehört. Dünner Dunst lag über der Stadt. Er hinderte die Sonne am Scheinen und dämpfte das Dröhnen der Autos. Der Sommer war über den Berg. Wir schrieben den zehnten August.
Ich frühstückte allein und ausgiebig, las die Morgenzeitungen nicht nur quer. Sie wimmelten von Katastrophen. In England hatte ein Amokläufer vierzehn Menschen erschossen, in Frankreich war eine Brücke unter der Last von fünfundzwanzig Touristen eingekracht, und in Dortmund hatten sich zwei besoffene Rentner mit ihren Krücken

krankenhausreif geschlagen. Es wurde Zeit, daß die Ferien zu Ende gingen.
Nach dem Duschen setzte ich mich an den Schreibtisch und listete die Sachen, die ich für die Schwarze Messe brauchte, auf. Goto-Poster, Dreizack und Penis-Kerze aus Betas Beständen waren mir geblieben. Ich packte sie in meine Reisetasche.
Bei Stefan im Labor hatte ich einen schwarzen Vorhang gesehen. Ich rief an und bat ihn, den Stoff mitzunehmen. Dann benötigte ich noch jede Menge Kerzen, schwarz oder wenigstens tiefviolett. Die mußten in der Stadt zu kriegen sein. Sphärenklänge sicher auch. New-Age-Musik nannten sie das Gewaber und verkauften es massenhaft in den Schallplattenläden.
Fehlten noch eine Räucherpfanne, die Kutten und ein schwarzer Hahn. Ich suchte den Keller nach meinem gußeisernen Minigrill ab und fand ihn unter Saschas ausrangiertem Spielzeug. Das Ding hatte die vorgeschriebenen drei Füße und würde es tun. Es war sogar noch Holzkohle da.
Wegen des Geflügels rief ich Udo an. Udo ist der einzige freischaffende Metzger des Ruhrgebiets. Was er an Viehzeug nicht auf seiner Ranch in Rüttenscheid hält, besorgt er von Kollegen.
»Schwatza Hahn? Kein Problem. Kannze heutnamittach holn komm«, ratterte er.
Bei meiner Mutter fragte ich wegen der Kutten nach. Sie lagen bereit. Ich schnappte mir meinen Laufzettel und zog los. Erst an der Tür fiel mir Sascha wieder ein. Ich ging in sein Zimmer und schaute ihm beim Schlafen zu. Er atmete unruhig, seine Augäpfel flatterten unter den Lidern. Der Junge sieht seiner Mutter ähnlicher, je älter er wird.
Ich legte eine Nachricht auf den Küchentisch und einen Zehner für Essen daneben.

Es lief hervorragend. Ich bekam alles, was ich brauchte,

auf Anhieb. Mittags kämpfte sich sogar die Sonne durch den Dunst. Ich aß mit meiner Mutter im Garten. Die Kutten sahen kein bißchen nach Weihnachtsmann aus.
Nur der Hahn machte Schwierigkeiten. Mir kam es schon komisch vor, daß Udo ihn in einen Waschmaschinenkarton gesperrt hatte. Als er den Deckel vorsichtig lüpfte, wußte ich warum. Das Licht fiel auf einen Möbelpacker von Hahn, so hoch wie ein Tisch und schwarz wie die Nacht. Statt eines Kamms streckte er mir das blaurote Stück Blumenkohl auf seinem Kopf entgegen und tat das, was er für krähen hielt. Er trompetete.
Udo war begeistert. »Dat is'n Brahma aus Indien. Hab ich vom Kumpel, der züchtet die. Hat auffe Ausstellung inne Gruga mit havau abgeschnitten, der Bursche.«
Havau hieß hervorragend. Ich nickte willenlos und gab Udo den geforderten Hunderter. Eine Quittung verlangte ich erst gar nicht. *Hahn für Schwarze Messe DM 100,* das hätte weder Christoph noch das Finanzamt anerkannt.
Natürlich paßte der Riesenkarton auch nicht in den Kadett. »Kein Problem«, meinte Udo und stieg mit einem Bindfaden zu dem Tier in die Kiste. Es rappelte ein paar Minuten im Karton, dann flog er auseinander und das Biest lag mit zusammengebundenen Beinen auf dem Bauch. Udo war unverletzt. Er schnappte den Brahma an den Beinen und legte ihn mir in den Kofferraum. Das Tier schiß vor Aufregung auf den Reservekanister. Ich knallte die Heckklappe runter. Der ganze Wagen stank nach Hühnerfarm, als ich in Linden ankam.
Stefan weigerte sich, einzusteigen, würgte schon bei der Tür. Er holte seinen Schlitten aus der Garage und fuhr hinter mir her. An einer Pommesbude auf der Marktstraße überholte er und fuhr rechts ran. Wir schlugen uns den Bauch voll Zigeunerschnitzel.
»Bißchen schlapp für 'ne Henkersmahlzeit«, meinte Stefan.
Um halb acht waren wir in Stiepel. Das Villenviertel, wo die reichen Hengste ihre Stuten um den Pool trieben,

leuchtete in der Abendsonne. Ich sah zu, daß ich durchkam, kurvte den Hang runter zum Fluß und stoppte auf dem Parkplatz hinter der Dorfkirche.
Ich nahm erstmal nur die Reisetasche und die Kutten mit. Der Brahma blieb im Kofferraum. Er lag noch so wie Udo ihn plaziert hatte. Nur die Augen bewegten sich ruckartig. Ich wollte Inge schonend auf ihn vorbereiten.
Sie hatte schon genug Mühe damit, daß ich Stefan mitgeschleppt hatte.
»Soll der das Spektakel etwa fotografieren?«, entsetzte sie sich, als er seinen Fotokoffer aufklappte.
Ich sagte ja.
»Ohne mich«, brüllte Inge und stampfte mit dem Fuß auf die Holzdielen, daß es knallte. »Meinst du, ich will demnächst im *Malibu* als Teufelsanbeterin auftauchen?«
»Wenn, dann nur von hinten«, beschwichtigte Stefan.
Inge sah ihn groß an. »Halt den Mund, Kleiner«, sagte sie.
Es kostete mich eine halbe Stunde, sie von ihrem sturen Nein abzubringen. »Ohne die Fotos lassen die in der Redaktion die ganze Story platzen«, jammerte ich. »Meinst du, die machen mit einem Opa mit Hut in der Fußgängerzone auf?«
Ich griff in meine Reisetasche. »Oder mit dieser Kerze?«
Inges Augen weiteten sich. Ihr Schmollmund wurde schmal und hart. Sie setzte sich an den Küchentisch, steckte eine Zigarette an. »Schreiber, was hast du mit mir vor?«, sagte sie hart und tonlos. Ich flötete: »Nichts. Das Teil dient nur zur Beleuchtung.«
Inge sah mich ungläubig an. Ich breitete den Inhalt meiner Tasche auf dem Tisch aus und erklärte ihr alles haarklein. Da wurde sie etwas ruhiger.
Wir stiegen ins Dachgeschoß und begannen mit der Dekoration. Stefan spannte eine Leine vor der Giebelwand, legte seinen schwarzen Vorhang drüber, baute das Stativ dahinter auf und schraubte eine Kamera drauf.
»Leica M 3«, sagte er, »für 'ne kleine Mark gebraucht gekauft.«

Dummerweise fragte ich warum.
Stefan dozierte eine Viertelstunde über Verschlußgeräusche, aber ich war froh, daß er dran gedacht hatte. Er schnitt einen Schlitz in seinen Vorhang, steckte das Objektiv hinein und löste aus.
»Ssssssss«, zischte die Leica.
Wenn Musik lief, konnte es klappen.
Inge heftete das Poster mit dem spitzohrignen Glatzkopf an den Vorhang und holte einen Stuhl für Stefan, damit er nicht die ganze Zeit hinterm Stativ stehen mußte.
»Brauchst du eigentlich keinen Blitz?« fragte sie.
Stefan sah sie dankbar an. Er ließ einen Vortrag über Filmempfindlichkeit, Verschlußzeiten und Spezialentwickler ab.
Ich sah mich derweil nach einem Altar um, fand ein Tischchen in Inges Schlafraum, trug es nach oben und drapierte es mit dem Vorhang. Nach und nach verwandelte sich der Dachboden in eine Teufelsgrotte. Als es draußen dunkel wurde, war die Show perfekt. Die Peniskerze brannte auf dem Altar. Daneben blinkte der kupferne Dreizack. Auf dem weißen Teppich warteten die violetten Kerzen darauf, angesteckt zu werden. Die hellgrünen Polster lagen längst in der Küche. Sie zerstörten den Gesamteindruck, fand Inge.
Vor dem Altar glomm die Holzkohle im Grill. Statt mit Zauberkräutern räucherten wir mit *Herbes de Provence.*
Fehlte nur noch der Hahn. Er lag apathisch im Auto und regte sich erst, als ich ihn à la Udo an den Beinen packte, dann aber richtig. Freund Brahma schlug mit den Schwingen, daß ich Angst bekam, wir höben ab. Ich ließ ihn fallen, schlug die Kofferraumhaube zu und nahm einen zweiten Anlauf. Ich griff die grobknochigen Beine des Vogels und trug ihn wie einen Kartoffelsack ins Haus.
Glücklicherweise sah ich Inge nirgends. »Sie probiert ihre Kutte an«, sagte Stefan. Er grinste in eine Ecke. »Mußt du gleich auch noch.«
Ich legte den Brahma vor dem Altar ab. Er machte sich

platt wie eine Flunder, spielte toten Hahn. »So hat das keinen Wert«, sagte ich ihm, und versuchte, ihn auf die Beine zu stellen.
Es ging ihm wie dem halben Schwein, er fiel immer um.
Stefan meinte, ich sollte die Fußfessel lösen.
»Wenn ich hinterm Vorhang säße, hätte ich das auch gesagt.«
Aber ganz falsch war die Idee nicht. Ich knüpfte den Bindfaden an einem von Brahmas gelben Tretern los und schlang ihn um den Fuß des Opfertischs. Der Hahn war begeistert. Er sprang auf, schüttelte sich wie ein nasser Hund und schrie triumphierend.
Als Inge die Treppe hochwalzte, schritt er majestätisch vor dem Altar auf und ab. Ich stellte mich so, daß sie ihn nicht sofort sah.
Inge hatte sich wüst geschminkt. Ihr Mund klaffte blutrot wie eine offene Wunde. Grüne Augenlider konkurrierten mit violetten Wangenknochen. Das Blondhaar stand in zwei steifen Hörnern vom Kopf wie bei der Fürstin von Thurn und Taxis.
»Wahnsinn, Inge«, staunte ich.
Sie drehte sich einmal um die eigene Achse, fragte: »Steht mir die Kutte auch?« Unter dem Fummel trug sie nichts.
Ich sagte: »Und wie!«
Dann krähte der Hahn. Inges Augen verwandelten sich in Spiegeleier. Sie rang nach Luft. Hielt sich an einem der Balken fest.
»Schreiber, das ist nicht wahr. Sag mir sofort, daß das nicht wahr ist«, keuchte sie.
»Alles reine Dekoration«, sagte ich. »Dem passiert nichts.«
»Und mein Teppich?«
»Der wird gereinigt.«
Sie schüttelte den Kopf, sagte nichts. Ich nahm mir eine Kutte und ging mich umziehen. Als ich zurückkam, marschierte der Brahma auf Zeitungspapier.
Wir setzten uns in eine Ecke und besprachen die Einzel-

heiten des teuflischen Abends. Stefan hopste um uns rum und knipste. »Das glaubt mir sonst keiner«, sagte er.
Viertel vor elf legte ich nochmal Holzkohle nach. Ich dachte an Schlüsselberg. Der hatte am Ende auch selbst eine Schwarze Messe organisiert. Ich hatte mich köstlich amüsiert beim Lesen. Nun war ich selbst soweit.
Inge zündete die Kerzen an, als es zum erstenmal schellte. Stefan verschwand hinter dem Vorhang. Ich zog mir die Kapuze tief ins Gesicht und öffnete.
Vor der Tür wartete ein kleiner Dicker von vielleicht Vierzig. Er hatte das rötliche Gesicht, das man bei münsterländischen Bauern oft sieht. Lange, dunkle Wimpern beschatteten seine Augen, gaben ihnen etwas Frauliches.
»Grüß Gott«, sagte er und lachte sich halbtot über den famosen Scherz. »Ich bin der Abt Eusebius.«
Ich sagte: »Angenehm, Merlin«, reichte ihm eine Kutte und schickte ihn zum Umziehen in Inges Schlafzimmer.
Nach drei Minuten und siebenundzwanzig Sekunden tauchte er als Teufel wieder auf. Er hatte sich eine rote Filzkappe mit zwei Hörnern auf die Glatze gebunden und rollte mit den Augen.
»Wo sind denn hier die Weiber?«, wollte er wissen.
»Oben«, sagte ich und deutete auf die Treppe.
Er sauste hinauf.
Was er mit Inge beredete, bekam ich nicht mit. Es klingelte wieder. Der zweite Kunde war ein zurückhaltender Bürotyp um die Dreißig. Sein Gesicht war so durchschnittlich, daß ich es im nächsten Augenblick vergaß. Der Mann stellte sich auch nicht vor. Fragte nur: »Bin ich hier richtig beim Club Amor sub voluntate?«
Ob er glaubte, in Stiepel kämen alle in einem Aufzug wie meinem an die Tür?
Ich nickte gewichtig und reichte ihm die Kutte.
Es schellte noch sechsmal in der nächsten Viertelstunde. Die Herren hießen Meier oder Fra Diavolo oder gar nicht. In Inges Schlafzimmer ging es zu wie im Umkleideraum einer Turnhalle.

Um kurz nach elf kam Pastor Knoche. Er trug Jeans und einen Sommerpulli. Eine Sonnenbrille mit Goldrand baumelte vor seiner Brust. Den Priester sah ihm niemand an. Ob er mich wiedererkannte, war schwer zu sagen. Die Kapuze hing mir bis auf die Augen, und ich sprach schon die ganze Zeit mit der Stimme, die Bachmann eingeschüchtert hatte.
Knoche ließ sich nichts anmerken. Er nahm die Kutte in Empfang und kam gemeinsam mit anderen aus dem Schlafzimmer zurück. Sie watschelten im Gänsemarsch durch den schmalen Flur. Erinnerten stark an die sieben Zwerge.
Ich fragte mich, wie Schneewittchen mit ihnen zurechtkommen würde und stieg, als keiner mehr kam, hinterher. Die Haustür schloß ich vorher ab, damit uns keiner durch die Lappen ging.
Daß oben schon der Teufel los war, könnte ich nicht sagen. Die Herren in den Kutten hockten auf dem Teppich und schwiegen sich an. Nur der Dicke tat was. Er saß neben Inge und schob seine Patschhand unter ihren Kittel. Inge sah mich hilfesuchend an.
Ich trat vor den Altar, mit dem Rücken zur Gemeinde. Stefans Objektiv war gut getarnt. Ich mußte suchen, bis ich es entdeckte. Aber die Musik. Wir hatten vergessen, den Cassettenrecorder anzuwerfen. Und die Kamera machte »Sssssss«. Wie eine Schlange.
Die Männer hoben die Köpfe und lauschten. Ich nahm eine Handvoll provencialische Kräuter, warf sie auf den Grill. Das zischelte ähnlich. Die Kuttenjungens blähten die Nüstern. Ich ging zum Recorder. Eine Oboe hub an. Es konnte losgehen.
Ich hatte vor, den Herrschaften ein bißchen Mummenschanz vorzumachen, um Stefan genug Zeit zum Knipsen zu lassen. Also trat ich an den Altar, brachte den ruhenden Brahma mit einem versteckten Foul dazu, aufzustehen, und legte los.
»Iao, Iao, Iao«, brüllte ich, um mir Respekt zu verschaf-

fen. Ich kannte den Urschrei aus dem Buch über Aleister Crowley. Fragen Sie mich nicht, was er soll.
Ich hob die Hände wie Woityla auf Schalke. »Hier sind wir versammelt, o Herr des Feuers und des Wassers und der Erde und der Luft.« Ich drehte mich dabei in die verschiedenen Himmelsrichtungen, wie ich es von Corinna kannte.
»Im Namen von Iao verkünde ich das Gesetz des Lichtes, des Lebens, der Liebe und der Freiheit. Liebe ist das Gesetz.«
Ich sah die Gemeinde auffordernd an. Knoche war bibelfest. »Liebe unter Willen«, antwortete er.
Dann wies ich auf Inge. »Veni«, rief ich, »veni, Weib.«
Inge schüttelte ihren Verehrer ab und stellte sich neben mich, mit dem Hintern genau vors Objektiv.
Ich griff ihre Schultern und zwang sie vor mir auf die Knie, direkt neben den Hahn.
»Sprich mir nach, Weib!« dröhnte ich.
»Ich will für das Böse arbeiten.
Ich werde mein Herz zum Schweigen bringen.
Ich werde lasterhaft sein und eine Ehebrecherin.
Ich werde vor allen Männern schamlos sein.
Ich werde meinen Körper prostituieren den Lüsten jeder lebenden Kreatur, die danach verlangt.
Den Titel Mysterium der Mysterien beanspruche ich, die Große, die Nummer 156, die Robe des Weibs der Hurerei und den Schoß des Abscheus. Dies bezeuge diese meine Hand, Alostrael.«
Inge sprach die Formel zeilenweise nach, stockte nur bei den Lüsten jeder Kreatur. Sie schielte nach dem Brahma. Er stand gelangweilt herum, als ginge ihn das alles nichts an.
Die Kerle wurden ganz hibbelig während der Vereidigung. Sie rutschten über den Teppich wie läufige Hunde. Hier und da rührte sich was unter der violetten Viskose.
Das war der Augenblick, wo das Licht angehen sollte. Stefan saß neben dem Schalter. Er sollte ihn bedienen. Aber Stefan bediente die Kamera. Ich hörte sie zischeln.

Dann schellte es an der Tür. »Sind das die andern Weiber?« fragte der Dicke.

Ich sagte nichts. Ich überlegte und entschied mich dafür, die Nachzügler reinzulassen.

»Mach irgendwas«, flüsterte ich Inge zu und ging runter.

Ich schloß auf, öffnete die Tür und knallte sie im nächsten Moment wieder zu. Sie fiel nicht ins Schloß. Sie tickte gegen einen Tennisschuh und wieder zurück, landete an meinem Kopf. Da landete anschließend noch etwas. Es war eine ziemliche Pranke, die ihr Besitzer zu allem Überfluß auch noch geballt hatte. Sie traf mich unter dem rechten Auge und machte den späten Gästen das Eintreten leicht. Sie waren zu dritt. Aber so, wie sie gebaut waren, hätte einer gereicht. Sie trugen fingerlose Rennhandschuhe, um die Knöchel beim Schlagen zu schonen, und waren auch sonst sehr sportlich. Einer hatte einen Baseballschläger dabei, ein anderer eine Fahrradkette.

Nur Nummer drei trug nichts außer seiner Hakennase und dem kanariengelben Jogginganzug. Er warf einen Blick in Küche und Schlafzimmer. »Die sind oben«, sagte er.

Der mit dem Baseballschläger pflückte mich vom Fußboden, brüllte: »Vorwärts, Meister!«, und stieß mich die Treppe hoch.

Unterm Dach kam es mir vor wie in der Tropfsteinhöhle. Die Mitglieder des Clubs Amor sub voluntate saßen starr wie Salzsäulen. Niemand sprach. Ich stellte mich neben Inge. Sie wollte hinterm Vorhang verschwinden. Ich hielt sie zurück.

Ralles Partner blieb an der Treppe stehen. »Wie?« höhnte er, »mehr Hühner habt ihr nicht?«

»Es ist ein Hahn«, sagte ich.

Der Gelbe sah mich verwundert an. »Bist du hier der Schweinepriester?«

Ich sprach nichts.

Der mit dem Baseballschläger holte aus und zog mir das Gerät über die rechte Schulter. Es krachte bedenklich. Mir wurde schwarz vor Augen. Aber ich fiel nicht um.

»Ich hatte dich was gefragt«, bohrte der Gelbe, lässig gegen einen Balken gelehnt.
Ich sagte ja.
»Was, ja?«
»Ich bin hier der Schweinepriester.«
»Seht ihr, langsam begreift er«, ätzte der Wortführer. Seine Kumpane grinsten. Besonders der mit der Keule. Vor seinem Gesicht wären Vögel aufgeflogen.
»Also, paß mal auf, Schweinepriester. Ich soll dir was ausrichten. Von einem, der es gut mir dir meint. Ich soll dir bestellen, du sollst Schluß machen mit dem Club Amor. Aber fix.«
»Warum?«
Zur Abwechslung schlug diesmal der mit der Fahrradkette. Sie klatschte auf meine linke Schulter. Ausgleichende Gerechtigkeit.
»Wenn hier einer Fragen stellt, dann ich«, sagte der Gelbe und trat dem kleinen Dicken, der vor ihm saß, ansatzlos ins Kreuz.
Der Mann stöhnte auf. Seine Hörner vibrierten. Der Gelbe riß sie ihm vom Kopf.
»Hier macht keiner ein Privatpuff auf«, sagte er schneidend. »Mit Hörnern nicht und auch nicht ohne.«
Er warf mir die Kappe zu, traf aber nicht. Sie streifte den Kopf des Brahams. Der Vogel schrie wie ein aufgescheuchtes Huhn und rannte los. Seine Beine verhedderten sich in der Schnur. Er fiel auf den Schnabel, krakeelte noch mehr, sprang auf und riß das Altärchen mit um. Der Tisch zog den schwarzen Vorhang vom Seil. Doch er glitt nicht auf den Boden. Stefan mußte ein Ende zu fassen gekriegt haben. Irgendwie schaffte er es, nicht aufzutauchen. Er saß mit der Kamera unter dem Vorhang und konnte genausogut eine größere Topfblume sein.
Ich war der einzige, der darauf achtete. Die anderen hatten genug mit dem Hahn zu tun. Er raste durch den Ritualraum, trat aus wie ein Mustang und hackte auf alles ein, was sich bewegte. Der Baseballfan versuchte, ihn zu erwi-

schen. Ohne Erfolg. Sein Schläger traf den Büromenschen, der mit eingezogenem Kopf auf dem Teppich lag, auf die Waden.
Keinen hielt es mehr an seinen Platz. Alles wuselte durcheinander. Ich sah nicht mal, wer geschlagen hatte, sah nur eine Faust auf dem Kinn des Gelben und sein verdutztes Gesicht. Eine wüste Prügelei begann. Der kleine Dicke rammte seine Glatze in den Bauch des Gelben und bekam eine mit der Fahrradkette übergezogen. Ich wollte der Vogelscheuche den Schläger entreißen, aber meine Arme wollten nicht. Pastor Knoche nahm sich ein Beispiel an Don Camillo und schlug um sich, als ginge es gegen den Weltbolschewismus. Ein oder zwei Kuttenträger setzten sich über die Treppe ab. Der Kampf wogte vielleicht fünf Minuten hin und her, ehe sich die Routine des Rollkommandos durchsetzte. Inge wurde dafür, daß sie dem Kettentyp das Knie in den Unterleib gerammt hatte, geohrfeigt. Dem Dicken polierten sie die Glatze mit dem Basie. Ich bekam einen Tritt in den Hintern, daß mir fast die Augen rausfielen. Knoche hörte nach einem präzisen Schwinger auf die Kinnspitze den Chor der Engelein singen. Das reichte.
Die Schläger zogen sich – wüste Drohungen ausstoßend – zurück. Meine Gäste sausten die Treppe runter, balgten sich um ihre Kleidung und stürzten aus dem Haus.
Zurück blieb das Chaos. Inge hockte heulend auf dem Boden. Um sie herum Kerzen, die ihr violettes Wachs auf den Teppich ergossen hatten. Hühnerkacke, Blut und Federn. Den Pastor hatte der Schwinger von den Beinen geholt. Käsebleich glänzte sein fleischiges Gesicht, schweißnaß. Er atmete flach und hektisch. Ich öffnete das Fenster, unter dem er saß. Der Nachtwind wehte die Kühle der Ruhr in den Raum. Ich hing im Rahmen und schnaufte. Inge kam dazu. Sie zitterte am ganzen Körper. Ich legte meinen defekten Arm um sie. Das half ihr und mir.
Neben uns in der Ecke lag der Brahma. Ihm fehlten eine Menge Federn, aber tot war er nicht. Er tat nur so.
Als ich das merkte, fiel mir Stefan wieder ein. Ich drehte mich

um und sah ein schwarzes Faltengebirge, wo vor zehn Minuten noch das Allerheiligste war. Ich ging rüber und lüftete den Vorhang.
Stefan saß auf seinem Stuhl, die Arme um die Kamera geschlungen wie um einen Säugling. »Sind sie weg?«, flüsterte er und sah mich mit fragenden Kinderaugen an.
Ich grinste, solange meine zerpochte Backe mitmachte. »Ja, Stefan, sie sind weg.«
»Gott sei Dank«, stöhnte er. »Stell dir vor, die hätten mich entdeckt.«
Ich stellte mir das lieber nicht vor.
»Hast du die Fotos dabei?«, fragte ich.
»Welche?«
»Karl Heimbrink und die Buchhändlerin.«
»Ich glaub im Wagen.«
»Hol' sie. Und beeil dich!«
Stefan stellte die Kamera ab und ging. Ich kümmerte mich um den Priester.
Inge kniete bereits vor ihm und tätschelte seine vollen Backen. »Aufwachen, Meister«, sang sie.
Hochwürden tat das gut. Er atmete ruhiger, und als sie ihn etwas kräftiger tätschelte, öffnete er die Augen. Er sah Inge an, ihre verrutschten Haarspray-Hörner, das verheulte Make-up, die knallrote Backe, und begriff nichts.
Ich kniete mich neben Inge. »Pastor Knoche«, sagte ich. Er drehte mir das Gesicht zu. »Erkennen Sie mich wieder?«
Knoche nickte.
»Es ist eine fremde, seltsame Welt, in die Sie mich gelockt haben, Knoche!« Sein Blick ging durch mich durch.
»Haben Sie mich verstanden?«
Er brummte »hmm«.
»Sie sehen, ich bin ein Stück weiter gekommen, als sie mich haben wollten. Ich glaube, ich bin sogar kurz vorm Ziel.«
Knoche schwieg. Was hätte er darauf auch sagen sollen?
»Nur ein paar Fragen hab' ich noch. Ich denke, Sie werden sie beantworten können.«
Ich sülzte noch einige solche Sätze, bis Stefan mit den

Fotos kam. Dann hielt ich Knoche das Heimbrink-Bild vor die Nase, sagte: »Sie kennen diesen Mann.«
Der Priester nickte.
»Können Sie nicht sprechen?«
»Doch.«
»Wie heißt er?«
»Heimbrink, Karl Heimbrink.«
»Don Carlos?«
»Ja.«
»Woher kennen Sie ihn?«
»Aus dem Club.«
»Er kam in Risses Club?«
»Am Anfang.«
»Sie haben damals gesagt, er sei der Chef der Bochumer Teufelsloge.«
»Bundesvorsitzender der Fraternitas Saturni.«
»Meinen Sie, der nimmt das Teufelszeugs ernst?«
Knoche sah mich verständnislos an. »Unbedingt«, sagte er.
»Wissen Sie von seinen Kontakten zur Unterwelt?«
Dumme Frage. Natürlich sagte er nein.
»Warum haben Sie gesagt, er sei Postbeamter in Querenburg?«
»Mir geht es nicht um Personen, sondern um die Sache.«
Dafür, daß er vor zehn Minuten noch k.o. war, hatte Knoche sich erstaunlich im Griff. Er setzte sich auf und sah mich forschend an. Ich legte noch einen Zacken zu.
»Warum lassen Sie Heimbrink nicht hochgehen? Weil Ihnen sonst die Arbeit ausgeht? Oder weil Sie auf seiner Seite stehen?«
»Wer sagt das?«
»Beta.«
»Die spinnt.«
Das war kurz und präzise.
»Außerdem«, fuhr Knoche fort und grinste – ich will nicht sagen teuflisch – »mir kann das nur recht sein, wenn sie in der Szene das Gerücht verbreitet, ich sei Doppelagent. Dann komme ich besser an sie ran.«

»Damit haben Sie auch so keine Schwierigkeiten. Sie sind doch immer hautnah dabei.«
Knoche lächelte wieder. Diesmal sein Berufslächeln. »Ich bin dienstlich hier.«
»Ich weiß«, sagte ich. »Als Gottesmann geht es Ihnen wie Don Carlos. Der ist als Beamter auch immer im Dienst.«
Ich ließ mir von Stefan das andere Foto geben, sah besser nicht drauf, zeigte es gleich dem Pfaffen. »Ich habe noch ein paar Fragen zum alten *Club Amor sub voluntate.* War diese Frau Risses Hohepriesterin?«
Knoche sagte ja.
»Es waren aber noch mehr Frauen dabei?«
Wieder ja.
»Prostituierte?«
»Ich nehme es an.«
»Was hat der Spaß gekostet?«
»Fünfhundert Mark.«
»Und wieviel zahlende Gäste kamen pro Abend?«
»Ungefähr zehn. Jedenfalls als ich dabei war. Aber das war nur zwei oder dreimal.«
»Natürlich«, sagte ich.
Knoches Lächeln gefror. Er zog die Beine an und stand mühsam auf. Die Kutte spannte sich über seinem Gesäß. Ich konnte mir eine Bemerkung nicht verkneifen, sagte: »Sie haben ja heute gar nicht ihre Badehose anbehalten, Hochwürden.«
Der Pastor griff sich an den Hintern und ging.

20

Ein Schrei riß mich aus dem Schlaf, das entmenschte Aufheulen einer gequälten Kreatur. Ich schlug ein Auge auf. Schwere Balken vergitterten die Decke.
Ich griff neben mich, faßte an etwas feuchtes Dickes. Es stöhnte. Dann war der Schrei wieder da. Lang und schmerzlich. ÖÖ-Ö-Ö-ÖÖÖÖÖÖ. Ich wollte mich auf die

Seite drehen. Jemand stieß mir ein Messer ins Kreuz. Es drang mir bis in die Fingerspitzen.
Ich versuchte es andersherum. Das ging besser. Ich rollte gegen den feuchten Körper. Mein Auge stach, als es das Kissen berührte. Ich seufzte, versuchte, den verlorenen Faden zu finden. Der dritte Schrei half mir dabei. Ich hatte den scheintoten Brahma die Treppe runtergeschleift und in das Gärtchen hinterm Haus gelegt. Nachts, als Stefan gegangen war. Wir hatten den Berberteppich zusammengerollt aus dem Fenster gestürzt. Wer wir? Inge und ich. Sie hatte mir die Kutte ausgezogen. Ihre auch? Sie hatte mich massiert. Nein, nicht massiert. Gesalbt. Meine Schultern. Aaaah.
Ich stützte mich auf den rechten Arm und hoppelte auf dem Hintern aus dem Bett. Der Raum lag im Halbdunkel. Inge röchelte. Der Brahma schrie. Ich taperte ins Bad. Warf mir kaltes Wasser ins Gesicht. Schon der Aufprall schmerzte.
Als ich den Kopf hob, sah ich den Zyklop im Spiegel. Da, wo sein rechtes Auge gewesen war, gab es eine Menge Quellfleisch, und einen Flecken, violett wie der Stempel der Fleischbeschau auf der Schweinshaxe.
Ich kühlte es vorsichtig mit Wasser, trank aus dem Kran, pinkelte. Inge war auch schon unterwegs. Ich hörte sie in der Küche wirtschaften. Sie schlug die Hände vors Gesicht, als ich reinkam. Dabei sah sie schon wieder ganz manierlich aus: Die Kriegsbemalung war verschwunden, die Hörner plattgelegen und von der Ohrfeige nichts mehr zu merken.
»Ich mach Frühstück und fahr dich dann zum Arzt«, sagte sie und öffnete eine Dose Kötergulasch. »Ein Erbstück von meinem verblichenen Dackel. Vielleicht gibt dein Gockel dann Ruhe.«
Ich frühstückte so gut es ging. Inge hatte keine Schnabeltasse im Haus.
Im Krankenhaus behandelten sie mich wie einen Kirmesschläger, knallten mich auf den Röntgentisch und wälzten

mich erbarmungslos hin und her. Und alles wegen zwei Tuben Salbe. Es war nichts gebrochen. »Nur Prellungen«, sagte der Doc. Nur war gut.
Inge brachte mich nach Hause. Sie küßte mich auf die gesunde Backe. »Sei vorsichtig, Hannes. Sei bloß vorsichtig. Geh zu den Bullen. Auch wenn du sie nicht magst. Bochum ist nicht Butte. Und du bist nicht Bogart.«

Ich hatte ein Wochenende Zeit darüber nachzudenken. Ich lag mit dem Bauch auf dem Bett, während die Salbe einzog, drehte mich auf den Rücken, wenn das Auge gekühlt wurde.
Zu essen hatte ich nichts. Im Kühlschrank liefen sich die Mäuse Blutblasen. Sascha trudelte am späten Samstagnachmittag ein, als alle Läden längst geschlossen hatten. Ich schickte ihn zur Pommesbude. Nachdem wir da pfurztrockene Gyros heruntergewürgt hatten, verschwand er wieder. Keine Böcke auf Krankenhausgeruch, meinte er. Ich wälzte mich weiter.
Sonntags ließ sich mein rechtes Auge einen Spalt breit öffnen. Ich setzte mich an den Schreibtisch und versuchte, Ordnung in die Geschichte zu bringen. Es war nicht mehr lange bis Redaktionsschluß, genau genommen noch vier Tage. Mich wunderte, daß Christoph noch nicht angerufen hatte. Ich war Wochen nicht mehr in der Redaktion gewesen.
Auf der Schreibtischunterlage malte ich Kreise und schrieb die Namen der Personen, die mir auf der Suche nach dem Satan über den Weg gelaufen waren, hinein. Die Kreise setzte ich mit Strichen zueinander in Beziehung. Als ich fertig war, gab es kein freies Plätzchen mehr auf dem großen, weißen Bogen. Ich fragte mich, wie ich aus diesem Gewimmel eine lesbare Reportage von nicht mehr als vierhundert Zeilen destillieren sollte, und kam ins Grübeln.
Ich riß den Bogen ab und begann einen neuen. Diesmal achtete ich von vornherein auf Ordnung.

Es entstand eine Art Netz, in dessen Mitte eine schwarze Spinne hockte. Ihre Fäden führten zu allen anderen Punkten im Netz, sogar zu der Kreuzspinne, von der die Menschen früher glaubten, sie sei ein Glückstier.
Doch die Spinne in der Mitte war ein Männchen und deshalb viel kleiner als der Partner, mit dem sie ständig verkehrte. Um nicht selbst gefressen zu werden, brachte sie ihm vor der Paarung ein Beutetier: Eine junge, flinke Spinne, die sich zu weit vorgewagt hatte.
Es gab noch ein halbes Dutzend andere Spinnen im Netz, längst nicht so gefährliche wie die in der Mitte. Einige taten nur so und waren in Wirklichkeit ganz gemeine Schnaken. Schmeißfliegen hatten sich auch in dem Netz verheddert. Angelockt von teuflischem Gestank warteten sie darauf, ausgesaugt zu werden.
Nur ein Tier ließ sich nicht bestimmen. Es war ein schön gegliedertes Weibchen mit langen, schlanken Beinen und gewelltem Brustpanzer. Ich nannte sie die schwarze Witwe.

Nachmittags kam Stefan mit Fotos. Als er sie mir zeigte, war ich froh, daß er bei unserer Schwarzen Messe nicht den Helden gespielt hatte. Er hatte den ganzen Abend minutiös festgehalten, blätterte Bild für Bild auf den Tisch. Ein richtiger kleiner Film. Zuerst der leere Ritualraum, dann die Gäste, einzeln und als Gruppe. Knoche war gut zu erkennen. Danach der Zauber mit Inges Vereidigung. Und die Schläger hatte er auch. Als sie die Treppe hochkamen und einzeln. Alle drei. Als letztes eine Totale von der Prügelei. Wirklich filmreif.
Ich lobte ihn entsprechend und behielt ein paar von den Aufnahmen da. Die Negative solle er besser an einem sicheren Ort deponieren, riet ich ihm.
Als er gegangen war, brütete ich noch einige Zeit über meinem Spinnennetz. Um acht stand mein Entschluß fest. Ich konzentrierte mich ganz auf Augenkühlung.

Karl Heimbrinks Büro im dritten Stock des Verwaltungs-

hauses unterschied sich in nichts von den Schlafsälen, in denen ich fünfzehn Jahre meines Lebens verdämmert hatte. Auf der Fensterbank mickerte eine Topfblume, die ich nur unter dem Namen *Beamtenporree* kenne. Sie bekam nicht viel Licht, weil das Fenster auf einen dunklen Innenhof ging und der Reinigungsrhythmus aus Einsparungsgründen dem der Jahreszeiten angepaßt worden war. In einem offenen Aktenschrank dösten einige Dutzend Hängehefter ihrer Bearbeitung entgegen. Der Schrank war mit hellem Einheitsholz furniert, genauso wie der Schreibtisch und der Stuhl davor. Die vor cirka zehn Jahren zartgrün gestrichenen Wände zierte das Portrait eines einohrigen Holländers. Graue Kunststofffliesen auf dem Fußboden rundeten den Charme des Dienstzimmers ab.
Heimbrink saß aufrecht hinter dem leeren Schreibtisch. Er trug eine beige Strickweste über dem Hemd. Ein akkurat gebundener Schlips würgte den faltigen Hals. Zum erstenmal sah ich sein Haar. Es war mal sehr dunkel gewesen, graute aber stark.
Der Amtmann wandte mir sein bulliges Gesicht zu, als ich reinkam. Die Augenbrauen rutschten noch ein Stück höher und es entstand wieder dieses X, das mir schon auf den Fotos aufgefallen war. Seine Hände rutschten auf der Tischplatte hin und her, beruhigten sich aber schnell wieder. Ich schätze, er kannte mich aus Rathauszeiten. Mußte aber nicht sein. Mein Kittauge reichte zum Erschrecken allemal.
»Sie wünschen?«, sagte er mit einer Stimme, an der nichts weiter auffiel.
»Ich hab ein paar Fragen, Herr Heimbrink«, begann ich und setzte mich unaufgefordert auf den Besucherstuhl.
Der Beamte reagierte nicht. Er fixierte den Bluterguß in meinem Gesicht und schwieg.
»Ich würde gern wissen, ob Ihnen der Name Ingo Risse etwas sagt.«
Heimbrink stand auf. »Ich glaube, Sie ham sich in der Tür vertan«, sagte er.
»Überhaupt nicht. Und an Ihrer Stelle würde ich jetzt auch

kein Theater machen. Es wäre nicht gut, wenn die Kollegen von Ihren Kontakten zu Ralle erführen, oder?«
Der Amtmann war schon an der Tür zum Nachbarzimmer, als der Name *Ralle* fiel. Er bremste ab und kehrte langsam an den Schreibtisch zurück. »Was wollen Sie von mir?«, zischte er. Das klang schon besser.
»Ich will Ihnen erst mal erzählen, was ich weiß, damit Sie merken, daß ich keinen Spaß mache.«
Hinter den großen Brillengläsern staunten Heimbrinks Augen. Sein Mund, den er auf den Fotos stets zusammengekniffen hatte, stand einen halben Zentimeter weit offen. Ich hatte Oberwasser. »Setzen Sie sich doch«, sagte ich, »es dauert länger.«
Der Beamte gehorchte aufs Wort. Er legte die Arme auf die Lehnen seines Drehstuhls und sah mich forschend an.
»Ich weiß, daß Sie Don Carlos sind, Herr Heimbrink. Ein ziemlich einflußreicher Schwarzmagier, Vorsitzender der Fraternitas Saturni.«
Heimbrink lächelte süß-sauer. »Wir haben Religionsfreiheit.«
Ich sagte: »Das schon. Aber ich weiß nicht, wie die Leute vom Personalamt darüber denken.«
»Warten wir's ab.«
Der Alte war gar nicht so dumm. Er saß mir gegenüber und wußte genau, daß er den ersten Schlag pariert hatte. Er beleckte seine schmalen Lippen und wartete auf den nächsten.
»Nochmal zurück zu Ingo Risse«, sagte ich. »Wir können ihn auch Merlin nennen. Das ist Ihnen vielleicht vertrauter. Sie waren sein magischer Lehrer. Sie haben ihn in die Bruderschaft des Saturns aufgenommen . . .«
»Ich hab doch schon gesagt, daß wir Religionsfreiheit haben«, fiel er mir ins Wort.
»Ich war noch nicht fertig, Herr Heimbrink. Sie waren anfangs Stammgast in Risses *Club Amor sub voluntate.* Und was da ablief, hatte mit Religion nur ganz am Rande zu tun. Sonst hätte doch Ralle nicht so allergisch reagiert.«

Heimbrink sagte nichts darauf.
»Er hat den Laden von seinen Jungs auseinandernehmen lassen. Er hat Risse so eingeschüchtert, daß er für Monate von der Bildfläche verschwunden ist.«
»Ich weiß nicht, was das mit mir zu tun hat«, tat Don Carlos gelangweilt.
»Eine Menge. Ich hab mir in den letzten Wochen den Scherz erlaubt, den *Club Amor s. v.* wieder zu eröffnen. Freitag war die erste Schwarze Messe.«
Ich zog eins von Stefans Fotos aus der Aktentasche und hielt es ihm hin. »Sieht doch richtig vertraut aus, oder?« ätzte ich. »Blieb aber leider nicht so.«
Ich zeigte ihm das Bild von der Saalschlacht. »Kennen Sie einen der Herren in den Jogginganzügen?«
Heimbrink sah kurz drauf und schüttelte den Kopf.
Ich hielt ihm das Portrait von Freund Hakennase hin. »Wirklich nicht?«
Der Amtmann reagierte nicht.
»Sie waren mit diesem Mann und Ralle am Abend vor dem Überfall im *Club aufgeschlossener Menschen* am Stadtpark. Sie können jetzt sagen: Das beweist gar nichts. Damit haben Sie vielleicht sogar recht. Aber daß der Gaststättenmann des Ordnungsamts mit Bochums oberstem Zuhälter in dessen nicht-lizensierten Privatpuff verkehrt, interessiert das Personalamt sicher. Und nicht nur das Personalamt.«
Der paßte. Heimbrink rutsche auf seinem Stuhl herum, seine Hände krallten sich um die Lehnen, bis das Weiß der Knöchel durchschimmerte. Er schwitzte.
Ich setzte nach. »Und die Polizei wird sicherlich interessieren, daß in der Zeit, als meine Wohnung durchsucht wurde, von meinem Telefon aus Ihre Nummer angewählt worden ist. 1 94 73. Saudumm, daß die Jungens nicht an *Wahlwiederholung* gedacht haben. Scheißtechnik«, sagte ich und lachte Heimbrink ins Gesicht.
Dem Amtmann war überhaupt nicht nach Lachen. Seine Kaumuskeln mahlten unaufhörlich. Die breiten Backen

zitterten. Seine Blicke irrten durchs Büro, als folgten sie einer Fledermaus.
»Sie haben schlechte Karten, Don Carlos. Verdammt schlechte Karten. Die Leute vom ersten K. werden sich die Akte Risse nochmal aus dem Keller kommen lassen, wenn sie das alles hören. Und vielleicht zweifeln sie am Ende genau wie ich an diesem eigenartigen Selbstmord. Sie könnten zum Beispiel denken, Risse habe Sie erpreßt, um doch noch weitermachen zu können mit seinem Club. Und dann mußte er sterben. Man hat ihm einen Zahn ausgepocht und ein bißchen Medizin in seinen letzten Drink getan. Hört sich doch plausibel an, oder?«
Heimbrink war aufgesprungen, als ich ihm mit Mord kam. Er bleckte seine falschen Zähne, schnaufte, daß die Nasenflügel vibrierten. Seine Backen blähten sich, als ob er Tischtennisbälle darin aufbewahren wollte. »Ich laß mir keinen Mord anhängen«, fauchte er.
»Ich glaub auch nicht, daß Sie es selbst getan haben. Dafür hat Ralle doch sicher seine Leute.«
Der Amtmann kam um den Schreibtisch herum auf mich zu. Ich stand auf.
»Risse ist nicht ermordet worden«, sagte er scharf. »Verwarnt, ja. Das hat gereicht.«
»Interessant, wie genau Sie Bescheid wissen. Ich glaub Ihnen nur nicht. Risse war nicht der Typ, der einfach aufgab. Nach allem, was ich von ihm weiß, wollte er kaum sein weiteres Leben als Büffetier in einer Primitiv-Disco fristen. Merlin hatte den Drang zum Höheren. Und der kostete ihn den Kopf.«
Wir standen uns gegenüber. Heimbrink war einen Kopf kleiner als ich. Er fixierte mich mit flackerndem Blick. »Sie haben eine blühende Phantasie«, schrie er.
Die Tür zum Nachbarzimmer wurde geöffnet. Ein schmales Männergesicht erschien im Rahmen. Heimbrink sah es an, sagte: »Alles in Ordnung«, und setzte sich wieder an seinen Platz. Das Gesicht verschwand, die Tür wurde geschlossen.

Ich blieb stehen. »Sie können sich das alles ja noch mal in Ruhe durch den Kopf gehen lassen, Don Carlos«, sagte ich. »Nur von einem würde ich abraten. Versuchen Sie nicht, mich aus dem Verkehr ziehen zu lassen. Es ist sinnlos. Alle Unterlagen einschließlich Fotos sind an einem sicheren Ort. Die Geschichte erscheint auch ohne mich. Und wenn mir was passiert, wird es für Sie ganz eng.«
Der beamtete Satanspriester antwortete nicht. Er hing hinter seinem Schreibtisch und starrte ins Leere. Sein Spiel war gelaufen.

Es gab nur zwei Adressen, die mir jetzt noch weiterhelfen konnten. Die eine hieß Uhlandstraße 35.
Ich lief sie mittags an.
Mein Mann beim ersten K. – nennen wir ihn einfach Willi Sitte – wollte nicht mit mir im Büro verhandeln. Er holte die *Leichensache Risse* aus dem Keller und spazierte mit mir durch den Stadtpark. Ich fand das auffälliger als irgendwas, er ließ sich aber nicht davon abbringen, hatte sogar an Entenfutter gedacht, verteilte sein Pausenbrot an die schnatternde Meute am abgesägten Kriegerdenkmal.
Ich hatte nicht vor, ihm brüh und warm zu berichten, was ich herausgefunden hatte. Sie würden die Sache entweder vertuschen oder in einer Presseerklärung als ihre Arbeit verkaufen. Die Tageszeitungen wären dann voll davon und meine *Malibu*-Story gestorben.
»Es geht mir um plötzlichen Tod«, begann ich vorsichtig. »Ich bin auf einen Fall in München gestoßen, wo ein Kollege von mir tot im Badezimmer umgefallen ist. Keine Anzeichen von Fremdeinwirkung, aber auch sonst kein verwertbarer Befund. Zu wüst gelebt, meint dein Münchner Kollege.«
Willi Sitte ließ von den Enten ab, grinste nochmal über mein Auge, fragte: »Was kommst du mir mit einem toten Bayern? Hast du nichts Besseres zu tun?«
»Doch. Aber es interessiert mich trotzdem.«
Sitte nickte. »Es gibt immer Fälle, wo die Obduktion nichts Eindeutiges ergibt. Wir hatten sogar mal eine Erwürgung,

die keinerlei Spuren hinterließ. Wenn der Doofe nicht gestanden hätte, wär ihm nichts passiert.«
»Kommt sowas oft vor?«
»Bei Männern zwischen fünfzig und sechzig gibt es häufig plötzliche Todesfälle. Meist finden die Leichenschneider aber irgendeine Erklärung.«
»Und wenn nicht?«
»Dann bleibt uns nur das Eingeständnis des Nichtwissens, sagte unser Lehrer auf der Polizeischule immer.«
Sitte – ich beschreibe ihn sicherheitshalber nicht näher – steuerte eine Bank zwischen zwei Rhododendronbüschen an, wischte sie mit dem Taschentuch blank, ehe er sich setzte. Er blätterte in der dünnen Akte, las sich an einer Stelle fest und klappte sie wieder zu.
»Was willst du eigentlich immer noch mit dem hier?«, stöhnte er.
»Wissen, woran er genau gestorben ist.«
Sitte schlug die Akte wieder auf und studierte das Protokoll der Leichenöffnung.
»Die Obduktion erbrachte an Verletzungen nur das frische Fehlen eines Schneidezahns und eine Schürfung am rechten Knie«, zitierte er. »Die Verletzungen sind nicht geeignet, den Tod des Mannes zu erklären. Der anwesende Staatsanwalt Meier ordnete die Alkoholbestimmung und die chemische Untersuchung von Mageninhalt, Blut und Urin an. Aha!«
Er blätterte weiter. »Hier: Herr R. war zur Todeszeit mit einer Blutkonzentration von 1,89 Promille stärker alkoholisiert. Der Mageninhalt wies Rückstände von Digitalis, einer als Grundlage für viele Medikamente dienenden Droge, auf. Die Kombination der Wirkungen ist als absolut lebensbedrohlich anzusehen.«
»Wie hieß das Zeug?«, fragte ich.
Sitte sah nach. »D-i-g-i-t-a-l-i-s«, buchstabierte er.
Ich schrieb es mir auf.
»Hat euch eigentlich der ausgeschlagene Zahn damals nicht weiter interessiert?«

Sitte schnaufte: »Typisch Amateur. Woher weißt du denn, daß er ausgeschlagen wurde? Risses Lippen waren unverletzt. Er kann genausogut im betrunkenen Zustand hingefallen sein. Ein Stein auf dem Pflaster, und weg ist der Schneidezahn. Dafür spricht übrigens auch die Schürfwunde am Knie.«
»Er kann aber auch mit Gewalt gezwungen worden sein, das Zeug zu schlucken.«
Der Kripomann sah mich von der Seite an. »Von wem?«
Ich wollte mich nicht verplappern. »Risse soll in Zuhälterkreisen verkehrt haben«, sagte ich vorsichtig.
Willi Sitte lachte. »Erstens steht davon nichts in der Akte . . .«
»Und was nicht in der Akte steht, gibt es auch nicht«, warf ich ein.
Er hörte darüber hinweg. »Und zweitens ist es nicht die Art, wie in der Szene gearbeitet wird. Da geht's grobstofflich zur Sache.«
Zur Erläuterung berichtete er von ein paar Ludenmorden aus den letzten Jahren. Wie ein Zuhälter dem anderen wegen einer Prostituierten mit der abgesägten Schrotflinte den Kopf zwischen den Ohren weggeschossen hatte. Daß der Kassierer einiger Dortmunder Nachtlokale von der Konkurrenz erst erschossen und dann in einem Keller einbetoniert worden sei. Und so weiter. Ich kannte die Fälle aus der Zeitung und staunte deshalb nicht so sehr, wie Sitte es gern gesehen hätte.
»Du kannst also ausschließen, daß in der Szene mit Gift gearbeitet wird?«, bohrte ich.
»Ausschließen kann ich überhaupt nichts«, wandte sich der Kripomann und gab unwahrscheinliche Fälle zum Besten.
Ich sagte: »Das Leben ist bunt«, und stand auf.
Sitte meinte, ich hätte doch wohl noch mehr auf der Pfanne. Ich empfahl ihm die Lektüre des nächsten *Malibu.*

21

Die zweite Adresse kannte ich selbst nicht genau. Ich suchte sie vergeblich im Telefonbuch. Also steuerte ich den Kadett auf gut Glück durch den Feierabendverkehr in den Dortmunder Nordosten. Um fünf erreichte ich Scharnhorst, gurkte eine Viertelstunde rum, bis ich den richtigen Ausgang fand.

Die Getreidefelder dahinter hatten die Bauern inzwischen rasiert. Die Gegend wirkte noch leerer. Ein böiger Wind trieb niedrige Wolken vor sich her. Es war viel zu kühl für Mitte August. Ich hatte keine Eile und ließ den Wagen mit wenig Gas durch das wellige Land trödeln. Verfahren konnte ich mich dort nicht mehr. Es gab keine Möglichkeit dazu.

Um halb sechs sah ich das Nest in der Mulde und rollte hinein. Ich passierte Corinnas Haus, parkte den Kadett in der nächsten Querstraße und ging zurück.

Der kalte Wind hatte die Straße leergefegt. Nur eine stämmige Frau stützte ihre Ellenbogen auf die Fensterbank und beobachtete das aufregende Schauspiel, das ein vorübergehender Fremder ihr bot. Um die Mutter nicht völlig aus dem Häuschen geraten zu lassen, schellte ich an Corinnas Tür und ging erst nach zwei Minuten ums Haus in den Garten. Setzte mich auf das Bänkchen unter dem Haselnußstrauch und wartete.

Der *Heilige Hain* wirkte verschwunschen und still. Auf der Wiese blühten Wildblumen, die ich nicht mal dem Namen nach kannte. Eine Rose kletterte an einem Gestell das Haus hoch. Fingerhüte mit roten Blüten schaukelten im Kräuterbeet unter dem Wind. Eine Amsel landete auf dem Hinkelstein und sang.

Als ich den Mini kommen hörte, das Rumsen der Fahrertür und ihre Schritte auf dem Weg zur Haustür, hätte ich gern eine geraucht. Mein Magen krampfte und ein Schauer lief durch meinen Darm. Ich war drauf und dran wegzuschleichen.

»Klingeln tu ich nicht«, dachte ich laut. »Wenn sie nicht rauskommt, hau ich ab.«
Die schwarze Sängerin auf dem Stein erschrak vor meiner Stimme. Sie drehte sich nach mir um und flog auf.
Corinna öffnete die Küchentür. Sie kam die drei Stufen in den Garten runter, ohne mich zu sehen, hielt ihre Nase in den Wind, pumpte sich voll Landluft. Ihre Brust schwoll unter dem dünnen Pullover, eine Böe zauste an ihrem Haar.
Sie drehte mir den Rücken zu, spazierte zu ihrem Kräuterbeet und zupfte ein paar welke Blüten ab.
Ich stand auf und ging auf sie zu. Hatte nicht vor zu schleichen, aber es ergab sich so. Ich stand hinter ihr, umbemerkt.
»Wer muß denn diesmal dran glauben?«, hörte ich mich sagen, »Hannes Schreiber?«
Corinna erstarrte. Sie hockte zwischen den Pflanzen wie ein Gartenzwerg, stierte auf den Boden und kam nicht hoch.
»Totstellen nützt nichts, Corinna«, sagte ich und bückte mich nach ihrem Arm.
Sie zog ihn weg, sprang auf. Wir stießen zusammen. Ich umklammerte sie mit meinen langen Armen. Sagte: »Weglaufen auch nicht.«
Corinna schien das nicht zu überzeugen. Sie probierte alles, um sich zu befreien. Trommelte gegen meine Brust, zog das Knie hoch, spuckte. Ich ließ es über mich ergehen, brüllte: »Hör auf!«, als es zu schlimm wurde.
Das wirkte. Sie sah mich zum erstenmal an. In ihren Augen war nichts als Haß, ihr Gesicht knallrot. Sie zitterte.
Ich löste meinen Griff.
»Ich will wissen, warum du das getan hast«, sagte ich, so ruhig wie möglich.
»Was hab ich getan?«
»Ihn umgebracht!«
Sie versuchte ein Lächeln. »Du spinnst!«
»Das tu ich nicht.«

Ich griff in ihr Wildkräuterbeet und riß eine von den Stauden aus. »Roter Fingerhut«, sagte ich. »*Digitalis purpurea. Aus seinen Blättern werden die hochgiftigen Digitalglykoside gewonnen. Sie führen beim Menschen zu Erbrechen, Durchfall, Herzrhythmusstörungen. Bei hoher Konzentration auch zur Herzlähmung*. Hab ich doch schön auswendig gelernt, oder?«
Corinna schwieg. Sie starrte auf die roten Glockenblüten und biß sich auf die Unterlippe, daß sie weiß wurde.
»Weil das Zeug auch in Medikamenten verwandt wird, haben die Bullen auf den klassischen Selbstmord mit Alkohol und Tabletten getippt.«
»Eben«, giftete Corinna. »Du kannst mir überhaupt nichts beweisen.«
»Doch«, log ich. Ich tu das nur, wenn es der Wahrheitsfindung dient. »Risses Mutter hat dich gesehen, als du die letzte Nacht mit ihm ins Haus gekommen bist.«
Sie schoß einen lauernden Blick auf mich ab. »Und warum hat sie das der Polizei nicht erzählt?«
Gute Frage. Ich mußte mir was einfallen lassen. »Weil sie einen Nervenzusammenbruch bekam, als sie ihren Einzigen morgens tot in seinem Ritualraum fand«, sagte ich schnell.
Sie schluckte es. Ich merkte es an ihren Schultern. Sie sanken langsam nach vorn und ließen sie schmal und zerbrechlich aussehen. Ich griff nach ihrem Arm und führte sie zu der Bank. Corinna sträubte sich nicht. Sie schlich neben mir her wie ein Muttchen am Arm seines Enkels.
»Er hat mir keine andere Wahl gelassen«, flüsterte sie.
Ich sagte nichts. Ich ließ sie sich setzen und klemmte mich daneben. Ich rechnete damit, daß sie von selbst anfangen würde. Aber sie schwieg. Mit zusammengekniffenem Mund und rotgeäderten Augen saß sie da und schwieg.
»Warum hattest du keine andere Wahl, Corinna?«
Sie stierte auf das Stück Wiese vor ihren Beinen. »Er wollte wieder von vorn anfangen«, sagte sie. »Alles wieder von vorn.«

»Den *Club Amor?*«
Sie nickte.
Ich dachte an den kleinen Dicken mit der Teufelskappe und die anderen Verklemmten, die sich dort getummelt hatten. Ich stellte mir lieber nicht vor, wie die es trieben, wenn man sie ließ.
»Du hättest nein sagen können«, sagte ich.
Sie lachte. Es war kein gutes Lachen. Es tat weh, wenn man es hörte. »Du kennst Ingo Risse nicht«, sagte sie. »Der war wahnsinnig. Der glaubte, er wär der größte Magier aller Zeiten. Größer als Don Carlos. Größer als Crowley. Der wollte nur eins: reich werden. Reich und berühmt. Auf Teufel komm raus.« Sie klemmte ihre Hände zwischen die Schenkel und zog die Schultern hoch, sah in den bleiernen Himmel über die Siedlung.
»Wir hatten fünfzigtausend Mark gemacht in dem halben Jahr, bevor er untertauchte. Das war schmutziges Geld, okay. Aber bei der Bank hat niemand dran gerochen, als ich es einzahlte. Fünfzigtausend Mark, das war doch was. Damit konnte man was anfangen. Was Neues. Ich hab ein paar Wochen auf ihn gewartet, hab versucht, seine Adresse herauszubekommen. Er stellte sich tot. Manchmal hab ich auch gedacht, er wär's. Erst gedacht und dann gehofft. Konnte doch sein, daß Ralles Leute es nicht bei der Verwarnung belassen hatten. Hätte doch sein können, oder weißt du da gar nichts davon?«
Ich sagte: »Doch.«
Sie sah mich groß an, nahm erst jetzt mein lädiertes Auge wahr. »Große Göttin«, staunte sie.
»Von dem Geld hast du den Laden eröffnet?«, setzte ich nach. Sie war dran mit erzählen, nicht ich.
Corinna nickte wieder. »Es reichte gerade für Kaution, Einrichtung und Erstausstattung. Ich hab fast alles selbst gemacht. Gestrichen, Regale gebaut, Bücher bestellt, alles. Und als der Laden langsam anlief, stand eines Tages Ingo Risse in der Tür. Er wollte das Geld, er wollte den Club und er wollte mich.«

»Warst du damals schon auf dem Hexentrip?«
Sie schluckte mühsam. »Das ist kein Trip«, sagte sie kleinlaut. »Das davor, das war einer. Ein ekelhafter, mieser Trip.«
»Irgendwann muß es dir mal gefallen haben«, meinte ich.
Corinna rührte sich nicht. Sie schnaubte. »Du kanntest Ingo Risse nicht. Der konnte wahnsinnig charmant sein. Der hatte eine Ausstrahlung, irgendwas nicht zu Beschreibendes. Manchmal brauchte er mich nur angucken, und ich wußte, was er wollte. Und ich machte, was er wollte.«
Mir fielen die Bilder wieder ein, die Frau Risse mir gezeigt hatte. Besonders das letzte im schwarzen Kimono vor der altdeutschen Schrankwand. Dieses auf böse getrimmtes Dutzendgesicht des Magiers Merlin. Daß Corinna einer Knallcharge wie Risse nichts entgegenzusetzen gehabt hatte, wollte mir nicht in den Kopf.
Nichts ist verführerischer als die Vernunft, hatte Old Charly geschrieben. Ich habe diesen Satz zwanzig Jahre vor mir hergetragen wie eine Fahne auf der Maidemonstration. Nach der Teufelsgeschichte bin ich da nicht mehr so sicher.
Corinna beendete mein Grübeln. »Was wirst du jetzt tun?«, fragte sie zaghaft.
»Ich schreib meine Reportage.«
»Du gehst nicht zur Polizei?«
Ich sagte, ich sei doch nicht bescheuert.
Sie richtete sich auf. In ihrem Blick lagen zweitausend Fragen.
»Ich bin Reporter. Mich interessiert zuerst meine Geschichte. Wenn ich die den Bullen erzähle, steht sie übermorgen in der WAZ. *Nach langwierigen Ermittlungen ist dem Bochumer Hauptkommissar Walter Pindur die Aufklärung eines mysteriösen Todesfalls in der Okkult-Szene gelungen. Die 31jährige Buchhändlerin Corinna L. aus Dortmund wurde unter dem Verdacht festgenommen, ihren ehemaligen Geliebten, den 28jährigen Büffetier Ingo R. aus Bochum, vergiftet zu haben.* Und so weiter, und so weiter. Wenn es hoch kommt, steht irgendwo ganz hinten im

Artikel: *Der entscheidende Hinweis auf die Täterin kam aus Kreisen der Bevölkerung.* Damit bin ich gemeint. Kein Wort von Don Carlos. Kein Wort von Ralle.«

Ich war aufgestanden, während ich sprach. Ich hatte mich selbst in Rage geredet. Fuchtelte mit den Armen wie ein Dirigent.

Corinna zog ihre Beine an. Sie wippte mit dem Oberkörper. Vor – zurück – vor. »Das ist Strafvereitelung«, sagte sie. »Wenn ich mich jetzt absetze, ist das Strafvereitelung. Sie werden dir die Hölle heiß machen, Hannes.«

Ich grinste. »Warum willst du abhauen, Corinna?«

Sie sah mich verständnislos an. »Meinst du, ich warte hier seelenruhig, bis dein Käseblatt erscheint und sie mich holen kommen?« Sie schüttelte den Kopf. »Meinst du, ich geh fünfzehn Jahre in den Knast, wenn es sich vermeiden läßt?«

Ich bückte mich und griff nach ihren Händen. »Du wirst in meiner Geschichte nicht vorkommen«, sagte ich, »jedenfalls nicht in der Zeitungsgeschichte.«

Corinna sagte nichts, rührte sich nicht, atmctc nicht mal.

»Was will ich denn mit der Geschichte beweisen?«, fragte ich, mehr mich selbst als sie. »Daß eine Frau, die sich auf ein Schwein eingelassen hat, in ihrer Not zu allem fähig ist? Oder daß dieser ganze Teufelskult ein Humbug ist? Beutelschneiderei auf der einen und Dummheit auf der anderen Seite. *Die Klugheit des Fuchses beruht zu neunzig Prozent auf der Dummheit der Hühner.* Ich werd nie vergessen, was du gesagt hast, als ich dir zum erstenmal mit Satanismus kam. *Dich interessiert doch nur ein Skurril-Fick,* hast du gesagt. Und ich habe rote Ohren gekriegt. Aber das war genau der Punkt. Das ist eine Nummer für Leute, die es gar nicht mehr anders geregelt kriegen. Für so Kapputtniks wie Don Carlos, die sich den Scheitel mit dem Lineal ziehen. Um den wird sich meine Geschichte ranken. Um den und Ralle und Beta und Bachmann, die arme Sau. Das reicht für vierhundert Zeilen.«

Ich strich mit den Daumen über Corinnas Hände. Sie

waren immer noch kalt und feucht. Aber sie perforierte wenigstens nicht mehr ihre Lippe. Die Abdrücke ihrer Zähne waren tief genug.
»Sie werden den Fall neu aufrollen«, sagte sie leise. »Sobald deine Geschichte erscheint. Sie werden seine Mutter fragen. Und dann werden sie mich fragen.«
»Frau Risse wird ihnen nicht weiterhelfen.«
Corinna krauste die Stirn. »Warum sollte sie nicht?«
»Weil sie nichts weiß.«
Corinnas Gesicht war ein einziges Fragezeichen. Dann machte es *klick* in ihrem Hinterkopf. – Ich schwöre, ich hab es gehört – und anschließend *klatsch* auf meiner Backe. Zum Glück auf der linken.
»Du mieses verlogenes Schwein«, schrie sie. »Markiert den edlen Ritter, nachdem er mich vorher gelinkt hat. Hau ab, verschwinde! Ich kann dich nicht mehr sehen.«
Sie war aufgesprungen und spuckte mir die letzten Worte direkt ins Gesicht.
Ich versuchte es mit Erklärungen. Daß mein Job nun mal so wäre. Wie ich ohne Tricks die Leute dazu bringen könnte, mir Sachen zu sagen, die sie besser für sich behielten. Und so.
Corinna hörte mir kaum zu. »Ich dachte, ich käm in deiner Geschichte nicht vor. Warum hast du mich dann trotzdem reingelegt, du Schnüffler?«
»Weil ich soviel wie möglich wissen will, bevor ich mich an die Maschine setze. Was ich weglasse und was nicht, daß ist erst die zweite Frage.«
»So«, höhnte sie. »Ich bin erst die zweite Frage. Erst kommt der Job. Wenn der Herr Reporter genug Stoff hat, hält er mich raus. Wenn nicht, hab ich eben Pech gehabt.«
Ich legte meine Hände auf ihre Schultern.
»Pack mich nicht an«, zischte sie, tat aber nichts dagegen.
Ich versuchte es auf die Ruhige. »Aber Corinna«, seufzte ich. »Ich kann doch auch nicht mehr als dir versprechen, daß du nicht vorkommst. Mein Gott, ich mag dich. Das weißt du ganz genau. Am Anfang hab ich versucht, dage-

gen anzugehen. Wegen deinem Okkult-Fimmel und meinem Haß auf Religion. Ich dachte: *Hannes, laß die Finger von der Frau. Das kann nicht gutgehen.* Aber es ist verdammt gutgegangen. Reibung erzeugt Hitze. Ich brauch keine Frau mehr, die immer nur *ja, Hannes, toll, Hannes* sagt. Da bin ich durch.« Corinna nahm meine Hände von ihren Schultern. Sie sah mich lange an, lächelte sogar ein bißchen. »Hannes«, sagte sie. Es hörte sich an, als wäre ich dreizehn. »Ich will in kein Haus mit einer Leiche im Keller einziehen. Überleg doch. Wenn es zum erstenmal richtig knallt zwischen uns. Dann denk ich: *Jetzt schreibt der im nächsten Malibu, wer es wirklich war.* Und du, du hast Angst, daß ich dich vergifte.«
Ich argumentierte noch eine halbe Stunde herum, ohne sie zu überzeugen. Sie stand nur da, in ihrem *Heiligen Hain* voller Blumen, Vögel, und Kräuter, und schwieg.
Als ich mich leergeredet hatte, küßte sie mich auf den Mund und schickte mich weg. Sie habe noch viel zu tun, sagte sie.

Am nächsten Morgen setzte ich mich hin und schrieb die Geschichte auf. Es war eine viehische Arbeit, wie immer, wenn ich zuviel Stoff für zuwenig Zeilen habe. Weil Stefans Fotos in der Redaktion gut ankamen, gaben sie uns eine Seite mehr als geplant. Heidi stylte die Geschichte ganz in schwarz mit rotem Titel. Es sah richtig bedrohlich aus, wenn man die Aufmacherseite aufschlug.
Und die Leser flogen auf die Story. Es kam Post wie noch nie. Viele wollten von mir die Kontaktadresse der Teufelsloge in ihrer Stadt erfahren.
Nur bei der Stadtverwaltung blieb alles ruhig. Karl Heimbrink hatte sich am Tag nach meinem Erscheinen in seinem Büro einen Krankenschein genommen und trat drei Monate später den wohlverdienten Ruhestand an.
Die Bullen schnüffelten noch ein bißchen herum, ehe sie die *Leichensache Risse* wieder in den Keller hingen.
Corinna habe ich seit damals nicht mehr gesehen. Einmal,

als ich auf dem Heimweg von Radio Dortmund in ihren Buchladen schaute, kam eine andere Frau aus dem Hinterraum. Sie sagte, sie sei die neue Besitzerin. Es war eine kleine, zickige. Sie paßte besser in mein Weltbild als Corinna.

Ach richtig, Sascha hätte ich fast vergessen. Der steht seit neuestem auf *Black Metal.* Hat sich von Omas Geld schwarze Klamotten gekauft und das Plakat einer dieser Schweinecombos in sein Zimmer gehängt. Ein bluttriefendes rotes Herz, von einer Axt gespalten. *License to kill* steht darunter, Lizenz zum Töten.

Dylan singt ein Lied, das genauso heißt. Bei ihm ist es eine Nummer gegen den Krieg.

Krimis von Werner Schmitz

Auf Teufel komm raus

ISBN 3-89425-421-1 DM 14,80

Schwarze Messen an der Ruhr. Ein Satanist kommt in den Himmel. Reporter Hannes Schreiber wittert den Braten und kommt in Teufels Küche.

»Das Ruhrgebiet ist omnipräsent in Werner Schmitzens Krimi, und hemmungslos huldigt er dem Lokalpatriotismus.« (Corinna Kawaters/taz)

»... einer der besten Krimis, die in den letzten Jahren in deutscher Sprache geschrieben wurden.« (FAZ-Magazin)

Dienst nach Vorschuß

ISBN 3-89425-353-3 DM 12,80

Die Leiche im Rathaus-Paternoster sorgt für Schlagzeilen. Die ZEITUNG bläst zur Jagd auf die »Bestie von Bochum«. Wer hat den mausgrauen Amtmann in die ewigen Jagdgründe geschickt?

»Das Ganze ist ungewöhnlich gut geschrieben, flott und ohne stilistische Prätentionen, mit sicherem Sinn für Alltags-Ruhrdeutsch, für Kalauer und knappe Pointen.« (Erhard Schütz, Jochen Voigt/WDR)

Nahtlos braun

ISBN 3-89425-323-1 DM 12,80

Ein Unfall ohne Zeugen, ein Mord, den keiner merkt. Ein Opfer mit Geschichte. Ein Täter, der sich totärgert.

»An diesem Buch stimmt alles, Milieu und Handlung.« (Südschwäbische Nachrichten)

»Wie aufregend kann doch Wirklichkeit sein.« (ekz-Informationsdienst)

Mord in Echt

True-Crime-Stories

ISBN 3-89425-049-6 DM 12,80

Den Leser erwarten keine Whodunit-Mysterien, oberschlauen Kommissare oder hartgesottenen Detektive, sondern nichts als die Wirklichkeit. Doch die ist spannend genug.

grafit